Céline GHYS

Le crâne
de
Saint Jean-Baptiste

Une enquête de Geneviève Malfoy

Pour Gustave et Nacho, mes bébés.

« Si tu diffères de moi, mon frère, loin de me léser, tu m'enrichis. »

Antoine de Saint-Exupéry, *Citadelle*

1

Geneviève Malfoy porta sa tasse de thé à ses lèvres et faillit tout cracher.

Elle avait préparé cet Earl Grey, il y avait bien deux heures, et, absorbée par sa généalogie, avait laissé refroidir le breuvage. Elle allait devoir retourner à la cuisine pour faire à nouveau bouillir de l'eau. Fatou, celle qu'elle appelait mentalement la bonne, n'arriverait que plus tard. Pas moyen de faire appel à elle dans l'immédiat !

Geneviève se leva donc et empoigna la tasse. Elle jeta un œil à l'horloge dorée qui trônait sur son bahut baroque. Elle remarqua que l'heure du thé était largement passée et qu'il était temps de réchauffer, au four à micro-ondes, la blanquette de veau que son employée avait cuisinée la veille.

Face à son bureau, elle observa le parc. Juin avait été pluvieux. L'herbe avait poussé et les buis étaient à tailler. Elle se dit qu'elle ne devrait pas tarder à appeler le jardinier qui s'occupait de l'entretien des espaces verts de son petit hôtel particulier.

Ce bon à rien aurait dû davantage couper le grand saule. Il a pris deux mètres au printemps. Je vais être bonne pour faire venir un élagueur, pensa-t-elle.

Elle s'apprêtait à saisir la poignée ronde en porcelaine de la porte pour sortir de son bureau quand elle entendit le carillon de l'entrée annoncer une visite.

— Je ne suis là pour personne !

Geneviève voulait profiter de ses congés forcés pour avancer sur sa généalogie. Elle venait de découvrir qu'elle était de la lignée des Comtes de Ponthieu. Depuis qu'elle avait pris un abonnement au site Internet Geneanet.org, elle n'arrêtait pas de progresser, et bien plus rapidement que lorsqu'elle se déplaçait aux Archives Départementales de la Somme. Cela tombait à point nommé, elle ne supportait plus l'employée du guichet qui mettait des heures à lui apporter les documents qu'elle réclamait. De surcroît, elle se permettait constamment d'exiger le silence alors que Geneviève aimait tant s'enregistrer sur son dictaphone.

J'en ai assez que cette petite dinde se moque ouvertement de moi, s'était-elle dit.

Elle avait surpris, à de nombreuses reprises, le regard narquois de cette employée posé sur son précieux appareil. Elle n'avait également pas apprécié le fait qu'elle lui fasse remarquer qu'une photo du registre avec un simple smartphone aurait fait l'affaire. Mais Geneviève détestait les smartphones. Elle usait toujours de son vieux portable à clapet qui devait avoir bien plus de quinze ans d'âge.

Alors qu'on sonnait à nouveau à la porte d'entrée, elle se mit à maudire l'intrus autant que l'archiviste et entama la descente de l'escalier.

— Qui que ce soit, il s'impatiente ! dit-elle à haute voix.

Ce ne fut pas pour autant qu'elle se dépêchât. Le visiteur pouvait bien attendre. Personne ne valait la peine que l'on se cassât une jambe dans un escalier du milieu du XIXe siècle, plutôt raide au demeurant. De plus, elle tenait encore la tasse dans sa main droite et ne voulait pas répandre du thé partout. Une fois la dernière marche franchie, elle posa le récipient sur le napperon d'une console et se dirigea, sans se presser, vers la porte d'entrée qu'elle déverrouilla.

— C'est vous qui sonnez à m'en rendre sourde ? Avez-vous oublié votre clé ?

— Je suis désolée, Madame Malfoy. Je ne pouvais pas ouvrir, vous avez laissé la vôtre dans la serrure.

En face d'elle se tenait Fatou, son employée, une magnifique trentenaire à la peau d'ébène. Lorsqu'elle l'avait engagée, Geneviève avait pensé à ces belles statues africaines du Musée du Quai Branly qu'affectionnait tant son défunt mari. Fatou était une œuvre d'art qui portait de splendides tenues colorées et des boucles d'oreilles incroyables. La quinquagénaire enviait son long cou qui lui permettait, contrairement à elle, de mettre de grands bijoux.

Geneviève écouta à peine l'excuse.

— Qu'est-ce que c'est que ce gamin ? Vous ne venez tout de même pas travailler avec votre fils ?

Geneviève avait presque crié en lui posant ces questions. Il était inconcevable qu'un jeune garçon pénétrât dans sa demeure.

Elle renchérit :

— Il ne rentre pas ici ! Je ne veux pas d'un enfant chez moi ! Et surtout pas avec cela ! Vous n'y pensez pas, Fatou !

Elle avait désigné un ballon de foot sous le bras du gamin. Ce dernier devait avoir environ douze ans. Il était aussi fin et élancé que sa mère. Il dépassait Geneviève de quelques centimètres. Il était vrai que cette dernière n'était pas bien grande. Elle mesurait exactement un mètre cinquante-huit et le fils de Fatou faisait au moins dix centimètres de plus.

C'est alors que son employée se mit à pleurer.

— Oh, Madame Malfoy ! Je ne sais pas vers qui me tourner. Vous êtes ma dernière chance !

Geneviève n'aimait pas les larmes. À la faculté d'Amiens, beaucoup d'étudiants avaient tenté de lui faire le coup. Dès qu'ils étaient en difficulté, ils pleuraient. Au début, c'étaient surtout les filles qui suppliaient avec des trémolos dans la voix. Et, depuis peu, il n'y avait plus de décence, c'étaient les garçons.

Tout se perd, même le sens de l'honneur, l'orgueil des mâles, la virilité... Tout !

Et voilà que ce fut au tour de Fatou, cette fière Africaine, de se laisser aller à la faiblesse la plus lamentable. Les effusions l'agaçaient terriblement. Pour ne pas éveiller la curiosité de sa voisine, elle s'empressa de les faire entrer et de refermer la porte derrière eux.

Fatou reniflait bruyamment lorsque le gamin lâcha son ballon de foot, menaçant le socle d'une statue d'albâtre qui accueillait les visiteurs.

— Ramasse ça tout de suite ! ordonna Geneviève. Et surtout, ne touche à rien ! Suivez-moi !

Fatou et son fils pénétrèrent dans le petit salon bleu. Geneviève fit asseoir la mère en pleurs sur un fauteuil Voltaire et intima au jeune garçon qu'il en fasse de même.

— Que vous arrive-t-il, Fatou ? demanda-t-elle, un peu exaspérée. Arrêtez de pleurer ! Cela ne sert à rien. Expliquez-moi ce qui vous tracasse.

Le jeune garçon ne semblait pas partager la peine de sa mère. Il était resté sur le fauteuil, son ballon sur les genoux.

Il paraissait bien plus occupé à observer le mobilier, les tableaux, la vitrine, la cheminée en marbre, les bougeoirs.

Soudain, il s'exclama :

— La vache, c'est Versailles ici !

Geneviève lui lança un regard noir et répliqua :

— Est-ce que tu peux aller jouer dans le parc avec ton ballon ? Ta mère a besoin de parler. Je reviens, Fatou. Toi, viens avec moi !

Geneviève fit signe au gamin de se lever. Elle souhaitait qu'il sorte du petit salon bleu. Ici, tout était précieux. Son mari, Édouard, avait écumé toutes les salles des ventes pour réunir sa « collection Napoléon », comme il l'appelait. Ce n'était pas le ballon de ce gamin qui allait avoir raison de toutes ses années d'efforts. Et puis, dans l'état actuel du parc, il pouvait bien y jouer au foot.

Lorsqu'elle rentra à nouveau dans son hôtel particulier, elle eut une pensée pour les vitres, décorées de nymphéas, qui dataient du milieu du XIXe siècle.

Mais, heureusement, les volets métalliques sont tirés, se rassura-t-elle.

Elle retourna d'un pas pressé vers le petit salon bleu. Ses mocassins crissèrent sur le carrelage d'époque laissant des traces humides de rosée mêlée à la terre et Geneviève eut le pressentiment que Fatou ne serait pas en état de les faire disparaître aujourd'hui.

— Alors, Fatou ? Pourquoi ces larmes et pourquoi êtes-vous venue avec votre fils ?

— Madame Malfoy, je dois rentrer au pays.

— Ah non ! Vous n'allez pas me faire faux bond ?

Geneviève s'en voulut d'avoir laissé échapper cette phrase égoïste. Fatou n'avait sans doute pas le choix. Avant d'ajouter à nouveau quelque chose de navrant, la quinquagénaire se dit qu'elle n'avait jamais vraiment pris la peine de demander à Fatou dans quelle situation elle se trouvait. Bien sûr, elle savait qu'elle était française puisqu'elle la déclarait comme salariée. Geneviève avait horreur des gens qui emploient du personnel qu'ils paient au noir. Elle haïssait ceux qui resquillent et qui exploitent les travailleurs. Elle respectait la loi, elle l'aimait même. Et cet amour de la justice avait été renforcé par ses vingt-cinq années de vie commune avec Édouard, procureur général à la cour d'appel d'Amiens. Alors, que signifiait cette expression, « rentrer au pays », dans la bouche de Fatou ? Et puis, de quel endroit était-elle originaire déjà ? Elle était née en Afrique, mais Geneviève ne parvenait pas à se souvenir précisément de quel pays équatorial elle venait. Le Gabon ? Le Congo ? Le Tchad ?

Elle sortit, de la poche de sa jupe en tweed, un mouchoir en coton, soigneusement repassé par Fatou, qu'elle lui tendit.

— Mon père est mort.

— Toutes mes condoléances. Je suis vraiment navrée.

Geneviève n'était pas vraiment désolée. Elle était même soulagée. Fatou s'en irait donc enterrer son père quelque part en Afrique et reviendrait s'occuper de son petit hôtel particulier. Ce n'était pas définitif.

— Je dois partir cet après-midi, prendre le train pour l'aéroport puis l'avion pour Libreville.

Geneviève comprit alors qu'elle était originaire du Gabon.

— C'est important d'aller rendre un dernier hommage à son père. Et puis, vous retrouverez votre place d'ici peu… Dans combien de temps au juste ? Quelques jours ? demanda-t-elle, inquiète.

— Deux semaines, fit Fatou, en reniflant.

— Deux semaines…

Ça n'arrangeait pas du tout Geneviève. Depuis son renvoi temporaire de l'université de Picardie Jules Verne, elle ne travaillait donc plus. Sa suspension du département d'Histoire contemporaine signifiait qu'elle passerait au moins les deux prochaines semaines chez elle. Comment allait-elle faire sans Fatou ? Engager une remplaçante ? À condition de trouver ! Et pourrait-elle être aussi digne de confiance ?

Rien n'allait. D'abord, cette fichue histoire avec ce groupe d'étudiants qui la ferait bientôt passer en conseil de discipline pour que l'on entende enfin sa version de l'affaire. Et maintenant, l'absence de Fatou, au moment même où elle avait besoin de sérénité pour se plonger dans quelque chose de productif, sa généalogie, afin d'oublier ce fâcheux malentendu !

Tandis qu'elle encaissait difficilement cette nouvelle, Fatou se mit à sangloter.

— Je vous en prie, je ne connais personne ici. Gardez mon fils !

— Hein ? Quoi ? fit Geneviève qui perdit soudainement sa politesse, elle qui, d'habitude, exigeait que les étudiants répondent « comment ? ».

— S'il vous plait, gardez mon fils ! Il ne peut pas venir avec moi.

— Et pourquoi pas ? fit Geneviève, devenue subitement toute rouge.

— La famille risquerait de me le prendre.

— Mais qu'est-ce que c'est que cette histoire ?

— Ils n'ont jamais toléré que je parte en France. Ils n'ont jamais supporté que je me marie ici, avec un Français. Et un blanc en plus ! Si je vais là-bas avec lui, David restera au Gabon, je le sais.

— Mais ils n'ont pas le droit !

— On voit bien que vous ne les connaissez pas.

— Je comprends, Fatou, mais je suis sûre que vous avez une amie pour s'occuper de votre fils, bien mieux que je ne le ferais !

— Je n'ai pas confiance. Il traînerait dans le quartier. Je ne souhaite pas qu'il traîne en bas des tours !

Fatou s'agrippa à Geneviève, s'effondra sur elle en entourant sa taille et se remit à pleurer, inondant de larmes sa jupe en tweed.

— Calmez-vous ! On va trouver une solution.

En disant ces mots, Geneviève eut du mal à avaler.

Un enfant ici ? Pour quinze jours ? Un ballon de foot ? Des mains qui tripoteraient les collections ? Non !

— Réfléchissez, Fatou ! Il y a bien quelqu'un que vous connaissez, qui n'habite pas votre quartier, susceptible de vous le garder ! Et son père ? Où est-il ? Il ne prend pas ses responsabilités ?

— Il est mort, il y a deux ans, dans un accident de voiture.

Fatou se prit la tête à deux mains.

— Ah... fit simplement Geneviève.

— Je vous en supplie, je n'ai que vous !

Geneviève croisa le regard noyé de larmes de cette mère implorante. Elle en fut bouleversée un très bref moment et, l'instant d'après, regretta d'avoir craqué. Mais c'était trop tard, car elle venait de lâcher :

— Bon... Je vais m'en occuper.

— Merci ! Merci ! fit Fatou qui s'arrêta soudainement de pleurer.

Geneviève eut alors l'étrange impression d'avoir été dupée. Très contrariée, elle quitta le petit salon bleu, laissant son employée se moucher bruyamment, et, au passage, attrapa rageusement la tasse de thé froid restée sur la console du couloir. Elle se dirigea d'un pas vif, qui disait tout de sa colère, vers la cuisine et jeta le breuvage dans l'évier. La porcelaine claqua sur le grès. Elle se pencha en avant pour regarder si rien n'était cassé.

Manquerait plus que ça, pesta-t-elle.

Il ne fallait pas en plus qu'elle ébrèche la vasque et sa vaisselle de Desvres.

Elle se tourna ensuite vers la fenêtre en soupirant. La vue donnait sur le parc et elle constata, avec horreur, que le volet n'était pas tiré alors que le gamin jouait au foot. Elle s'apprêtait à ouvrir précipitamment la fenêtre pour mettre à l'abri les vitres d'époque quand elle observa le petit intrus avec son ballon.

L'image d'une otarie savante de cirque lui traversa l'esprit. Il était doué cet enfant, très habile de ses jambes. Il faisait rebondir son ballon sur ses cuisses, puis le contrôlait de la poitrine pour l'envoyer sur son crâne et, avec de légers coups de tête, le faisait bondir pour qu'il retombe sur son pied pour le renvoyer à nouveau sur sa cuisse.

Est-ce cela que l'on appelle « jongler »? se demanda-t-elle.

Elle se souvint avoir vaguement regardé un match de foot en 2006 avec Édouard, celui où l'idole de tous les Français avait mis un grand coup de tête dans la poitrine d'un autre joueur et l'avait chargé violemment comme l'aurait fait un taureau. La France avait perdu et Édouard avait dit très contrarié : « J'ai mal à la France ! », en éteignant, à l'instant du coup de sifflet final, le poste qu'il avait loué pour l'occasion. Elle se rappela alors que c'était la dernière chose qu'elle avait vue sur le petit écran. Depuis lors, la télévision n'avait pas fait son retour dans la demeure.

Comment les gens peuvent-ils apprécier ces guignoleries ?

Pourtant, elle regarda encore une bonne minute le fils de Fatou avant de décider de retourner dans le petit salon. Geneviève soupira et se posta devant son employée.
— Je suppose que vous avez pris ses affaires ? Et puis, il ne va pas à l'école cet enfant ?
Fatou se leva et répondit d'une voix éteinte :
— J'ai contacté le collège pour dire qu'il sera absent. C'est la fin d'année... ils comprennent.
— Eh bien, s'ils comprennent ! reprit Geneviève durement.
Fatou ne releva pas et poursuivit :
— Pour ses affaires, j'ai tout rangé dans son sac de sport. Je vais le chercher dans le coffre de la voiture.
Elle se dirigea vers la porte d'entrée et sortit.
Geneviève soupira encore une fois. L'idée se précisait. Elle allait vraiment se retrouver en tête à tête avec un gamin qui allait pénétrer dans son domaine où elle ne laissait plus personne entrer. Depuis la perte d'Édouard et sa si soudaine crise cardiaque, il y avait huit ans, elle ne s'encombrait plus de mondanités et n'accueillait plus personne ici. Avant, la maison était vivante et animée par les amis et collègues de son mari. Édouard était sociable et aimait recevoir. Il organisait des dîners, il jouait au bridge et fumait, avec ses amis, le cigare en buvant du whisky, tandis qu'elle, déjà à l'époque, s'enfermait dans son bureau pour lire les thèses de ses étudiants en écoutant Chopin.
Geneviève se demanda ce qu'elle allait faire d'un petit footballeur. Elle n'avait pas eu d'enfant, elle n'aimait pas cela. Elle avait toujours trouvé les bébés affreux, les adolescents insupportables et son mari partageait sa répugnance. Et puis, de toutes les manières, leurs carrières respectives ne leur auraient pas permis d'en avoir un. Heureusement, elle était fâchée avec sa sœur, qui en avait eu trois

qu'elle n'avait jamais vus, et Édouard était fils unique. La quinquagénaire se demanda s'il était encore temps de rattraper Fatou pour lui annoncer qu'elle avait changé d'avis, qu'elle ne voulait pas de son rejeton chez elle. Elle était très franche par nature. Elle n'avait jamais craint d'exprimer ce qu'elle avait sur le cœur, mais elle pensa que, si elle disait non, Fatou serait bien capable de démissionner. Il y avait chez cette femme de la fierté. Blessée par le refus de prendre en charge son garçon, il était certain qu'elle claquerait la porte de la maison et Geneviève ne retrouverait pas une employée aussi remarquable qu'elle. Efficace, Fatou cuisinait pour elle tout ce que son estomac réclamait et c'était délicieux. Elle faisait les courses, le ménage et la lessive. Elle ne l'employait que quatre heures par jour, du lundi au samedi, soit vingt-quatre heures par semaine et sa productivité valait le double. N'était-ce pas le prix à payer pour que son employée reste ? S'occuper du fils de cette dernière ne serait peut-être pas aussi pénible que cela ? Après tout, ce n'était pas un nourrisson baveux et braillard. Il suffisait qu'elle le cadre comme elle cadrait les étudiants de première année avec sa légendaire fermeté. Et puis, il n'avait qu'à passer la fin de ce mois de juin dans le parc à jongler toute la journée !

Elle en était là de ses pensées quand Fatou entra à nouveau dans la maison. Elle la rejoignit dans le petit salon bleu. Elle portait un gros sac de sport noir qu'elle déposa sur le parquet de chêne. Le gamin se tenait derrière elle, sans son ballon qui devait être resté dehors.

— Voilà, David, je vais partir à la gare. Toi, tu dois obéir à Madame Malfoy. Je t'appellerai tous les soirs. Sois sage, poli et gentil comme je te l'ai appris.

Elle se tourna vers Geneviève et ajouta :

— Bien sûr, je vous dédommagerai. Vous n'avez qu'à me prélever quinze jours de salaire.

— Non, Fatou, je ne suis pas comme cela. Je vais vous rendre ce service. Il vaut bien tous ceux que vous m'avez rendus depuis trois ans. Je n'ai pas à me plaindre de vous, bien au contraire. Vous êtes une perle. Partez enterrer votre papa l'esprit libre. Je suis sûre que votre fils est un jeune homme sérieux qui saura se tenir.

Geneviève posa son regard sur le gamin et ce qu'elle vit ne lui disait rien de bon. Il était en sueur, complètement défroqué. Un maillot de foot trop grand recouvrait en partie un bas de survêtement informe. Ses baskets étaient pleines de terre et les petits graviers sous les semelles étaient en train d'abîmer le parquet massif.

Il faudrait que je retrouve les chaussons d'Édouard.

L'adolescent réalisa que sa mère allait partir et une vague d'inquiétude vint assombrir son regard. Geneviève le trouva beau. Il avait toute la prestance de Fatou, malgré ses vêtements avachis. Il était métis, ses cheveux étaient crépus, couleur miel.

Signe que le père du garçon était blond ? se demanda Geneviève.

Ses yeux étaient verts et renvoyaient des rayons dorés. Sa peau, onctueux mélange du noir et de l'ivoire, lui évoqua la teinte du caramel.

— Comment t'appelles-tu, jeune homme ?

— David Martin-Ntoutoume, m'dame.

Le gamin portait les deux noms de famille de ses parents, le patronyme « Martin » accolé au nom gabonais, ce qui sonna aux oreilles de Geneviève de manière très curieuse. Elle esquissa une petite moue en voulant effacer un sourire impromptu. « Ntoutoume » lui fit penser à une grosse chienne obèse qu'elle avait connue enfant et qui s'appelait « Toutoune ». L'animal vivait chez sa grand-mère maternelle, dans sa maison de Saint-Valery-sur-Somme. L'épagneul breton claudiquait du fait de son surpoids causé par toutes les sucreries que sa maîtresse lui donnait à longueur de temps. Geneviève fut honteuse de sa réaction. Elle connaissait bien le nom de son employée, elle l'avait vu sur son contrat de travail et l'écrivait sur les fiches de paie qu'elle préparait chaque mois. Mais l'entendre prononcer, c'était autre chose.

Heureusement, ni la mère ni le fils ne perçurent son trouble et Geneviève poursuivit :

— Quel âge as-tu ?

— J'ai douze ans, m'dame.

— Tu es grand, non, pour ton âge ?

La mère répondit à la place de l'enfant :

— Son père mesurait un mètre quatre-vingt-dix et moi, je ne suis pas petite non plus. J'espère que tout se passera bien, fit-elle en changeant de sujet.

— Il n'y a aucune raison d'en douter, se rassura Geneviève. Ce jeune homme m'a l'air intelligent et il va comprendre les règles de cette maison.

— Vous avez combien de chambres ici ? demanda David.

— La demeure en a sept.

— Waouh, je vais en avoir une pour moi tout seul ?

— C'est la moindre des choses, mon garçon.

— À l'appart, je partage ma chambre avec maman. Avant, elle dormait dans le clic-clac, mais elle a trop mal au dos.

— Bien... fit la mère embarrassée. Je dois m'en aller maintenant. Sois sage !

Et puis, elle se dirigea vers la porte d'entrée et embrassa son fils d'une bise sonore.

— J'appellerai tous les soirs, laisse bien ton portable allumé. Encore merci, Madame Malfoy. Mon train part dans trois quarts d'heure et j'ai pas mal de transferts avant d'arriver à l'aéroport.
— Allez-y, Fatou. Tout ira très bien.
Geneviève essayait de s'en persuader tout en l'accompagnant vers la sortie.

Fatou démarra de la rue Millevoye dans un nuage de fumée. Geneviève se dit que sa vieille voiture était en fin de vie. La quinquagénaire et l'adolescent restèrent figés un moment sous la marquise de verre qui abritait le perron. Geneviève réalisa alors qu'elle devrait aller chercher elle-même deux packs d'eau au supermarché dans l'après-midi. Les ennuis commençaient, ceux dont elle n'avait jamais voulu s'occuper : les tâches du quotidien.

— C'est super beau chez vous, on dirait un musée ou un château. Ça date de quand ?

— Tu t'intéresses à l'architecture ? Si tu veux savoir, c'est un hôtel particulier, construit en 1879 par l'architecte amiénois Charles Pinsard.

— Il est connu ?

— Il jouit d'une certaine notoriété à Amiens. Tu peux observer le style néo-Louis XIII, très prisé dans l'architecture résidentielle amiénoise du dernier quart du XIXe siècle.

— Y'en a d'autres des maisons de bourges comme ça dans le quartier ?

— C'est assez péjoratif comme terme, mais si tu veux parler de maisons bourgeoises... assurément. Il y a d'autres demeures bâties par Pinsard, mais celle-ci est singulière. Elle présente une élévation constituée de panneaux de briques avec des pilastres et de magnifiques encadrements de baies en pierre de taille parés en bossage.

— J'comprends que dalle à c'que vous dites ! lança l'enfant en bâillant.
— C'est l'occasion d'apprendre ! rétorqua Geneviève, en proie à une irritation soudaine.

Elle se radoucit instantanément en apercevant la tête de sa voisine dépasser de la haie mitoyenne. Sous prétexte de désherber, cette veuve d'un ancien député de la Somme arpentait sa propriété de long en large. Geneviève savait que c'était dans l'unique but de l'espionner.

Elle fit donc entrer rapidement le garçon dans sa demeure en lui faisant tout de même remarquer qu'il y avait un paillasson pour gratter la terre de ses souliers. Par bonheur, elle n'allait pas devoir sortir fermer la grande grille en ferronnerie qui donnait sur la rue, car Fatou avait bien verrouillé derrière elle et avait conservé la clé. Elle espéra que son employée allait bien prendre soin du double qui portait une étiquette avec son nom et son adresse. Elle prit conscience de son erreur. Elle y avait vu du confort pour permettre à Fatou d'entrer quand elle-même était à l'université. À présent, elle réalisait qu'il était possible de pénétrer chez elle sans effraction grâce à ce trousseau. Son système d'alarme n'était jamais enclenché. Il faudrait qu'elle soit plus vigilante à l'avenir.

Elle suivit David, puis se dirigea vers un meuble dans le hall. Il y avait bien huit ans qu'elle ne l'avait pas ouvert. Elle en sortit une paire de chaussons en cuir, taille 42. C'était à peu près la pointure du jeune garçon.

— Tiens ! Enlève tes souliers et mets ça !
— Ces vieux trucs ? Nan, c'est moche ! fit le gamin avec sincérité.
— Tu es ici chez moi et ce sont les règles de cette maison. On se déchausse à l'entrée. On laisse ses tennis ici par

mesure d'hygiène et l'on porte une paire de pantoufles ! dit-elle avec fermeté.

— N'empêche que c'est pourri !

Elle le fixa de ses petits yeux noirs et plongea son regard dur dans le sien. Ce duel dura trois longues secondes, puis le jeune garçon enleva ses baskets. Elle posa la paire sur le sol.

— C'était à mon mari. C'est peut-être laid, mais tu verras, ces chaussons sont très confortables. Il les faisait venir d'Italie. C'est une paire neuve. Il a porté ce modèle durant toute notre vie commune. Plus de vingt-cinq paires en vingt-cinq ans !

L'enfant hésita, mais le carrelage était froid. Il enfila les pantoufles et fit jouer ses orteils dans la laine d'agneau qui les garnissait.

— C'est vraiment moche, mais c'est comme si j'avais les pieds dans un nuage.

— Voilà pourquoi Édouard les adorait ! Prends ton sac et suis-moi, je vais te montrer ta chambre.

— Vous avez Internet ici ?

— Oui, depuis peu. J'en avais besoin pour mes recherches.

— Maman m'a dit que vous êtes une prof d'Histoire qui enseigne à la fac.

— Oui. Au département d'Histoire contemporaine.

— C'est quoi l'Histoire contemporaine ?

— C'est celle qui commence après la Révolution française.

— Et avant ? On l'appelle comment ?

— L'histoire moderne. Elle débute après 1492.

— C'est la découverte de l'Amérique.

— C'est cela. Tu aimes l'Histoire ?

— Un peu. J'aime bien un jeu vidéo où on incarne un assassin qui escalade les bâtiments, qui rencontre Léonard de Vinci et qui vole avec lui dans sa machine.
— Un assassin ? C'est n'importe quoi ! Et puis, de Vinci n'a jamais volé ! C'est idiot !
Le gamin ne répondit pas. Il gravissait le grand escalier et examinait les portraits peints, accrochés sur le mur de gauche, des messieurs très sérieux, en robe noire avec un col en fourrure blanche, qui l'impressionnaient un peu. Dans la demeure flottait une drôle d'odeur. C'était celle de la cire qu'il ne connaissait pas et que passait sa mère sur l'escalier une fois par mois.
Il reprit la parole :
— Et avant 1492 ? On parle de Moyen Âge, c'est ça ?
— Tout à fait. D'histoire médiévale ! Et avant, c'est l'Antiquité !
— Un autre jeu sur les assassins se déroule pendant l'Antiquité en Grèce.
— Il n'y a pas que les jeux vidéo dans la vie. Il faut aussi ouvrir des encyclopédies. Tu n'en lis pas à ton âge ?
Il ne répondit pas.
Après l'escalier, Geneviève mena David devant une porte. Elle se fit la réflexion que la dernière fois que quelqu'un avait dormi dans cette chambre d'amis, c'était pour l'enterrement d'Édouard. Sa cousine venait de Nice. Elle avait passé la nuit chez elle avant de retourner dans la Baie des Anges. Elle réalisa également que cela faisait bien huit ans qu'elle n'était pas entrée dans cette pièce avec vue sur le parc. Fatou veillait à la tenir toujours impeccable, d'y faire les poussières, au cas où quelqu'un lui rendrait visite. Sans Édouard et sa vie mondaine, il n'y avait plus d'invités. Son mari s'occupait d'accueillir les membres de la famille de Geneviève autant que les siens. Cette dernière réalisa

brusquement qu'elle était une « sauvage ». Elle chassa cette pensée en se disant que personne ne s'était donné la peine de prendre de ses nouvelles et qu'ils méritaient bien d'être bannis de son existence. Elle ouvrit la porte de la chambre d'amis.

— On dirait celle de Louis XIV ! s'exclama le gamin.

— Non ! Pas du tout ! Rien à voir ! C'est bêtement un style Louis Philippe. Le mobilier date du milieu du XIXe siècle.

— Trop classe ! s'extasia David en touchant un accoudoir d'un fauteuil qui se terminait en col de cygne. On se croirait à Poudlard !

— À Poudlard ? Je ne connais pas.

— Avec le nom que vous avez, vous devriez ! Votre petit-fils pourrait s'appeler Drago et votre fils Lucius, le Mangemort...

— Je n'ai pas de petit-fils, car je n'ai pas d'enfant. Et c'est à mon tour de ne rien comprendre à ce que tu racontes, mon garçon.

— Bien sûr que vous ne comprenez rien, vous êtes trop vieille !

Geneviève se sentit insultée. Elle lui jeta à nouveau un regard noir et David se ravisa.

— Euh... je voulais dire que ce n'est pas de votre âge. C'est dans *Harry Potter*.

Il posa son sac au milieu de la pièce. L'enfant examina un grand miroir à fronton, recouvert de feuilles d'or, installé sur une cheminée en marbre. Il en profita pour observer Geneviève qui battait un coussin en velours sur le lit. Elle lui faisait penser à une gouvernante anglaise. Pas à Mary Poppins, mais à une sorte de Nanny McPhee ! Il ne la trouvait pas laide, mais pas belle non plus. Elle n'avait pas plein de verrues ou un énorme nez, mais un air revêche comme elle.

En tout cas, au début de l'histoire ! Ses cheveux étaient courts et épais. Il voyait bien qu'elle les teignait, car ses tempes laissaient apparaître des reflets argentés. Il jugea ses lunettes rondes en écaille trop grosses pour son petit nez fin et retroussé, semé de taches de rousseur. Ses yeux n'étaient pas maquillés comme ceux de sa mère. Ils étaient très noirs, un peu trop enfoncés et rapprochés, semblables à ceux d'une fouine. Sa bouche ne paraissait être qu'une ligne. Il se dit qu'elle ne serait pas si mal si elle pouvait sourire. Il lui donna l'âge d'une grand-mère. Il n'avait pas de mamie dans sa vie. Celle du Gabon était morte bien avant sa naissance et celle d'Amiens n'avait pas voulu le connaître. Elle avait « tiré un trait » sur eux, comme lui avait expliqué son père, quand il était rentré d'Afrique avec une « femme de couleur ».

Geneviève releva la tête et s'aperçut qu'il la regardait dans le miroir. Elle ouvrit l'armoire en acajou et un parfum suranné de lavande lui sauta aux narines.

— Tu peux vider ton bagage et ranger tes affaires ici. Les commodités sont à côté.

Elle ouvrit une porte. L'enfant eut l'impression de voir la salle de bain de la fameuse chambre d'*Harry Potter*.

— Est-ce que vous savez que les deux pièces sont plus grandes que notre appartement tout entier ? Et puis, c'est moins haut aussi ! Nous, on habite au treizième et en ce moment, l'ascenseur est en panne.

— Bon ! Tu veilleras bien à ne rien casser. Je tiens à cette pendule, fit Geneviève en caressant le bronze doré de l'objet. Pas de ballon de foot à l'intérieur ! J'imagine que ta mère n'a pas eu le temps de te donner à manger ?

Il hocha la tête en guise de non.

Elle reprit :

— Bien ! Range tes affaires et viens déjeuner dans dix minutes. Tu aimes la blanquette de veau ?

David n'eut pas le temps de répondre, Geneviève était déjà sortie et avait refermé la porte. Il se jeta dans le lit et disparut dans la couette volumineuse en plumes d'oie. Il dégaina son portable et écrivit à son copain Yassine :

Hé, mec ! J'suis chez la grand-mère de Drago Malefoy en vacances. Elle est grave chiante, la mémé ! Elle vit dans un musée qui sent l'eau de Cologne. À plus !

2

Geneviève pénétra dans le parking souterrain Saint-Leu Cathédrale. Elle transpirait sous son imperméable. Elle détestait ce parking couvert, creusé dans les profondeurs de la vieille ville. Se garer était un véritable calvaire qui la mettait dans un état de stress intense. Tourner jusqu'au quatrième et dernier sous-sol, entendre ses pneus crisser, contrôler si la voiture, pourtant petite, n'allait pas percuter les bornes et les murs, tout cela la faisait suer à grosses gouttes. Et dire qu'elle aurait pu venir dans le quartier à pied puisqu'il n'était qu'à un quart d'heure de la maison... C'était à cause de ces fichus packs d'eau achetés à la supérette qu'elle s'était encombrée de son véhicule.

Quand elle le pouvait, elle préférait se garer à l'air libre. Mais voilà, en ce dernier samedi de juin, on ne trouvait plus une place de stationnement vacante à Amiens. Et le fils de Fatou qui n'arrêtait pas de dire : « Y'a un parking en bas, on y va ? » Ne se voyant pas revenir à son domicile pour repartir ensuite à pied, elle avait pris la décision de « descendre aux enfers » comme elle le pensait à chaque fois.

Geneviève s'en voulait d'avoir changé son programme. Cette dernière se disait qu'elle aurait dû rester à la maison et travailler sur son arbre généalogique pendant que le gamin aurait joué dans le parc. Mais à la fin du déjeuner, au dessert, elle avait eu brusquement envie de sortir, se persuadant que c'était pour ne pas manquer d'eau. À présent, elle réalisait que c'était plutôt pour ne pas manquer d'air. Geneviève s'était sentie prise à la gorge par la mère de famille qui lui avait imposé son enfant. La quinquagénaire avait besoin de faire plus ample connaissance avec lui, en terrain neutre, c'est-à-dire en ville, lors d'une promenade. Elle avait consenti un gros effort en lui ouvrant une chambre d'amis. Mais là, au dernier sous-sol du parking, essayant de manœuvrer pour entrer, entre deux 4x4 immenses et le mur de roche blanche qui se rapprochait dangereusement de son pare-chocs, Geneviève se demandait si elle avait eu raison de proposer cette sortie.

David se contorsionnait sur son siège et regardait par la vitre arrière. Il cria : « Stop ! » Elle immobilisa l'Austin à deux centimètres du mur.

— Elle a l'air d'être galère à conduire votre voiture !

— C'est une authentique Austin Mini. Rien à voir avec les directions assistées d'aujourd'hui. C'est quasiment un véhicule de collection. Elle date des années 90.

— En fait, reprit-il, c'est comme tout ce qu'il y a chez vous, c'est un vieux truc.

Geneviève se vexa et claqua sa portière un peu trop fort, sans ménagement pour sa vieille voiture. Elle le regretta aussitôt. Elle tenait trop à ce véhicule. C'était un cadeau d'Édouard pour leur anniversaire de mariage. « Une Austin, rouge vif comme mon amour pour toi ! », lui avait-il dit. Et cela lui était resté en mémoire, car c'était une phrase incongrue dans la bouche de son mari qui, de

coutume, n'était pas très démonstratif. Cette même année, elle lui avait offert une montre Montblanc. Il était enterré avec. Elle y repensa et trouva cela grotesque.
À quoi bon avoir l'heure dans une tombe ? Le mécanisme fonctionne-t-il encore ?
Pourquoi ce gamin lui rappelait-il ce qu'elle avait fait d'incohérent, comme refuser d'acheter un véhicule récent et bien plus pratique, par exemple ? Et puis, ce parking lui évoquait trop l'université. Le pôle « Droit et Sciences Économiques » était construit à la surface et, à ce moment précis, la surplombait comme une menace planant au-dessus de sa tête. Elle chassa cette idée en se disant qu'elle n'avait rien fait de mal et que les membres du conseil de discipline s'en rendraient compte, eux, contrairement au doyen.
La musique classique qui passait dans les enceintes du parking souterrain l'apaisa un peu et David s'exclama :
— C'est quoi cette musique ?
— « Prélude à l'après-midi d'un faune ».
— Pré quoi ?
— Prélude ! De Debussy ! C'est de la musique classique !
— De base, j'écoute pas cette musique !
— « De base » ! « De base » ! Ah non, jeune homme ! Tu ne vas pas t'y mettre toi aussi ! Mes étudiants n'ont que cette horreur à la bouche ! Qu'est-ce que vous avez tous avec cette expression ? Pour commencer, on dit : « à la base » ! Voilà que ce « de base » remplace désormais tout, les conjonctions de coordination et la locution « en fait » ! J'en ai...
Geneviève se mordit les lèvres et pressa le pas. Elle avait failli redire LA phrase ! Cette phrase que tous avaient jugée déplacée au minimum ou condamnable au maximum,

cette phrase sur laquelle ils allaient disserter dans quinze jours.
Vraiment, le hasard existe-t-il ? se demanda-t-elle ironiquement.
Si un prélude signifiait une pièce instrumentale ou orchestrale qui servait parfois d'introduction en musique classique, il désignait aussi le début d'une série d'événements. Et quoi de plus juste qu'un faune, en la personne de ce jeune garçon libre et naturel !
Il va falloir passer cet après-midi avec le faune, maugréa intérieurement la quinquagénaire.
Elle ouvrit la porte de l'escalier qui menait à la surface et une odeur d'urine et de tabac froid les prit à la gorge.
— Ça chlingue sévère là-dedans ! On dirait la cage d'escalier où j'habite. Ils peuvent bien se la péter en mettant de la musique classique, c'est pas mieux que dans la cité.
— Ne respire pas, on va appeler l'ascenseur, souffla Geneviève.
Elle appuya une fois, puis plusieurs autres, avec agacement sur le bouton.
— C'est pas la peine de le faire trente-six fois ! Il est tout pété !
David lui indiqua l'écriteau scotché sur la porte : « En panne ».
Ils étaient au quatrième sous-sol. Geneviève devint rouge, sans doute à cause d'une bouffée de tension, à l'idée de se coltiner l'ascension de l'escalier sans se tenir à la rambarde crasseuse pour atteindre la surface.
Si le gamin gambadait et enjambait les marches deux par deux, ce n'était pas son cas. Elle n'avait pas mis les bons mocassins, ceux à la semelle compensée, mais avait chaussé les bordeaux avec un talon un peu trop prononcé. Elle prit le temps d'être prudente pour ne pas tomber et crut

s'asphyxier dans les relents d'urine. Elle n'en finissait pas de gravir l'escalier et l'odeur empirait. Elle sortit alors un mouchoir propre de la poche de son imperméable et le posa sur son nez. « Opium » d'Yves Saint-Laurent emplit ses narines. Même si le parfum était intense, le mélange des deux était atroce. Son œsophage se contracta et la sauce de la blanquette de veau lui revint aigrelette en bouche. Une fois dans la rue, elle dut s'appuyer malgré elle sur le mur en brique du bâtiment pour reprendre son souffle.

David était de l'autre côté, sur le trottoir, et regardait l'eau couler doucement en contrebas. Le bras de la Somme était une curiosité pour lui et, surtout, les maisons en bordure du canal lui semblaient bien plus pittoresques que ses barres d'immeubles. Fatou ne l'emmenait jamais dans le centre ancien d'Amiens. Elle ne lui avait pas dit pourquoi. Lui savait que la mère de son père y vivait, car il avait surpris des conversations. Il se demanda si sa grand-mère paternelle était toujours en vie. Peut-être habitait-elle dans une de ces étranges bâtisses d'autrefois, avec un jardin au bord de l'eau, dans ce quartier qui portait, comme il l'avait lu sur le panneau, le nom de « Saint-Leu » ? Il était accoudé à la barrière métallique et regardait la maison au milieu du canal. On aurait dit une petite île privée, bien à l'abri du monde. Geneviève vint le rejoindre.

— Tu aurais pu m'attendre, Ginola !

Il la dévisagea, surpris. Pourquoi est-ce qu'elle l'avait appelé comme ça ? Soudain, il comprit. C'était écrit dans son dos. Son maillot, celui qu'il avait trouvé dans l'armoire de sa mère ce matin, celui que son père avait mis avant lui, portait le nom de ce joueur de football. Il l'avait d'ailleurs prénommé David à cause de lui. C'était son joueur fétiche. Il l'endormait, petit, en lui racontant ses exploits : David Ginola, attaquant vedette du Paris Saint-Germain, champion de France en 1994, vainqueur de deux Coupes de France, de la Coupe de la Ligue, qui élimina deux fois le grand Real Madrid en Coupe d'Europe. Le club lui avait donné le surnom d'El Magnifico avant son transfert à Newcastle et à Tottenham. Son père finissait toujours par lui passer la main dans sa tignasse frisée et lui faisait une grosse bise sonore sur le front en murmurant : « Bonne nuit, El Magnifico ! » Comme il lui manquait !

Il la regarda, se demanda ce qu'il faisait avec cette petite bonne femme sévère et eut aussi une pensée pour sa mère qui devait embarquer à l'aéroport de Paris.

— Tu aurais pu m'attendre, Ginola, reprit-elle, essoufflée. Oui, c'est écrit dans ton dos. C'est ton surnom ?

— Laisse tomber, t'y connais rien !

— Eh bien, dis donc ! Te voilà bien insolent pour me tutoyer !

— Est-ce que tu m'vouvoies, toi ? Pourquoi est-ce que je l'ferais ?

Geneviève n'eut pas envie de répliquer, d'abord car elle était trop essoufflée pour lui passer un savon et surtout parce que le gamin avait soudain l'air triste. Elle s'entendit répondre :

— Après tout, si ça peut te faire plaisir, Ginola.

— C'est qui « Saint Leu » ?

— Saint Leu est sans doute la déformation en picard de Saint Loup, un évêque qui a vécu ici au VIe siècle. Une église porte son nom à quelques rues de là. Mais la question serait plutôt, c'est quoi Saint-Leu ? Au Moyen Âge, au XIIIe siècle, ce quartier s'est développé. Il abritait des industries textiles. On y faisait le commerce d'une plante appelée la waide, un pastel qui teignait en bleu. On y trouvait des tanneries pour le travail du cuir. Il y avait également des moulins. C'est la raison de la présence de tous ces canaux qu'on nomme aussi « rieux ». Ces industries avaient besoin d'eau. Bien avant cet aménagement, c'était un marécage.

David avait écouté avec attention et Geneviève en fut satisfaite. Il était intelligent, effronté, mais curieux et avide de connaissances.

— Tu sais quoi ? Saint Leu, ça pourrait faire un super personnage de manga. Un héros avec une tête de loup !

Geneviève pensa qu'il était aussi un gamin de cette sale époque.

— Bon ! dit-elle en soupirant. Apparemment, tu n'es jamais venu ici avec ta mère. Si l'on allait faire un tour à la cathédrale avant d'aller à la librairie ?

Ils se mirent en route. Un soleil éclatant les aveugla quand ils lui firent face. David s'arrêta encore une fois sur une passerelle. Geneviève se détendait un peu. Il y avait de rares promeneurs, seulement quelques étudiants qui passaient leurs partiels de fin d'année. Le clapotis de l'eau et le chant des oiseaux étaient bienfaisants. Elle se demanda où étaient les propriétaires des automobiles garées dans le parking.

Sans doute en train de se surendetter dans le centre et ses boutiques !

Puis, tout à coup, le jeune garçon la vit. La cathédrale Notre-Dame d'Amiens apparut comme un éclatant vaisseau de pierre blanche. Bien sûr, il l'avait déjà aperçue à travers la vitre de la voiture quand ses parents roulaient dans le centre-ville, mais là, ce n'était pas la même chose, il était tout près. Il leva la tête et la trouva immense.

Sur le parvis, à sa droite, il y avait aussi une vieille bâtisse qui attirait l'œil même si elle ne rivalisait pas avec la cathédrale. Il connaissait le terme « à colombage ». S'il en avait parlé à Geneviève, elle lui aurait dit que la « maison du pèlerin » n'était qu'une reconstitution contemporaine d'une construction du XVe siècle. Il se mit à penser à la cathédrale de Paris qu'il avait vue brûler à la télévision et à un dessin animé avec un bossu amoureux d'une belle fille. Son imagination courut sur la façade gothique à la recherche de ce personnage. Il pressa le pas et distança Geneviève qui veillait à ne pas se coincer les talons entre les pavés, continuant de progresser avec prudence.

Soudain, droit devant, la quinquagénaire reconnut Solange Couturier, la veuve d'un avocat décédé l'année précédente. Par politesse, elle était allée à l'enterrement de ce collègue d'Édouard qui était venu à celui de son mari. Elle avait eu froid et avait dû passer la cérémonie dans l'embrasure du portail d'entrée en plein mois de janvier, l'église étant bondée. Quand elle avait béni le cercueil, Solange Couturier l'avait embrassée longuement en lui disant qu'il fallait qu'elles se revoient. Geneviève avait répondu « bien sûr », par convenance, mais n'avait jamais pris de ses nouvelles. Elle n'allait pas pouvoir se défiler une fois de plus.

— Tiens, Geneviève, comment allez-vous ?
— Bien ! Très bien ! Et vous ?
— Je me porte à merveille. Je reviens d'Agadir et l'on a eu un temps fa-bu-leux !

Il était vrai que Solange Couturier était très bronzée.

— Vous y êtes allée en vacances ?
— Oui, avec mon fiancé. Je vais me remarier. Je l'ai rencontré par l'intermédiaire d'une amie. Il adore les voyages et me fait découvrir tant de pays… Le mois dernier, j'ai visité le Cap en Afrique du Sud et je retourne à Agadir à la fin de la semaine prochaine.

Geneviève examina Solange qu'elle croisait depuis plus de vingt ans. Elle n'était pas proche d'elle, une connaissance tout au plus, mais elle ne la reconnut pas. Elle n'avait plus rien de la petite bonne femme, vivant dans l'ombre d'un ténor du barreau, effacée et timide, autrefois vêtue de tenues austères. Elle rayonnait dans une robe courte assortie d'un sac à main en cuir rouge.

Une veuve joyeuse ! Bientôt une jeune mariée qui a rayé de sa mémoire son défunt époux ! jugea-t-elle.

Geneviève lui en voulut, car pour sa part, elle n'arriverait jamais à oublier Édouard. C'est ce qui lui fit répondre si sèchement :

— Eh bien, tant mieux pour vous !

Son interlocutrice ne sembla pas s'en offusquer et chuchota, bien que personne ne puisse les entendre :

— J'ai appris pour vous dans la presse. Rassurez-vous, je n'en crois pas un traître mot.

Geneviève fut prise d'une bouffée de chaleur qui se termina en sueur froide.

— Oui, répondit-elle, sans rien laisser paraître. C'est un horrible malentendu qui sera bientôt dissipé.

— Eh bien, tant mieux pour vous !

C'est à ce moment précis que Geneviève se souvint de David. Elle l'avait oublié un court instant. Elle tourna la tête et l'aperçut sous le portail d'entrée de la cathédrale. Il l'appelait :

— Dépêche-toi ! criait-il en agitant la main.

— C'est votre petit-fils ?

— Non, c'est le fils de... d'une amie.

— Que je suis sotte, vous n'avez pas d'enfant et vous n'auriez pas un petit noir si...

Geneviève s'emporta :

— Je ne sais ce qui vous fait penser que je n'aurais pas eu de petit-fils métis, Solange ! Vous ne me connaissez pas.

— Vous ne fréquentez pas ces gens-là, voyons. Et puis... (elle ricana) ... le *Courrier picard* ne vous a pas loupée à ce sujet !

— Comment cela, « ces gens-là » ? Vous disiez pourtant que vous n'en aviez pas cru un traitre mot ! Vous savez quoi, Solange ? Vous, vous êtes de ceux qui n'aiment pas « ces gens-là » et qui vont se faire servir à Agadir !
Solange se mit à rire.
— Rafraîchissez-moi la mémoire ! Ce n'est pas vous qui avez une bonne africaine ?
— Mais, cela n'a rien à voir ! Elle aurait pu tout aussi bien être... Ah, et puis vous m'ennuyez à la fin ! Je ne vois pas pourquoi je me justifierais auprès de vous ! Je ne vous salue pas !
Ivre de colère, Geneviève la laissa en plan et se dirigea vers la cathédrale. Solange Couturier faillit en faire tomber son sac en cuir rouge et reprit, un peu déboussolée, le cours de sa promenade.
— Ben alors, on la fait cette visite ? s'impatienta David.
Geneviève était écarlate. Elle repensait aux réflexions de cette idiote de Solange. Oui, la presse ne l'avait pas épargnée, qu'elle fût écrite ou télévisée. Quelqu'un avait filmé la scène avec son portable et c'était passé sur toutes les chaines d'info en continu. Un scandale à l'université d'Amiens ! Des étudiants « issus des minorités », comme ils avaient dit et écrit, « insultés en amphithéâtre », des propos « stigmatisants et racistes ». Heureusement, elle n'avait pas la télé chez elle, mais, quand elle l'avait su, elle avait cherché sur Internet la séquence et l'avait visionnée. Pendant le cours, excédée, elle s'était entendue dire : « Taisez-vous, bande d'illettrés ! J'en ai ma claque des gens comme vous ! » Elle n'avait pas compris ensuite le brouhaha des étudiants, suivi de sifflets. Elle avait repris alors que quelqu'un avait déjà dégainé son portable pour filmer la suite : « Parfaitement ! Je le redis ! Taisez-vous bande

d'illettrés ! J'en ai ma claque des gens comme vous ! » Jamais elle n'avait voulu dire qu'elle ne « supportait pas les Noirs et les Arabes » comme la presse l'avait mentionné. Elle voulait simplement dire qu'elle n'en pouvait plus des étudiants de première année, quelle que soit leur couleur de peau ou leur origine. Tous ! Toute la jeunesse inculte dans cette époque ignorante ! Leur manque de connaissances, leurs fautes d'orthographe, leurs tatouages et piercings et, depuis peu, les étudiantes avec leur corsage transparent et leur ventre à l'air... Elle était devenue une raciste aux yeux de tous alors qu'elle était juste une professeure fatiguée par la médiocrité et l'apparence des étudiants actuels...

— T'es malade ? T'es toute blanche après avoir été toute rouge ?

— Tout va bien, Ginola ! Tu veux une visite guidée ? fit-elle en se forçant à sourire. Mais tu y es entré bien vite, jeune homme. Tu n'as sans doute pas bien regardé la façade occidentale et tout ce qu'elle peut bien raconter. Quand on sortira, on prendra un moment pour que je t'explique. Tu verras, c'est une bible de pierre. Nous sommes entrés par le portail Saint Firmin qui fut le premier évêque d'Amiens et tu as certainement aperçu les bas-reliefs à ta gauche.

— Oui, des tas de bonshommes, de femmes et des animaux aussi. On aurait dit les signes du zodiaque.

— Tout à fait ! C'est le « calendrier picard » et les travaux agricoles qui rythment les saisons comme une sorte d'almanach qui évoque les semailles, les moissons, le battage du grain, le foulage des raisins... Ces représentations, que l'on nomme quadrilobes, car elles sont en forme de trèfle à quatre feuilles, datent de la fondation de la cathédrale au XIIIe siècle.

— Et puis, il y a aussi de grandes statues, comme des rois, avec une petite étagère avec des rideaux au-dessus de la tête. Y'en avait même un qui la tenait, sa tête !

David la fit sourire. Elle lui dirait en sortant que c'était la Jérusalem céleste.

Le jeune garçon leva les yeux.

— C'est haut !

— Elle fait un peu plus de 42 mètres de hauteur et 145 mètres de long.

Il resta un moment le nez en l'air puis examina le sol.

— C'est cool les carreaux noirs et blancs ! Là, on dirait un labyrinthe !

— Absolument ! C'en est bien un. Il est long de plus de 230 mètres. Le chemin du labyrinthe devait être parcouru à genoux par les fidèles, ce qui constituait pour eux une sorte de pèlerinage en Terre sainte. Le centre du dédale était nommé « Paradis ». Vas-y ! Tu peux le suivre !

Le dallage de marbre dessinait une forme géométrique complexe qui eut pour effet de faire accélérer l'adolescent. Il se mit à marcher avec application sur les motifs et faussa compagnie à Geneviève.

Dans la nef, il examina une étrange inscription au sol, un octogone dans lequel figuraient une croix, quatre bonshommes et quatre anges. Il y avait bel et bien un labyrinthe et David le suivit, amusé. Geneviève était si absorbée par sa discussion avec lui qu'elle n'avait pas remarqué que la cathédrale était vide.

Elle était également en train de se remémorer l'échange avec Solange et ne regretta pas l'impolitesse dont elle avait fait preuve. L'autre l'avait bien cherchée en insinuant qu'elle était raciste.

Geneviève continua de marcher lentement et se dirigea, comme un automate, vers la chapelle Saint-Sébastien.

Elle atteignit le bras nord du transept. Elle s'arrêta un instant, admirant l'œuvre de Nicolas Blasset, qui, au XVIIe siècle, avait réalisé l'architecture et les sculptures. Le saint était représenté lié à un tronc d'arbre, percé de flèches, son casque et sa cuirasse déposés par terre. Elle se sentit soudain tellement proche de son calvaire. Le sien était moral, mais elle endurait, comme lui, les piques acérées de ses ennemis... À une différence près, elle ne laisserait pas les armes à ses pieds et saurait se défendre lors de son audience.

Elle reprit sa promenade et allait rejoindre le déambulatoire, quand...

— Mais qu'est-ce que vous foutez là, vous ?

Un homme grand et chauve, vêtu d'un blouson en cuir noir, venait de l'apostropher. Il était avec le recteur de la cathédrale, qu'elle connaissait pour avoir assisté à de nombreuses cérémonies. Ce dernier était blanc comme un linceul. L'arrivée de Geneviève avait interrompu leur conversation.

— Comment ? C'est à moi que vous parlez ?

— Bien sûr, vous voyez quelqu'un d'autre ?

— Mais, je ne vous permets pas ! Qui êtes-vous, monsieur, pour m'aborder de la sorte ?

Geneviève était sidérée par l'impolitesse de cet homme. Elle resta un instant la bouche ouverte. Elle cherchait du regard le recteur, mais celui-ci semblait absent et demeurait silencieux, lui pourtant si bavard quand il s'adressait aux fidèles.

L'homme en cuir reprit :

— Vous êtes une bonne sœur ? C'est ça ? Je suis désolé, madame... ma sœur, mais l'église est fermée cet après-midi.

— Il suffit ! Je ne vous permets pas ! Je ne suis pas une religieuse !

Il s'avança vers elle et Geneviève distingua un brassard rouge avec le mot « police » inscrit dessus.

— Qui êtes-vous alors ? L'accès à la cathédrale est interdit aux touristes. Vous avez vos papiers ?

— Je m'appelle Geneviève Malfoy, je suis professeure à l'université d'Amiens, au département d'Histoire. Mes papiers ? Depuis quand est-ce un crime de déambuler dans un édifice religieux ?

L'homme, qui la toisait d'un regard perçant, eut un petit rictus inquiétant :

— Comment êtes-vous entrée ? L'accès a été bouclé par le recteur.

— Par la porte qui était ouverte ! répondit Geneviève avec aplomb.

— Je l'ai pourtant bien verrouillée, murmura le recteur.

— Vous avez cru fermer, car on est bien arrivés par le portail Saint Firmin ! protesta-t-elle.

— Parce que vous n'êtes pas seule ici ? demanda le policier.

— Il y a, avec moi, un gamin de douze ans qui joue sur le labyrinthe. Mais bon sang, que se passe-t-il ?

Geneviève s'avança et posa brusquement ses deux mains sur sa bouche en voyant, horrifiée, un homme par terre, couché sur le dos.

— L'évêque, Monseigneur Lavigne, est mort, annonça le recteur, d'une voix cassée.

Elle ne put s'empêcher de regarder. Le défunt reposait sur le sol, figé. Sa main droite était levée comme s'il demandait le droit de prendre la parole, l'index pointé à hauteur de sa tête. Elle détourna les yeux.

— Monsieur, pouvez-vous, cette fois, aller verrouiller l'accès ? ordonna le policier.

— Je n'y comprends rien... j'avais fermé, murmura-t-il.

Il poursuivit en se hâtant :

— J'y vais, veuillez m'excuser.

Il remonta sa soutane et courut vers l'entrée.

— Je vous le redis, c'était ouvert ! insista Geneviève.

Le regard dur et interrogateur du policier se planta dans le sien et ils se dévisagèrent pendant trois secondes d'éternité. Elle tourna légèrement la tête dans la direction du mort et demanda :

— De quoi est mort l'évêque ?

Le grand policier caressa son menton mal rasé et dit d'une voix grave :

— Je ne suis pas devin, je suis seulement commandant de police. Bon, madame, allez chercher le gamin qui se balade dans l'église. Revenez me voir pour me donner votre pièce d'identité et votre adresse !

— Et quoi encore ? Me prenez-vous pour une suspecte ? Je vous redis que je viens tout juste d'arriver avec le fils de mon employée de maison que je garde actuellement.

Elle ne s'était pas rendu compte que David venait de la rejoindre. Lorsqu'il l'effleura, elle l'agrippa fortement par le bras, l'empêchant d'avancer.

— Ne va pas plus loin, mon garçon ! Il y a eu un tragique accident. L'évêque est mort.

L'adolescent fut très surpris. Il regardait l'homme avec lequel Geneviève parlait, un grand Maghrébin très costaud. Il portait un brassard de police comme dans les films.

— Ce monsieur est policier. Le commandant...

— Messaoudi.

Il tendit sa carte professionnelle. Elle y lut l'inscription « Brigade Criminelle ».

— C'est donc un crime ?

— Ne vous fiez pas à ce qui est écrit sur ma carte. Je passais par hasard sur le parvis quand j'ai entendu crier. Une bénévole de la cathédrale venait de le trouver mort. C'est sans doute une banale crise cardiaque.
— Une banale crise cardiaque ? En êtes-vous sûr ? Cet homme est bleu. Il a dû avaler sa langue et il est tellement crispé... Sa mort a dû être d'une violence inouïe, extrêmement douloureuse... Le pauvre homme...

Elle s'en voulut aussitôt d'avoir prononcé ces mots. Elle était en compagnie d'un enfant et elle craignit de l'avoir choqué. David ne l'était pas, au contraire. Il tendait le cou, essayant d'apercevoir le mort, mais Geneviève l'agrippait vigoureusement.

— J'attends du renfort, on va voir ça... mais, je ne vois pas pourquoi j'échange avec vous... Filez-moi vos papiers d'identité !

— Mais de quel droit ?

— Si vous ne baissez pas d'un ton, je vous colle un refus d'obtempérer ! Je n'ai pas que ça à faire, madame. Veuillez me donner...

Très contrariée, Geneviève fouilla dans son sac et en sortit sa carte d'identité qu'elle lui mit violemment dans les mains. Le policier la photographia aussitôt avec son portable et ajouta :

— Je vais vous demander de partir avec le garçon, madame. Vous êtes peut-être en train de me saloper une scène de crime.

— Vous saloper ? C'est grossier, très grossier... maugréa Geneviève. Je m'en vais ! Nous nous en allons ! Mais, une fois encore, je n'ai commis aucune infraction ! La porte était ouverte et nous sommes entrés. Je ne suis pas responsable de l'oubli du recteur. Je suis désolée pour l'évêque et j'espère que vous trouverez ce qu'il lui est arrivé. Allez, viens mon garçon !

Geneviève tourna les talons et força le pas. David avait à présent peine à la suivre.

— Pourquoi est-ce que tu cours aussi vite ? demanda-t-il.

— Tu n'as pas entendu le policier ? Nous ne devrions pas être là. Le recteur, sans doute sous le choc, a laissé la porte ouverte et l'on nous accuse d'être entrés. Je me disais aussi, il n'y a personne aujourd'hui. D'habitude, c'est bondé comme un hall de gare.

— Tu crois que quelqu'un a tué ce monsieur ? Ce serait cool !

— Il n'y a que vous, les jeunes, pour trouver cela « cool », comme tu dis ! On parle d'un homme décédé ! Ne dis pas n'importe quoi ! On voit bien que tu n'as jamais vu un mort en réalité. Nous ne sommes pas dans un de tes jeux vidéo. Un mort, c'est affreux. Fasse que tu n'en voies plus jamais un !

En prononçant ces mots, elle se remémora le décès de son mari. Elle était rentrée, après une journée de cours, et l'avait trouvé, en bas de l'escalier, le visage tordu, les yeux exorbités et les doigts rabougris sur son cœur. Une crise cardiaque fulgurante, comme l'avait annoncé le médecin du SAMU. Rapide, mais sans doute terriblement douloureuse. Elle n'aurait pas dû apercevoir l'évêque allongé sur le dos, le regard vers la voûte et l'index levé comme s'il répondait à une ultime question.

La mort vous foudroie n'importe où, n'importe quand. Il faudra des mois pour que j'oublie cela.

Elle eut soudain la gorge sèche.

Ils se retrouvèrent sur le parvis de la cathédrale et la lumière les aveugla. La chaleur était pesante et Geneviève était, comme très souvent, en imperméable. Les jours étaient les plus longs de l'année, le soleil encore haut.

À l'autre bout de la place, des jeunes jonglaient avec des massues de cirque sous le regard amusé des badauds. David, attiré par les artistes de rue, accéléra le pas.

— Non, reste à mes côtés, intima Geneviève qui avait horreur de ce genre de spectacle. Et si nous allions plutôt boire une limonade, place du Don ?

— Super ! fit le jeune homme.

Elle se dit que les préadolescents étaient une curieuse espèce. Elle n'avait pas le souvenir d'avoir été si insouciante et si peu concernée, étant enfant. David avait la capacité d'occulter les mauvaises choses et de vivre l'instant présent. Elle, elle avait toujours été vieille.

Ils quittèrent la ville haute pour la ville basse. Ils pénétrèrent dans les ruelles du quartier Saint-Leu et ses maisons bigarrées.

Elle avait hâte de s'asseoir et de se désaltérer. David traînait un peu derrière, observant les constructions typiques du quartier. Il s'arrêta devant une vitrine et apostropha Geneviève. Elle se retourna.

— Hé, regarde ! Ils vendent du shit !

— Voyons ! Nous ne sommes pas à Amsterdam !

Intriguée, elle revint sur ses pas et se posta à ses côtés pour examiner la boutique.

— On dirait pourtant bien une feuille de chanvre.

— C'est du CBD ! fit l'ado en riant. Je t'ai bien eue !

Elle mit un temps à essayer de comprendre. Elle fit semblant de saisir la nuance, mais n'y parvint pas. Pour ne pas perdre la face auprès du gamin, elle se lança dans un monologue sur les dangers de la drogue, mais David ne l'écouta pas. Ils tournèrent au bout de la rue et Geneviève fut heureuse de se poser à la terrasse d'un café, place du Don.

Les chaises étaient branlantes sur les pavés anciens. Elle demanda au garçon de café d'essuyer ce qui poissait la table, sans doute pas lavée depuis des lustres. Elle se dit que les traces de verres pouvaient représenter les anneaux olympiques de tous les jeux qui s'étaient déroulés depuis l'époque moderne. Le serveur passa rapidement une lavette informe, répugnante de saleté et dit, d'une voix faussement enjouée : « Qu'est-ce qu'elle prendra la petite dame ? Et le petit-fils ? » Geneviève l'observa avec sévérité, se demandant ce qui l'énervait le plus : son impolitesse, sa bêtise ou l'usage de la troisième personne du singulier pour s'adresser à elle. Elle hésita à se lever pour changer de café ou faire un esclandre, mais elle était lasse et avait eu son compte pour la journée avec Solange et le grand policier, alors elle renonça. Elle commanda sèchement un Perrier citron, car il n'avait, bien sûr, pas de limonade. David lui dit d'essayer le Sprite, mais ce nom américain ne lui disait rien qui vaille. L'adolescent voulut un Coca light.

— Du soda allégé ? Ta mère te laisse boire cela ?

— Ben oui, elle veut pas que j'mange trop de sucre !

Le serveur s'éclipsa. Elle se fit la réflexion qu'elle avait horreur de l'aspartame et pensa que l'industrie du soda avait la fâcheuse manie d'en fourrer partout, par économie ou par argument de vente, et que cela rendrait un jour tout le monde malade. Elle se demanda si c'était l'abus de sucre de synthèse qui dégingandait cette jeunesse et si c'était cela qui ramollissait le cerveau de ses étudiants.

Elle sortit de son sac à main une petite bouteille de gel hydroalcoolique qu'elle déversa presque entièrement sur la table en fer et qui s'évapora tout de suite au soleil, faisant disparaître l'hommage au baron Pierre de Coubertin. Elle put enfin poser ses coudes sur la table pour assener à David un autre monologue, non pas sur la drogue cette fois, mais sur les dangers de l'aspartame.

Le silence s'installa ensuite entre les deux. Elle l'observait en train de jouer avec sa paille et ses glaçons. Elle se demanda de quoi pouvait être mort l'évêque. Elle se convainquit qu'il était trépassé d'une crise cardiaque.

Après tout, le grand molosse en cuir noir est un policier de la criminelle et doit avoir vu une ribambelle de morts.

Elle ne parvenait pas à chasser une pensée : l'homme qu'elle avait aperçu étendu sur le carrelage froid de la cathédrale ne devait pas être plus vieux qu'elle, un type à l'aube de la soixantaine.

Des étudiants arrivèrent pour l'Happy Hour, deux bières allaient bientôt n'en valoir qu'une. Geneviève se dit que ce n'était pas un spectacle à montrer à un adolescent. Cela tombait bien puisqu'il avait presque terminé son soda et qu'il prononça :

— Y'a des mangas dans la librairie où on doit aller ?

Fort heureusement, Geneviève savait ce qu'était un manga après avoir lu, dans *Le Monde*, un article sur ce genre de bandes dessinées asiatiques qui remettait les jeunes à la lecture. Elle avait aussi remonté les bretelles d'un étudiant de licence qui avait eu l'outrecuidance d'en ouvrir un pendant son cours magistral.

— Ce n'est pas un magasin spécialisé dans ce type d'ouvrage, mais pourquoi pas ?

Le téléphone de David vibra. Il l'alluma et lut, à voix haute, le SMS de sa mère. Elle était dans l'avion et tout allait bien.

Geneviève paya et se fit la réflexion que c'était affreusement cher pour le service proposé.

Le jeune homme la suivit dans les petites ruelles, en écarquillant les yeux devant les vieilles maisons. Certaines semblaient anciennes, d'autres rénovées ou reconstruites, mais toutes avaient le pouvoir de le faire voyager dans ce Moyen Âge qu'il affectionnait tant.

David n'aimait pas son quartier. Autant qu'il s'en souvînt, les hauts immeubles d'Amiens lui donnaient le tournis. Il avait souvent l'impression d'étouffer sous les lignes électriques qui pendaient au-dessus de sa tête. Il se sentait pris au piège dans une sorte de toile d'araignée géante menaçant de l'attirer dans ses filets. Quand il se déplaçait en bus avec sa mère, il détestait la grisaille monotone des façades et des vitres ternes qui défilaient entre les arrêts de bus crasseux. La vieille ville était sale aussi, mais tellement singulière. Chaque pierre, chaque porte était unique et semblait raconter une histoire. Son imagination s'emballa encore et il se représenta des boutiquiers, des seigneurs, des marchands et des paysans déambulant à ses côtés. S'il avait parlé de ça à ses copains, ils se seraient bien moqués de lui. Il se dit que, peut-être, la petite dame qui trottait devant lui pourrait comprendre ce qu'il ressentait.

Une prof d'Histoire, ça aime l'Histoire...

La librairie devant laquelle elle s'arrêta ne ressemblait pas à celles que l'on trouvait dans les centres commerciaux. Il n'en avait jamais vu de semblable. C'était la librairie du Labyrinthe, rue du Hocquet.

David n'avait jamais vu autant d'ouvrages, rassemblés dans un aussi petit espace. Impressionné, il resta dans l'entrée pendant qu'elle récupérait un livre intitulé *Les intellectuels dans les années 30*. Il regarda, pourtant, l'austère couverture avec dégoût. Il n'aperçut pas de mangas, alors, elle lui proposa de lui prêter des romans de sa bibliothèque. Elle lui vanta sa collection de classiques : *Docteur Jekyll et*

Mister Hyde, *Dracula*, *Notre-Dame de Paris* et *Robinson Crusoé* qu'elle avait dévorés à son âge.
— Est-ce que tu as vu que la librairie est ouverte jusqu'à 23 h ? À quoi ça sert ?
— On y lit, on discute. Je viens souvent y écouter des auteurs. Et puis, il n'y a pas d'heure pour étancher sa soif de savoir !
— Hum, fit David, pensif.
Ils se dirigèrent ensuite vers l'entrée du parking. Elle paya à la caisse automatique, reprit son véhicule et chemina dans le dédale du parking souterrain jusqu'à la sortie puis en direction de son domicile, rue Millevoye.
Devant la grille de la maison, une fois l'Austin garée, David déchargea les deux packs d'eau et alors qu'elle ouvrait la porte de son hôtel particulier, Geneviève fut presque terrassée par une pensée : elle allait devoir cuisiner !

3

— Ginola ! Tu dois finir ton assiette si tu veux aller choisir un livre dans la bibliothèque !
— C'est dégueu !
— Mais pas du tout ! Les pâtes sont juste un peu trop cuites, mais le steak est bon !
— Tu sais ce que c'est des pâtes 3 minutes ? C'est pas des 4 fois 3 minutes ! Et puis, c'est de la glace au steak !

L'adolescent avait raison. La viande était presque crue avec un cœur glacé, car elle sortait du congélateur. Geneviève avait complètement raté la cuisson des pâtes. Elle n'avait même pas vu qu'il ne fallait que trois petites minutes pour les faire cuire. Les coquillettes étaient immangeables, une sorte de bouillie infâme.

— Bon ! fit-elle, vaincue et surtout un peu dégoûtée elle-même. Laisse les pâtes, mais mange le steak sur les bords.
— Tu as du sel ?

Bien sûr que Geneviève avait du sel, mais elle avait oublié d'en mettre. Elle se dirigea vers le garde-manger à la recherche de sauce tomate et en sortit un tube qu'elle posa sur la table.

— Avec ça, pas besoin de sel !
David l'ouvrit et pressa très fort dessus. Une giclée de sauce atterrit sur son jean.
— Non ! Tu aurais pu faire attention !
Geneviève se leva, arracha plusieurs feuilles d'essuie-tout et frotta.
— Ça étale tout !
— Je vois bien que ça étale tout ! fit-elle, excédée. Tu as un autre pantalon dans tes affaires ? Il va falloir faire tout de suite une lessive avant que le tissu n'en soit imprégné et que ce soit fichu.
— Je vais voir...
David enleva son jean, sans aucune pudeur, et lui remit en boule dans ses mains.
Une lessive ! Après le dîner, elle allait devoir faire une lessive. Comme Fatou lui manquait !
Geneviève se dirigea alors vers la buanderie où l'attendaient des appareils électroménagers dont elle ne savait pas se servir. Lave-linge, sèche-linge, fer à repasser sur centrale vapeur... Elle soupira. Elle ouvrait le hublot pour y placer le jean souillé, quand elle aperçut un bout de papier dépasser de la poche droite. Geneviève tira dessus et vit qu'il s'agissait d'une enveloppe. Quelque chose glissa et roula sur le carrelage. Elle pensa à une bille, la ramassa et la mit dans la poche de sa jupe. Elle examina attentivement le courrier qu'elle tenait dans les mains, une lettre de l'office des HLM.
Geneviève était très curieuse. Son père lui disait autrefois que c'était un très vilain défaut. Mais il était mort à présent et, même si sa voix résonnait toujours en elle, elle ne put s'empêcher d'ouvrir la lettre adressée à la mère de l'enfant. Elle la parcourut et réalisa que c'était un avis

d'expulsion. Fatou et David allaient se retrouver à la rue très prochainement pour loyers impayés.

Elle remit le papier dans l'enveloppe et le posa sur la table à repasser.

Que fait cette lettre dans la poche du gamin ?

Soudain, elle comprit en examinant le cachet de la poste, la date était récente. David devait l'avoir dérobée le matin même en allant chercher le courrier. Si elle était dans sa poche, c'était qu'il l'avait prise pour la soustraire au regard de Fatou afin qu'elle parte enterrer son père plus sereinement. Ainsi, elle avait des problèmes d'argent... En avait-elle envoyé au pays pour payer les frais médicaux de son père ? Qu'allaient-ils devenir, elle et son fils, sans logement ?

Elle fouilla les autres poches du jean. Dans la gauche, elle trouva un curieux objet. À vrai dire, il lui fit penser à une sorte d'outil pour crocheter une serrure.

Une serrure ? Non !

Elle se mit à hurler :

— Ginola ! Ginola ! Descends tout de suite !

David finissait de se reculotter en déboulant dans l'escalier.

— Qu'est-ce qu'il y a ? La sauce tomate ne part pas ?

— Je me moque de cette fichue tache ! À vrai dire, je ne sais même pas comment faire une machine. Tout se met à clignoter comme dans un cockpit d'avion ! Non, ce qui me préoccupe, c'est ça ! Tu peux me dire ce que c'est ?

— Ça, c'est du matos pour ouvrir les serrures !

— Du matos ? Tu veux dire du matériel ?

— Ben oui, du matos !

— Oh ! Ne prends pas des airs pour me parler, comme si j'étais une vieille folle ! La porte de la cathédrale, c'était toi ?

David baissa la tête, pris en faute.
Elle reprit de plus belle :
— Alors comme ça, j'héberge un petit délinquant ! C'est du joli ! Ta mère va être ravie de savoir que tu es un expert du crochetage de serrures ! C'est cela que l'on t'apprend dans ton quartier, Ginola ? À forcer des voitures pour voler des autoradios, à cambrioler des maisons et à entrer dans des églises quand elles sont fermées ?
David devint subitement très rouge et explosa :
— T'es une vieille raciste ! C'est tout ce que t'es ! Tu me prends pour un délinquant parce que je suis noir et que j'habite Balzac ! T'as décidé que je volais des autoradios. Mais, ma vieille, les autoradios, ça n'existe plus ! Maintenant, ils sont intégrés dans le tableau de bord ! Tu comprends rien ! Rien du tout ! T'es nulle ! Pour la porte, je me suis servi de mon kit Houdini. C'est un cadeau de mon père pour Noël. Comme ce magicien, je veux être le roi de l'évasion ! Je voulais entrer et c'était fermé !
— Pendant que je parlais à Solange, tu as...
— Oui ! J'aurais pas dû. Mais j'ai essayé et ça a marché. Et toi, t'es arrivée.
— Ginola, tu as fait n'importe quoi ! C'est interdit ! Et puis, je te défends de m'insulter !
— C'est toi qui m'insultes ! Ma mère, elle a pris ta défense quand les voisins lui ont dit qu'elle faisait le ménage chez une vieille raciste ! Elle aurait pas dû !
— Je ne suis pas raciste ! Je n'ai pas voulu t'offenser, j'ai juste cru...
— Tu te rends compte de rien ! Tu sais même pas faire cuire des pâtes, ni faire une lessive. Tu n'arrives pas à la cheville des gens du quartier où j'habite ! Tu vis dans ton monde. Tu te la pètes : « C'est bêtement un style Louis Philippe ! »

Il l'avait imitée. Elle avait prononcé ces mots le matin en ouvrant la porte de sa chambre. Était-elle hautaine, condescendante ou pire ?

Geneviève s'en voulait. Une affreuse pensée la traversa. Raciste, était-ce possible qu'elle le fût ? Non ! Bourrée de préjugés ? Peut-être ! De préjugés racistes pour accuser de vol un jeune métis de banlieue ?

Face à la violence de l'altercation, David quitta brusquement la pièce et s'enferma dans sa chambre. Elle avait la certitude qu'il pleurait.

Elle fourra le jean dans le tambour en maugréant, voulut enclencher tous les boutons et renonça. Elle retourna à la cuisine, se servit un verre d'eau glacée qui lui remit un peu les idées en place. Elle allait s'excuser auprès du jeune homme. Il fallait aussi qu'elle téléphone au recteur de la cathédrale pour lui annoncer qu'un enfant avait joué au roi de l'évasion ou de l'intrusion, en réalité. Elle repensa à la petite bille trouvée dans le pantalon de David. Elle la sortit de sa poche. Elle l'examina minutieusement en pleine lumière.

Ce n'était pas un bout de verre, c'était une améthyste. Elle en était certaine. Le grand-père de Geneviève avait été bijoutier à Amiens. Il excellait dans la taille des pierres précieuses. Elle avait passé de nombreuses heures dans son atelier à le regarder travailler. Il lui avait appris le nom de chaque gemme et ses propriétés. Que faisait le gamin avec cette pierre dans sa poche ? Elle allait lui demander calmement, sans l'accuser de vol. Elle se promit de le laisser s'expliquer. Elle monta les escaliers, s'arrêta devant la porte et frappa doucement.

— Je peux entrer ? Il faut qu'on parle.

— Non, va-t'en ! Je voudrais que ma mère soit là ! fit-il à travers la porte.

— Ginola, je suis désolée ! Je te présente mes excuses. J'ai été très bête et je le regrette.

Un silence s'installa.

Elle se risqua à ouvrir la porte. Il n'avait pas fermé à clé.

Elle s'approcha du lit sur lequel David était assis, les jambes en tailleur.

— Moi aussi, j'ai été bête de te dire que t'es nulle. J'pensais pas tout ce que j'ai dit.

— Écoute, Ginola ! On fait la paix ! Je veux juste te poser une question et après, tu iras dans la bibliothèque te choisir un livre. À moins que tu ne préfères jouer sur ton téléphone...

— Sur ma console ! la corrigea-t-il.

— Oui, sur ta console. J'ai vidé tes poches pour faire la lessive et j'ai trouvé ça. Où l'as-tu ramassée ?

David regarda la pierre qu'elle tenait entre ses doigts.

— La bille ? Je l'ai eue dans la cathédrale, un peu avant que je te rejoigne quand on a vu le flic.

— Où ça ?

— Par terre, elle a roulé sous ma basket. Je l'ai trouvée jolie, alors je l'ai prise.

— Tu me la donnerais cette pierre ?

— C'est pas une pierre, c'est une bille plutôt moche et même pas ronde. Mais si elle te plaît, tu peux la prendre !

— Merci. Il va falloir que je téléphone au recteur pour lui dire que tu as ouvert la porte pour t'amuser.

— T'es une vraie balance, toi !

Geneviève ne releva pas l'affront, déterminée à enterrer la hache de guerre.

— C'est ce qu'il convient de faire, Ginola ! Tu es entré par effraction.

— J'y avais pas pensé... fit-il un peu honteux.

Elle se réjouit de la prise de conscience de David.

— Ne t'inquiète pas, tu ne risques rien. Tu es un enfant et tu es mineur. Mais je crois que c'est préférable de dire la vérité.

— Comme tu veux... Alors, je peux aller dans ta bibliothèque ?

— Bien sûr, Ginola ! On y va tous les deux.

Pendant qu'elle descendait l'escalier, elle se mit à réfléchir. Geneviève était une femme assez douée pour assembler des idées et émettre des hypothèses. Son cerveau compilait toutes sortes d'informations, pour le peu qu'elle se sente concernée. Quelque chose était là, juste sous son nez, cette améthyste, si bien taillée, à quelques pas de l'évêque, mort à proximité de... (elle se remémora le plan de Notre-Dame d'Amiens) ... la chapelle de Saint Jean-Baptiste.

Elle se précipita vers la porte de sa bibliothèque.

— Tiens Ginola, les romans dont je t'ai parlé sont sur cette étagère ! Choisis-en un ! Prends une édition illustrée !

Puis, elle saisit un ouvrage sur la cathédrale. Elle chercha frénétiquement une page en particulier et posa le livre sur le bureau central.

David était encore sur le seuil, fasciné par la pièce et le mobilier. Les livres, des centaines, aux couvertures marbrées, garnissaient les rayonnages de meubles étonnants.

— Alors là, j'ai encore plus l'impression d'être dans *Harry Potter* ! s'exclama-t-il.

Elle répondit machinalement, absorbée par la recherche d'une page en particulier.

— C'est une bibliothèque de style néo-gothique.

David osa alors pénétrer dans cet antre fabuleux qui sentait bon les essences de bois, mélangées à la cire. Il s'approcha doucement de la plus grande des bibliothèques. On aurait dit que le menuisier avait copié l'architecture de la cathédrale. Au centre, un grand arc brisé était flanqué de deux autres plus petits. Sur la corniche, le meuble était sculpté comme de la dentelle.

Son regard se posa sur les ouvrages que ce dernier contenait, des éditions rares, rouge et or. Ses doigts parcoururent les tranches. Il choisit *Docteur Jekyll et Mister Hyde*, car le titre l'intrigua un peu. Doucement, il tira le roman et demanda à Geneviève s'il pouvait s'asseoir dans le fauteuil moelleux qui lui tendait les bras.

Toujours debout, la tête baissée sur son livre et l'esprit accaparé par sa recherche, elle émit un son qui sembla être un « oui ».

Il feuilleta l'ouvrage, une des illustrations était « trop cool ». Il commença à le lire.

Soudain, Geneviève exulta. Elle avait trouvé.

Elle contourna le bureau, tira la chaise et s'empara de l'ouvrage pour examiner encore la page.

Elle savait à présent d'où venait cette pierre aussi finement taillée. Elle leva les yeux, constata que David s'était réfugié dans le calme de la lecture et retourna à l'examen de sa page. Elle se massa les tempes et continua de réfléchir. Un homme était mort à proximité de cette améthyste. Elle ferma les yeux et revit la curieuse position dans laquelle il avait été découvert. Quand elle les rouvrit, elle regarda le calendrier mobile, sur le bureau, qui était resté à la date de la veille, le 24 juin. Soudain, son sang ne fit qu'un tour. Elle se leva, ébranlant la chaise au passage. David releva la tête, surpris, puis replongea dans sa lecture.

Elle se dirigea vers un autre ouvrage, un livre de peinture, qu'elle posa à côté du premier. Elle mouilla son doigt et le trouva enfin, le tableau de Léonard de Vinci.

Tout cela ne pouvait pas être qu'une simple coïncidence.

Elle sortit précipitamment de la bibliothèque, tira de sa poche le numéro du policier et le composa sur son vieux téléphone filaire.

— Commandant Messaoudi, je suis Geneviève Malfoy. Nous nous sommes parlé dans la cathédrale tout à l'heure. Pouvez-vous venir à mon domicile ? J'ai besoin de m'entretenir avec vous de toute urgence.

— J'allais me réchauffer un plat préparé... C'est à quel sujet ?

— Disons que je suis susceptible de faire avancer l'enquête sur la mort de l'évêque. Et bien plus encore, si mes hypothèses se confirmaient !

— J'ai ma dose de mystères dans mon boulot, Madame Malfoy. Vous ne pouvez pas m'expliquer ça maintenant ?

— Non ! Je ne peux pas ! J'ai besoin de vous montrer des choses. Je sais qu'il est tard, mais si vous voulez bien passer chez moi, je pense que vous ne serez pas déçu.

— Je ne...

Elle lui raccrocha au nez. Elle avait horreur de parler au téléphone et surtout, horreur de se perdre en explications inutiles alors qu'elle jugeait qu'il fallait qu'il voie ce qu'elle venait de découvrir. Tout cela devait se dire de visu.

Geneviève examina la pendule. Il serait bientôt là. Ce serait aussi l'occasion de présenter des excuses pour David. Elle alla faire chauffer la bouilloire pour son infusion.

Elle passa la tête par la porte de la bibliothèque.

— Une tisane, ça te dit ?

— Une tisane ? Comme pour les mémés ? C'est bon ?

— Un petit tilleul menthe ne peut pas te faire de mal. Je viens d'appeler le commandant de police. J'ai eu soudain plusieurs révélations concernant la mort de l'évêque.

David baissa son roman et se contenta de dire :
— Lesquelles ?
— Disons que la bille que tu as trouvée est plutôt une pierre d'une très précieuse relique.
— C'est quoi une relique ?
— Je t'expliquerai quand il arrivera, car je crains que cet ignare de policier ne le sache pas non plus à son âge.
— Il vient quand ?
— Je pense que je l'ai ferré. Il sera là dans un quart d'heure, le temps d'infuser.

David se replongea dans sa lecture. Il aimait bien cette soirée un peu spéciale qui avait pourtant si mal commencé. C'était vraiment sympa de s'enfoncer dans le sofa en cuir, tout en lisant. La tombée du jour donnait aux étagères des ombres redoutables, qui évoquaient le dos de dragons fabuleux. Mais ce qui était écrit dans le livre était encore plus « cool ».

L'adolescent adorait lire. Il dévorait les romans que la prof de Français lui demandait d'acheter, mais ne l'avouait pas aux copains. Il fourrait même des mangas dans son sac de cours, à la place des livres qu'il appréciait, pour faire comme tout le monde et que ses camarades ne se moquent pas de lui, mais il n'aimait pas vraiment cela. Il adorait également l'Histoire, qui le faisait rêver et voyager, et sa mère le trouvait souvent devant son téléphone portable en train de regarder des reportages. « Être un intello », c'était être « une victime » au collège. Les grosses têtes étaient harcelées. Régulièrement, il se forçait à commettre des erreurs pour ne pas obtenir la meilleure note. Il se contentait de ne pas répondre à quelques questions. Les enseignants ne comprenaient pas et lui disaient qu'il était trop distrait ou inconstant. Avec Geneviève, ce soir-là, il se plut à être un intello qui attendait sa tisane.

La sonnette annonça une arrivée. David entendit Geneviève trotter vers la porte d'entrée. Quelques secondes plus tard, leurs voix se rapprochèrent et le grand type croisé dans la cathédrale pénétra dans la bibliothèque.

Dans cet univers feutré, le policier paraissait encore plus redoutable que dans la cathédrale. L'expression « un éléphant dans un magasin de porcelaine » vint instantanément à l'esprit de Geneviève.

Le commandant se planta devant le fauteuil de l'adolescent et annonça d'une voix grave :

— Madame Malfoy m'a appris pour ton effraction.

Effraction, ils ont tous ce mot-là à la bouche, pensa David.

— Elle n'était pas volontaire, Commandant. C'était un jeu. Ce jeune homme veut devenir le nouveau Houdini.

Il se tourna vers elle et afficha aussitôt un large sourire qui surprit Geneviève.

— Houdini, le magicien ? Moi aussi, je l'admirais quand j'étais enfant. J'ai toujours hésité entre la carrière de flic et de roi de l'évasion…

Il se retourna vers David et annonça, soudain redevenu sérieux.

— Je passe l'éponge pour cette fois, mais il ne faudra pas recommencer.

Il s'adressa ensuite à Geneviève :

— J'espère que vous ne me faites pas perdre mon temps ! Je vous écoute !

— Prenez donc un siège, fit-elle en contournant le bureau.

David plaça un marque-page dans son livre, se leva du canapé et vint se poster derrière le policier qui venait de s'asseoir.

Le commandant examina Geneviève. Cette petite bonne femme l'intriguait un peu. Son ton était moins autoritaire que dans l'après-midi, mais il émanait encore de sa personne une sorte de force qui imposait le respect.

Il la dévisagea. Elle n'était ni belle ni laide, une quinzaine d'années d'écart avec lui, tout au plus. Elle ouvrit un épais livre avec des reproductions de tableaux.

— Regardez cette toile ! Vous la connaissez ?

— Je ne m'intéresse pas trop à l'art, Madame Malfoy.

— C'est une huile sur bois de Léonard de Vinci, réalisée à la fin de sa vie vers 1516. Il s'agit de Saint Jean-Baptiste, le cousin du Christ. Voyez la position du sujet ! Elle ne vous évoque rien ?

— Celle de l'évêque. Elle était identique, le bras droit levé et légèrement plié, son index pointant le ciel. Mais, je ne comprends pas bien où vous voulez en venir. C'est une simple coïncidence ! Vous savez, cet homme est mort de mort naturelle, c'est ce qu'a conclu le médecin.

Elle désigna du doigt le bras de Saint Jean-Baptiste.

— Je suppose que vous avez découvert de nombreux morts durant votre carrière, non ? Pensez-vous qu'il soit facile de mourir de la sorte ? Je veux dire, prendre cette position volontairement ?

— Écoutez, lorsque la mort est accidentelle, les positions sont parfois étonnantes. Je ne vous parle même pas des membres cassés.

— Celle de l'évêque était pour le moins… surprenante.

— Je vois où vous voulez en venir. Vous présumez qu'il a délibérément pris la pose ?

— Cela me paraît évident ! L'évêque connaissait ses classiques ! C'est une représentation très célèbre ! Saint Jean-Baptiste est associé à ce signe divin du doigt qui montre le ciel et on le retrouve dans bon nombre d'autres tableaux. Tenez... (elle tourna une autre page) ... la Vierge à l'enfant avec Sainte Anne, le tableau date de 1501. Voyez, c'est Anne qui accomplit à nouveau ce geste en regardant le Baptiste !

— Une simple coïncidence...

— Laissez-moi continuer ! Voici une autre chose que Ginola a trouvée juste avant d'arriver à l'endroit où nous nous sommes rencontrés.

Elle ouvrit la main et la petite pierre brilla, traversée par un rayon du soleil couchant.

— Un bout de verre ! Et qui est Ginola ?

— C'est moi ! Elle m'appelle comme ça, car j'ai le nom de ce joueur archicélèbre sur le dos et puisqu'elle, elle n'y connaît rien, elle croit que c'est mon surnom.

Le policier sourit, amusé par la remarque du jeune garçon.

Geneviève réalisa sa méprise, mais continua pour ne pas perdre la face.

— Ce n'est pas un bout de verre, Commandant ! Avant de nous rejoindre, quand nous parlions dans la cathédrale, Ginola a ramassé cela par terre. Il a cru que c'était une bille.

— Et qu'est-ce que c'est d'autre ? fit-il en l'examinant entre le pouce et l'index.

— Vous aimeriez bien le savoir, n'est-ce pas ?

— J'ai la désagréable impression que vous êtes en train de vous foutre de moi et, comme je vous l'ai déjà dit, je n'ai pas que ça à faire. Je dois retourner à la brigade, j'ai des tas de dossiers en attente.

— C'est une améthyste ! Quand je l'ai trouvée dans le pantalon de Ginola, j'ai été prise d'un affreux pressentiment. J'ai tout de suite pensé à Saint Jean-Baptiste.

— Vous y aviez déjà pensé avec la position du corps ?

— Non ! C'est cette petite pierre qui m'a mis sur la voie !

Elle ouvrit le second ouvrage intitulé *Les trésors de la cathédrale d'Amiens*. Il comprenait de nombreuses photos de statues, de tableaux, d'objets liturgiques et d'œuvres d'art conservés dans l'édifice. Elle lui en montra alors une en particulier qui eut pour effet de provoquer un léger mouvement de recul du policier.

— Qu'est-ce que c'est que ça ?

Le commandant Messaoudi observa la page attentivement et s'exclama :

— Mais c'est un crâne humain dans un plateau doré !

— C'est la relique du chef de Saint Jean-Baptiste, conservée à Amiens depuis le XIIIe siècle. Ne soyez pas effrayé, c'était très courant au Moyen Âge de revenir de croisade avec une relique à vénérer... Hier, le 24 juin, c'était justement la Saint Jean-Baptiste. C'est le moment où l'on déplace la relique du trésor à la chapelle, cette dernière étant située près de l'endroit où le corps a été retrouvé. Et devinez quoi ? L'évêque a pointé du doigt la chapelle, tout en prenant la pose du Baptiste dans l'œuvre de Léonard de Vinci.

— C'est chelou ! s'exclama David, de plus en plus intéressé.

— Les pierres... fit Messaoudi, on dirait...

— Oui, les pierres qui ornent le plateau d'argent où est serti le crâne de Saint Jean-Baptiste sont surtout des améthystes rondes... et de la même taille que celle que Ginola a trouvée.

— Ce... truc... cette relique est exposée dans la cathédrale ? C'est la tête de Saint Jean-Baptiste, c'est ça ? Et le garçon aurait trouvé une des améthystes ? Mais on ne nous a pas signalé de vol !

— Vous êtes allé inspecter, Commandant ?

— On a fait le tour avec le recteur. Euh... Écoutez, Madame Malfoy, vous êtes dans des suppositions... Je sais ce que vous êtes en train d'imaginer. Vous croyez qu'il y aurait eu une lutte pour la relique, lutte pendant laquelle une pierre serait tombée. L'évêque aurait perdu la vie et, tranquillement, au lieu d'appeler les secours, il aurait pris la pose pour attirer notre attention sur le crâne de Saint Jean-Baptiste. C'est du délire !

Geneviève s'empourpra. Elle avait horreur qu'on lui dise qu'elle « délirait ». Elle était une femme de raison qui contrôlait ses passions. Elle étoffait ses hypothèses par des faits. Elle lança donc, le plus calmement possible, en tentant de dominer sa colère :

— Eh bien, prouvez-le ! Nous pourrions nous y rendre. Et si la relique s'y trouve, je vous présenterais mes excuses pour le dérangement. Et puis, ce ne serait pas la première fois qu'une victime désigne un meurtrier ou une agression au moment de perdre la vie ! Il y a deux ans, c'est arrivé au professeur Declercq à Saint-Riquier ! Mon pauvre confrère l'a indiqué à son ancienne étudiante avant de mourir ! Souvenez-vous, on en a longuement parlé dans la presse ! C'est d'ailleurs un policier d'Abbeville qui...

— Je me souviens très bien de cette affaire. Le type s'est dessiné une marque viking sur le front.

— Une marque saxonne signifiant : « Venge-moi ! » Vous voyez, un homme érudit peut tout à fait adresser un message juste avant sa mort ![1]

Messaoudi regarda Geneviève intensément. Elle ne semblait pas folle. Tout chez elle transpirait la culture, la connaissance et surtout la maîtrise de son sujet. Son raisonnement, quoique surprenant, se tenait. Au fond de lui, son

---

[1] Voir *Le manuscrit perdu de Saint-Riquier*, paru en septembre 2021 aux Éditions Nord Avril.

instinct de flic lui disait que la position du corps, si particulière, ne pouvait pas être le fruit du hasard, surtout depuis qu'il avait vu le tableau et qu'elle lui avait rappelé cette affaire. Il avait longuement examiné la position du bras droit et de l'index et avait trouvé cela étrange quand le médecin avait conclu à une crise cardiaque. Il avait sourcillé. Et si quelque chose lui avait échappé ? Peut-être était-ce parce qu'il n'avait pas suffisamment de connaissance de ce milieu ? Une église, rien à voir avec son univers urbain habituel ! Depuis plus de dix ans, il arpentait la ville et sa banlieue. Il avait vu des macchabées sur les trottoirs, dans les maisons, dans des halls d'immeubles... des crimes bien sordides. Mais ce mort et cette position, cette crispation extrême, le fait qu'il soit bleu sans avoir avalé sa langue, il ne s'était pas senti à l'aise dans cette église. Il était athée et n'avait aucune culture religieuse, ni de la Bible ni même du Coran, contrairement à ce que tout le monde pensait en le voyant. Alors, cette femme, cette professeure, pouvait peut-être lui apporter des connaissances pour faire avancer l'enquête ? Et puis, il avait du temps à perdre. Il habitait seul une petite maison qu'il rénovait, à Longueau, et personne ne l'attendait le soir, pas même un chien ou un chat.

— Après tout, pourquoi pas ! Allons-y ! Le gamin peut rester ici ?

— Ah non ! Ginola vient avec nous ! Sa mère me l'a confié.

— On y retourne ? Trop classe !

— Vous avez votre voiture ? Pas question que je me gare à Saint-Leu !

— C'est surtout que le commandant ne rentrerait pas dans ton Austin Mini.

— On prend ma camionnette.

— Une camionnette ? J'espère que vous plaisantez !

Sur le trottoir, juste en face du grand portail, un utilitaire Ford était stationné. Devant, une banquette en cuir offrait trois places et, à l'arrière, le véhicule était aménagé comme un camping-car, avec un minuscule coin-cuisine et un espace de couchage.

— C'est trop kiffant ! s'extasia David qui occupait la place du milieu pendant que Geneviève, du fait de sa petite taille, peinait à monter.

— Oui, ce camion, c'est comme chez moi. Quand le travail est éprouvant à la Crim', je prends la route pendant les repos et les vacances. Il m'arrive d'aller dormir au bord de la mer.

— J'aimerais bien avoir un truc comme toi, plus tard ! T'as des enfants ?

Voilà que Ginola se met à tutoyer le policier, pensa Geneviève.

— Non, je suis célibataire et heureusement, je n'ai pas eu d'enfant…

— Maman, elle m'a eu à dix-huit ans. Elle a rencontré mon père au Gabon quand il était militaire et puis, elle a arrêté la fac de Droit pour venir en France.

— Ta mère était à la faculté de Droit ? demanda-t-elle.

— Oui, même qu'elle était en deuxième année ! Elle a eu son bac à seize ans avec mention, elle était surdouée. Elle ne te l'a jamais dit ?

— Non. Je l'ignorais.

Geneviève réalisa qu'elle n'avait jamais vraiment parlé avec Fatou. Si elle savait pour l'existence de David, c'était parce que son employée disait : « je ne peux pas venir aujourd'hui, car c'est l'anniversaire de mon fils » ou bien « j'aurai du retard, car mon petit est malade ». D'elle, elle ne connaissait rien. Elle comprit le parcours de cette femme, qui, pour avoir le droit d'aimer un homme, avait dû quitter son pays, ses études et travailler très jeune. Et puis, quel travail elle lui donnait ! Tout ce qu'elle jugeait indigne d'elle ! Toutes les tâches ménagères ! Si elle avait su, elle lui aurait conseillé de suivre des cours du soir, de reprendre ses études de Droit. Ce n'étaient pas les relations qui manquaient à Geneviève dans le domaine pour lui venir en aide.

Le commandant Messaoudi pila à l'orange.

— Hé, tu aurais dû passer ! T'es flic après tout !

— Justement, Ginola... Quand on est policier, on montre l'exemple !

— T'as un gyrophare ? T'as une arme ?

— Oui, sur ma voiture de fonction et dans...

— Ginola, cesse d'importuner le commandant !

— Il ne me dérange pas, madame. Il s'informe, voilà tout. Les jeunes posent beaucoup de questions.

Geneviève n'apprécia pas cette remarque. Que pouvait-il comprendre de plus qu'elle à la jeunesse ?

Un silence gêné s'installa dans l'habitacle. Le policier était mal à l'aise en compagnie de cette femme. Il n'avait pas l'habitude de ce genre de personne et encore moins de conduire en pareille compagnie. L'adolescent ne le dérangeait pas, mais elle, c'était une autre histoire...

La nuit était en train de tomber. Le commandant se gara place Saint-Michel. Aucun stationnement n'était disponible, mis à part une place pour personne handicapée. Il n'avait pas le choix et décida de couper le moteur ici.

— Ah non ! Vous disiez qu'un homme de loi devait montrer l'exemple ! Que va penser cet enfant ?

Le regard du policier croisa celui de la statue qui trônait au milieu de la place et qui brandissait vers eux un crucifix. Il se mit à espérer qu'il aurait le pouvoir d'exorciser cette vieille fille rabat-joie.

Mais elle ajouta encore :

— Je vous vois venir, vous êtes du genre à faire sauter tous vos PV !

— Ben ouais, ricana l'adolescent. Il est de la grande famille poulaga !

— Si tu étais mon fils, je t'aurais lavé la bouche avec de l'eau et du savon, s'indigna Geneviève.

— Vous pourriez laver la vôtre par la même occasion ! maugréa le commandant de police.

Il remit le contact et enclencha, à contrecœur, la marche arrière au moment où une autre voiture quittait son stationnement. Il gara le véhicule sur l'emplacement qui venait de se libérer.

— Vous voyez ! Ce n'est pas bien compliqué de respecter la loi !

Cette bonne femme et ses leçons de morale l'exaspéraient. Elle était revêche et intransigeante. Tout le contraire de son ex-compagne plutôt laxiste. Elle lui faisait penser à une sorte de bonne sœur qui aurait été bibliothécaire de son couvent, avec un côté petit-bourgeois détestable.

— On a de la chance de trouver une place. Il y a un spectacle nocturne qui attire les touristes, ainsi que les pickpockets, depuis une semaine : l'illumination de la cathédrale, dit-il en claquant la portière. Je vous propose d'aller le regarder. Il faut que j'appelle le recteur pour qu'il nous ouvre la porte. Je vous rejoins rapidement.

— J'aurais pu lui ouvrir la porte, moi...

— Ginola ! Mais quel petit chameau ! J'espère que tu dis ça pour blaguer !

4

Geneviève et David se retrouvèrent sur le parvis parmi les curieux et les badauds. Elle connaissait l'ancien spectacle son et lumière qui débutait, à l'époque, à la mi-juillet. Celui-ci était nouveau, mais toujours le fruit du travail de Michel Pastoureau, illustre enseignant-chercheur et historien médiéviste. Le directeur de l'École Pratique des Hautes Études avait œuvré, avec une société de production, pour restituer les polychromies du Moyen Âge, projetées ensuite sur l'édifice gothique. Elle avait eu le plaisir de le rencontrer à l'université de Picardie Jules Verne d'Amiens et avait longuement discuté de la symbolique des animaux représentés sur la façade.

La cathédrale en pierre blanche s'était offert des habits de couleur qui, pour l'instant, demeuraient fixes.

— Sais-tu, qu'au Moyen Âge, elle était peinte exactement comme cela ?

Une voix retentit alors pour raconter son histoire et celle d'un chanoine qui ramena la relique de Saint Jean-Baptiste d'une croisade et la remit ensuite à l'évêque Richard de Gerberoy. Ce dernier demanda à l'architecte Robert de Luzarches de concevoir un écrin pour elle en édifiant une somptueuse cathédrale. Les fondations de la nef terminées, l'évêque Geoffroy d'Eu engagea l'architecte Thomas de Cormont qui éleva les murs, les piliers et les voûtes. Son fils, Renaud de Cormont, paracheva son œuvre.

— Ils étaient forts les bâtisseurs ! conclut David.

— Ce sont eux qui sont représentés au centre du labyrinthe, précisa-t-elle.

Puis, le spectacle qui suivit imposa le silence.

Les nuages blancs projetés se dissipèrent et un trait lumineux apparut sur la façade. Il souligna, comme l'aurait fait un crayon, les trois portails et les trois niveaux d'élévation de l'édifice, puis les deux tours surmontant les entrées latérales.

Les lumières coururent ensuite comme des lucioles sur la galerie des rois, sur le triforium, avec ses arcades géminées, et sur la rosace. Les rayons éclairèrent les deux tours et la galerie des sonneurs. Les lignes géométriques se brouillèrent et vacillèrent, puis, ce fut le tour de flammèches bleues de s'élever. Elles se mirent à former des drapés qui se déployèrent vers le sommet des tours.

Si cette couleur et cette forme n'évoquaient rien pour David, Geneviève avait parfaitement saisi le symbole : l'azur de la waide ! Cette plante picarde qui avait fait d'Amiens une ville drapante si prospère. Jadis, elle donnait une magnifique teinte bleue aux tissus. On la cultivait à l'est de la cité et on la vendait aux foires de Champagne, en Flandres et jusqu'en Angleterre. Ce pastel avait financé une bonne partie de la construction de la cathédrale et l'on trouvait des fleurs de waide sur la façade pour lui rendre hommage. Et puis, Geneviève pensa à ses ancêtres marchands qui avaient fait fortune avec cette plante et à son arbre généalogique qui l'attendait.

Notre-Dame d'Amiens était à présent une dame bleue, vêtue du manteau de la couleur de la Vierge. Le drap tomba et elle se transforma en or.

On entendit un « Oh ! » d'étonnement et de ravissement monter de la foule amassée sur le parvis. Puis, dans les haut-parleurs, une musique New Age résonna et la façade devint la toile d'un ballet de formes géométriques où les triangles et les prismes lumineux s'entrecroisaient. Plusieurs sphères éclatèrent pour former des quadrilobes qui rappelèrent à David les bas-reliefs qu'il avait admirés dans l'après-midi.

Il se tourna et dit à Geneviève :

— Tu as vu, c'est le calendrier picard !

Il était heureux. Elle le lut dans son regard et fut satisfaite de constater qu'il avait de la mémoire pour retenir des connaissances et qu'il était sensible à la beauté de l'art.

La rosace explosa, comme une constellation l'aurait fait, en une myriade d'étoiles. La façade devint alors un vaste kaléidoscope.

— On dirait du papier cadeau !

Elle acquiesça. On entendit comme une sorte d'engrenage se mettre en route dans la bande-son puis le grincement d'une porte qui se déverrouille et ce fut un enchantement. La façade entière sembla s'ouvrir et le public eut l'impression de marcher dans la nef et dans sa forêt de voûtes.

— Ça me rappelle un jeu vidéo !

Vinrent ensuite l'évocation des vitraux, puis celle de la géométrie savante des bâtisseurs. David reconnut le labyrinthe au cœur octogonal.

Le dernier tableau ne fut pas tellement au goût de Geneviève. On y célébrait la modernité. Les couleurs devinrent fluorescentes. Une explosion de jaune, de rose et de vert très vif sur un rythme techno. La cathédrale ressemblait à une sorte de toile, à la Andy Warhol ou à la Jackson Pollock, qui vibrait dans une pulsation frénétique.

La musique s'évanouit peu à peu. Après un fondu au noir, les lignes rougeoyèrent une dernière fois et ce fut la fin. Les applaudissements fusèrent.

— On dirait qu'ils ont trop fumé ! se moqua David.

Elle se tourna vers lui.

— Vous me fatiguez les jeunes avec votre drogue qui revient sans cesse quand vous êtes dépassés par la création ou le génie d'un artiste ! J'en ai vraiment assez d'entendre à tout bout de champ : « untel, il a trop fumé ! »

David la regarda, interloqué. Il réalisa qu'elle avait raison. Il avait cette manie, ce tic de langage. Il venait d'assister à un spectacle grandiose. S'il n'avait pas compris tous les symboles historiques ou architecturaux, il avait vu autre chose qui lui avait échappé à elle. Il avait imaginé des réseaux de circuits intégrés, de la lave chaude des volcans, le mousseux que son père versait dans les coupes à Noël. Bien sûr, il avait pensé au tissu africain des robes que sa mère affectionnait tant. Ce spectacle avait fait remonter à la surface de très belles émotions. Alors, pourquoi avait-il tout gâché en prononçant une phrase bêtement entendue et répétée dans la cour de son collège ? Il était sensible à l'art et à la poésie, voilà tout ! Et avec cette petite bonne femme, il pouvait se laisser aller à le dire, sans que l'on se moque de lui, sans en avoir honte.

Il avoua alors :

— Je ne voulais pas dire ça. J'ai trouvé que c'était chouette.

Elle allait lui répondre qu'elle partageait son avis quand une main sur leurs épaules respectives les fit sursauter.

— Allez, venez ! Le recteur est arrivé. Nous avons un quart d'heure, il ne faut pas chômer.

Ils contournèrent l'édifice pour entrer par une porte latérale. Le recteur, Don Hubert de Rochefort, avait repris des couleurs. Geneviève avait lu dernièrement beaucoup d'articles le concernant dans le *Courrier picard*. On faisait référence au travail remarquable qu'il avait exécuté, dans le cadre des 800 ans de la cathédrale. Il était aussi prêtre de la paroisse Saint Jean-Baptiste qui comprenait tout le centre d'Amiens et qui incluait, entre autres, les églises du Sacré-Cœur, Saint-Roch, Saint-Jacques, Saint-Leu et la cathédrale Notre-Dame. Le recteur était en baskets. Quand il entendait parler de curé, David s'imaginait des moines avec de gros ventres et une tonsure, tous chaussés de sandales, comme sur le fromage que sa mère achetait au supermarché. Le recteur était un homme normal de quarante-cinq ans, d'allure plutôt sportive malgré sa soutane. Il portait un blouson polaire sans manche.

— Je suis encore navré de vous avoir dérangé à cette heure, s'excusa le commandant de police. Il fallait que je vienne vérifier quelque chose dans le cadre de l'enquête.

— Vous ne me dérangez pas, affirma le recteur. D'ailleurs, je tiens à ouvrir moi-même la porte de la cathédrale alors que je pourrais confier cette responsabilité à quelqu'un d'autre. J'espère que je la refermerai bien après, cette fois.

David voulut s'excuser, mais il croisa le regard du commandant de police qui lui signifiait que ce n'était pas le bon moment.

Il les fit entrer et verrouilla la porte derrière lui.

L'intérieur était très sombre. Hormis les boîtiers éclairés des issues de secours, on ne distinguait rien.

— Ne bougez pas. Je vais allumer.

Le recteur s'absenta quelques instants, balayant l'obscurité à l'aide d'une lampe torche. David enclencha la lumière de son portable.

— Tu as une lumière dans ton téléphone ?

— Ben oui, Geneviève, faut vivre avec son temps ! répondit-il en ricanant.

David éclaira les statues qui prirent des formes menaçantes. Devant eux, il y avait le gisant en bronze de l'évêque Évrard de Fouilloy. On aurait dit un monstre endormi prêt à bondir sur eux. L'ado avait fanfaronné pour ne pas montrer aux adultes qu'il avait un peu peur. Quand l'éclairage apparut, il fut soulagé.

— Bien ! fit le recteur. Vous m'avez parlé de la possibilité d'un vol. Celui du chef de Saint Jean-Baptiste. Dieu nous en garde ! Je vous propose que nous allions dans la chapelle pour vérifier. Vous savez, nous aurions été plusieurs à nous en rendre compte ! Nous avons un système d'alarme très performant ! Nous ne sommes plus au Moyen Âge !

Leurs pas se propageaient en ondes sonores. Geneviève et le commandant de police échangèrent un regard hostile. Elle y lisait de la réprobation. Il voyait chez elle de l'arrogance.

Elle demanda :

— Le chef de Saint Jean-Baptiste est bien exposé dans la chapelle ?

— Absolument, madame ! Hier, nous avons procédé à la vénération de la relique dans la chapelle Saint-Jean du Vœu. Le 24 juin étant la date de la naissance du Baptiste, toute la journée, les fidèles se sont recueillis là-bas.

— C'est bien ce que je pensais. Le 24 juin, il sort du trésor pour être présenté aux fidèles.

— Tout à fait, madame ! Il est dans la chapelle depuis hier. À présent, nous voulons conduire les touristes et nos fidèles au plus près du saint pour qu'ils deviennent des pèlerins. Nous souhaitons que le Baptiste les mène au Christ dans cette chapelle. C'est pourquoi cette ostension a lieu du 24 juin au 25 septembre. Ainsi, ce matin, j'ai célébré la messe de la Solennité à 10 h 30. Tous ont pu l'admirer. Puis, nous avons fermé les portes de la cathédrale pour deux heures. Nous avons eu le passage d'une commission...

— Une commission ? demanda le commandant.

— Oui, une visite d'experts qui vérifient les systèmes incendie. J'étais avec Monseigneur. Puis, lorsqu'ils se sont retirés, en début d'après-midi, je l'ai laissé seul. Il m'a dit vouloir se recueillir au calme devant la relique pour prier. La suite, vous la connaissez. Je suis revenu avec notre bénévole à 15 h. Elle a tout de suite trouvé Monseigneur Lavigne terrassé par une crise cardiaque à cet endroit précis. Vous avez accouru, j'ai fermé la porte... enfin, je croyais et...

— Pour cette porte, je voudrais...

— Plus tard, Ginola, plus tard ! Laisse finir monsieur, dit le commandant Messaoudi.

— Nous n'avons pas pu rouvrir aujourd'hui. Après le départ des secours et des policiers, nous avions tous besoin de recueillement.

Tout en parlant, ils étaient arrivés devant les grilles de la chapelle. Le prêtre fit jouer la clé dans la serrure, mais Geneviève avait déjà compris. Le crâne du saint était bien présent dans sa niche reliquaire en bronze rutilant, garnie de velours rouge et bien protégée d'un grillage qui épousait sa forme circulaire.

La niche était décorée par deux bas-reliefs représentant deux enfants nus tenant des branches de palme et un *Agnus*

Dei, le tout en plomb doré. Geneviève ne l'avait jamais vue de si près. Elle se dit que les deux chérubins innocents étaient, sans aucun doute, Jésus et son cousin Jean-Baptiste, mais elle ne s'en extasia pas. L'heure n'était pas à l'appréciation de l'art religieux. Elle se sentait jugée sous l'œil inquisiteur du policier. Le recteur, au contraire, semblait détendu et soulagé :

— Dieu merci, notre sainte relique est toujours là !

— Nous sommes désolés pour ce dérangement, s'excusa le commandant Messaoudi.

Geneviève perçut, dans le ton employé, beaucoup d'agacement, si ce n'était de la colère...

Elle s'approcha du crâne et posa son nez face à la grille.

— Viens un peu par-là, Ginola ! Éclaire, veux-tu ?

Ses yeux balayèrent la relique à la recherche d'une pierre manquante. Elles étaient toutes en place. Comment pouvait-elle avoir eu tort ? Elle observa attentivement le crâne. Un bloc de cristal de roche encerclait la face sertie sur un plat circulaire en argent doré. La relique était auréolée d'émaux et de pierres semi-précieuses.

Alors que le policier s'éloignait avec le recteur, elle les apostropha :

— Vous connaissez bien cette relique, mon père ?

Ils se retournèrent.

— Si je la connais ? Bien sûr ! Pourquoi cette question ?

— Pouvez-vous venir la regarder avec moi, s'il vous plaît ?

— Franchement, Geneviève, je crois que nous avons grandement abusé du temps de... Monsieur... (il chercha comment l'appeler) ... la plaisanterie a assez duré ! Je n'aurais pas dû vous écouter ! Vous savez être persuasive, mais…

— Laissez, laissez ! Ça ne me dérange pas, au contraire.

Le recteur s'avança.

David éclairait la relique de la lumière puissante de son téléphone. Le prêtre se lança dans un exposé, en tournant le dos au crâne.

— Nous la devons à un croisé, Wallon de Sarton, chanoine de Picquigny. De retour de la quatrième croisade, il en fait don à l'évêque qui débute la construction de cet écrin, notre splendide cathédrale Notre-Dame d'Amiens. Rien n'est trop beau pour Jean-Baptiste ! Vous savez, ces yeux sont ceux qui ont aperçu le Christ. Cette bouche est celle qui s'est entretenue avec lui et qui a annoncé la venue du Messie quand il baptisait ses disciples dans l'eau du Jourdain. Il fut, pour cette raison, appelé Jean le Baptiste ou Jean-Baptiste.

— Pourquoi il a perdu sa tête ? demanda David.

Malgré l'heure tardive, la question amusa le recteur qui répondit :

— Selon les évangiles de Marc et de Matthieu, le cousin du Christ fut exécuté sur l'ordre d'Hérode Antipas, un homme politique puissant de Galilée, région où prêchait le Baptiste. Selon Luc, il blâmait Hérode à cause de sa liaison avec Hérodiade, la femme de son frère, et de tous les méfaits qu'il avait commis. Jean-Baptiste s'était fortement opposé à l'adultère du tyran. Il a été tué sur la demande d'Hérodiade et de sa fille, Salomé, née de cette liaison adultérine. Il a été décapité par péchés d'orgueil et de colère, mais on peut penser à des raisons plus politiques. Il était trop populaire. Jean faisait de l'ombre à Hérode Antipas et pouvait

user de son influence sur le peuple pour provoquer une révolte contre le pouvoir en place.
— Alors, qui lui a coupé la tête ? demanda David.
— C'est durant un banquet que le drame s'est joué. Hérodiade faisait danser sa fille, Salomé, devant le roi qui en fut envoûté.
Le recteur se mit à réciter :
— Il est dit dans l'Évangile selon Marc au chapitre 6 : « Alors le roi dit à la jeune fille : demande-moi ce que tu voudras, je te le donnerai. » Elle sortit et dit à sa mère : « Que vais-je demander ? » - « La tête de Jean le Baptiste », répondit celle-ci... Et aussitôt le roi envoya un garde en lui ordonnant d'apporter la tête de Jean-Baptiste. Le garde s'en alla, le décapita dans la prison, puis il apporta sa tête sur un plat et la donna à la jeune fille qui la remit à sa mère. Ses disciples, l'ayant appris, vinrent prendre son cadavre et le mirent dans un tombeau.
— C'est dégueulasse, dit simplement l'enfant.
— Bon, Geneviève, je pense que nous sommes tous fatigués et qu'il est temps...
— Taisez-vous, voulez-vous ! J'en viens au fait.
— Comment ça, vous en venez au fait ? Vous avez encore quelque chose à dire ? La relique est là ! Bon Dieu ! Que vous faut-il de plus ? s'énerva le policier.
— Mon fils ! Pas de blasphème !
— Veuillez m'excuser. Je suis désolé.
Elle le fixa de ses petits yeux de fouine, puis reprit :
— Mon père, est-il vrai que, selon Saint Jérôme, les protagonistes de cette histoire se sont acharnés sur le chef de Jean-Baptiste ?
— Bien sûr ! Quel malheur !
Il se signa et reprit :

— Saint Jérôme relate qu'Hérodiade aurait frappé, de colère, la tête tranchée d'un coup de stylet provoquant une large marque dans l'os au-dessus de l'orbite.

— Donc, il y a bien une entaille sur le front du Baptiste au-dessus de l'œil gauche ?

Le recteur se retourna vers la relique.

— Bien sûr ! Regar...

Il s'arrêta net en observant le crâne.

— Vous disiez ? fit Geneviève.

— Mais c'est insensé, je n'y comprends plus rien. Je connais cette relique par cœur... C'est impossible ! L'entaille a disparu !

— C'est peut-être un miracle... dit David.

Le commandant Messaoudi s'avança à son tour.

— Qu'est-ce qui est impossible ?

— Que ce crâne soit...

— Poursuivez ! fit le policier.

— ... celui du Baptiste !

Précipitamment, le recteur s'absenta quelques instants, sans doute pour désactiver un système de sécurité, puis revint en courant. Il voulut ouvrir la grille, mais Messaoudi l'arrêta net.

— Non, ne touchez à rien ! Avez-vous des gants ?

— Des gants ? Bien sûr, oui. Je reviens !

Il releva sa soutane et se mit à courir très vite vers la sacristie.

Geneviève et le commandant s'observèrent. Il commençait à la prendre au sérieux. Le doute exprimé par le prêtre avait été trop vif et son empressement...

Il revint essoufflé, ganté de blanc. Il ouvrit la grille et posa la relique sur l'autel de marbre sous l'œil imperturbable des grandes statues de Saint François de Sales et de Saint Firmin.

— Éclaire, mon garçon ! dit-il, haletant.

David s'exécuta. Ils étaient tous debout, formant un demi-cercle autour du crâne.

— Mon Dieu ! Mon Dieu ! s'écria le recteur. Je crains que ce soit un…

— Faux ! ponctua Geneviève qui était parvenue à cette conclusion plusieurs minutes avant lui.

— C'est abominable ! Cette relique est une copie ! J'ai passé tellement d'heures devant elle, j'en connais les moindres détails ! Une très bonne copie, mais ce n'est pas la vraie relique. Il n'y a pas d'entaille au-dessus de l'œil gauche ! On nous l'a volée ! Jésus, Marie, Joseph !

5

Don Hubert de Rochefort était à présent silencieux. Installé dans la salle à manger du presbytère, il n'avait pas touché au café que lui avaient servi ses colocataires.

Le recteur partageait son logement avec les trois autres prêtres de la paroisse. Ces derniers avaient pris place autour de la table et attendaient, sans dire un mot, le retour du policier qui s'était isolé dans un bureau pour téléphoner.

Geneviève avait bu son café. David, lui, s'était assis sur un canapé disposé devant une fenêtre. Il avait cessé de poser des questions sur la relique de Saint Jean-Baptiste. Il avait compris que les adultes étaient alarmés. Quelque chose d'inestimable avait été dérobé et cette disparition imposait silence et respect. À force de ne rien dire et comme les autres chuchotaient, il s'était endormi, la tête bien calée contre un coussin.

Lorsque la grande carrure de Messaoudi franchit l'embrasure de la porte, Don Hubert de Rochefort demanda :

— Commandant, puis-je compter sur vous afin que cette affaire reste confidentielle ?

— Elle le restera pour l'instant, même si une enquête est ouverte. Il n'est pas souhaitable que le voleur apprenne que nous avons découvert son tour de passe-passe.
— Vous devez retrouver Saint Jean-Baptiste !
— Je ferai tout ce qui est en mon pouvoir.
— C'est affreux ! Nous ne nous en remettrons pas. Ce vol est inestimable...
— La relique a-t-elle une valeur marchande ? demanda Messaoudi.
— Marchande ? Le recteur était blême. Inestimable, je vous dis ! J'étais le gardien du crâne du Baptiste, le cousin du Christ... À présent, où est-il ? Que lui veut-on ?
— Pourrait-il intéresser des collectionneurs d'art ?
— Monsieur, Jean-Baptiste concerne le monde entier !
Le commandant de police tira une chaise et se joignit à l'assemblée. Il sortit son bloc-notes.
— J'ai besoin de quelques infos.
— Dites-moi, fit le recteur.
— Quand, selon vous, aurait pu se dérouler la substitution entre la vraie et la fausse relique ?
— Sur ce point, je suis formel. J'ai discuté avec Monseigneur, devant la niche, juste après le passage de la commission incendie. Nous avons parlé de l'aménagement de la chapelle. Il souhaitait que l'on déploie deux beaux candélabres à l'intérieur. Nous avons tous les deux regardé le crâne et j'ai ensuite évoqué le martyre du saint. Je me souviens avoir vu distinctement l'entaille. Monseigneur Lavigne s'est signé et a voulu prier seul. Je suis parti déjeuner.
— Donc, quand vous l'avez laissé se recueillir, le vrai crâne était encore dans la niche.
— Oui, il était 13 h.
— La cathédrale était-elle fermée au public ?
— Oui.

— L'évêque a été retrouvé mort dès la réouverture des portes à 15 h. Qui a ouvert la cathédrale ?
— C'est moi, fit le recteur. Une bénévole, qui est une fidèle de la paroisse, est entrée avec moi. Elle a pris la direction de la Chapelle du Vœu. Moi, je vérifiais le niveau des bénitiers quand j'ai entendu son hurlement. Elle était tellement affolée qu'elle a couru appeler à l'aide, en sortant sur le parvis. Vous êtes arrivé aussitôt. De mon côté, je me suis précipité vers la chapelle. Je me suis penché sur le corps, j'ai vu son regard figé et j'ai tout de suite compris que Dieu l'avait rappelé à lui. Je n'ai même pas eu à évacuer la cathédrale, on venait d'ouvrir !
— Vous n'avez rien constaté de suspect ? Avez-vous croisé quelqu'un, à part cette bénévole ? Auriez-vous son nom ?
— Marie-Hélène Lançon est une de nos fidèles. Elle nous aide énormément dans le diocèse. Je vous donne ses coordonnées, si vous souhaitez l'interroger.

Messaoudi griffonna le nom sur son petit carnet.

— Parlez-moi de la commission incendie.
— Trois techniciens, dont un pompier, sont venus inspecter les détecteurs de fumée et nos installations. L'évêque et moi nous les avons guidés durant deux heures et jamais laissés seuls.
— Hum.

Le commandant entoura les deux mots « commission » et « incendie ». Il forma un gros point d'interrogation à côté.

— Bien ! Pour le vol, il va falloir déposer plainte au commissariat dès demain matin.

Geneviève, qui gardait le silence jusqu'ici, intervint alors :

— Commandant, quand nous avons fait connaissance, lorsque j'ai vu l'évêque mort, vous m'avez dit que je, et ce sont vos mots, « vous salopais peut-être une scène de crime ». J'ai l'impression que vous pensiez déjà que le décès n'était pas accidentel !

Tous les regards se tournèrent vers lui.

— En attendant les agents du commissariat de quartier et l'ambulance, j'examinais le corps à la lumière de mon portable. Je suis de la brigade criminelle... Le hasard a voulu que je me trouve sur le parvis...

— Vous avez accepté de revenir ce soir et vous avez adhéré à ma thèse du vol, parce que vous songiez, comme moi, qu'il aurait pu y avoir une lutte ?

— La légiste est sur le coup. Son rapport nous le dira. Si ce n'est pas une mort accidentelle, nous le saurons et l'enquête sera confiée à ma brigade. Ce qui est certain, c'est qu'il y a une piste à creuser sur l'autre relique. Étiez-vous au courant de son existence ?

— Pas du tout. Mais, à part l'entaille sur le front, il n'y a aucune différence à l'œil nu, au niveau du plateau, du cristal de roche ou des pierres ! Le crâne paraît être le sien.

— Qui a fait cet ouvrage ? Je veux dire, l'original ?

— Placide Poussielgue-Rusand, un orfèvre et bronzier parisien du milieu du XIXe siècle, indiqua le recteur.

— Pensez-vous que cet artisan aurait pu en faire deux, quasi identiques, puisque le savoir-faire semble être le même ? demanda Geneviève au recteur.

— Je ne saurais dire. On pourrait tout aussi bien avoir affaire à un travail de faussaire très doué...

— Avez-vous des archives que Madame Malfoy pourrait consulter ? demanda le commandant de police.

— Des archives ? Bien sûr !

— Tout à l'heure, lorsque vous me tanciez, vous m'avez appelée Geneviève et voilà maintenant que vous me servez des « Madame Malfoy » ?

— Écoutez, Ma… euh… Geneviève, j'ai besoin de votre collaboration. Tout l'aspect historique et religieux m'échappe. Acceptez-vous de m'assister pour qu'on y voie plus clair ?

— Si j'acceptais, ce ne serait pas pour vous être agréable, mais pour rendre justice à l'évêque et retrouver le crâne du Baptiste !

— Bien ! Donc, pouvez-vous rester ici et consulter les archives afin d'en apprendre un peu plus sur la relique et sur l'existence ou non d'une copie ?

— Et vous ? Qu'allez-vous faire ?

— Aller voir le corps. J'ai demandé un examen par un légiste.

— Vous croyez, comme moi, qu'il a bien été tué ?

— Je ne crois rien, je dois constater. Quoi qu'il en soit, il faudra comprendre comment quelqu'un s'est introduit dans la cathédrale. D'où venait-il ? Comment a-t-il procédé ? Dans quel laps de temps ? Et comment est-il reparti ?

— Tous ces points me paraissent très difficiles à élucider.

— Apprenez-m'en plus sur la relique, son histoire, et la police fera le reste.

Le commandant se tourna ensuite vers le recteur.

— Avez-vous le souvenir d'une personne qui vous aurait posé des questions sur le crâne dernièrement ?

— Tous les fidèles sont curieux d'en savoir davantage sur le chef de Jean-Baptiste. Tous posent beaucoup de questions. Mais, je me rappelle un homme, il y a quinze jours, qui était en larmes, visiblement très ému. Il disait avoir parcouru des milliers de kilomètres pour se prosterner à ses pieds. Je n'ai jamais vu une émotion si puissante.

— Avez-vous le nom des personnes qui visitent le trésor ?

— Oui. Comme le nombre est limité, les fidèles prennent rendez-vous. C'est l'hôtesse d'accueil de la boutique, à l'entrée, qui tient le registre informatisé.

— Pourriez-vous retrouver l'identité de cet homme ?

— Hum, c'est possible. Je me souviens que c'était le 6 juin. J'avais regardé la cérémonie du débarquement l'après-midi même à la télé. Je pourrais vous donner le nom des personnes qui ont fait la visite ce jour-là.

— Très bien.

— Je vous indique les archives, madame, et je vais, de ce pas, consulter le registre.

— Bien ! Nous savons donc ce qui nous reste à faire de notre nuit, fit Messaoudi. En tout cas, lui, il va bien dormir.

David était étendu sur le canapé, la bouche grande ouverte. Geneviève l'observait et le policier croisa son regard. On aurait dit qu'elle était attendrie. Prise en flagrant délit, elle fronça les sourcils.

— Suivez-moi, Madame Malfoy ! Je vous conduis à nos archives, indiqua le recteur.

6

La nuit était bien avancée quand Messaoudi gara sa camionnette sur le parking désert du CHU d'Amiens. La ville s'était endormie et aucune voiture ne roulait sur les boulevards.

Il avait rendez-vous avec Aurore Galois, la légiste, une petite blonde à l'air angélique, les cheveux coupés au carré, qui soupesait des poumons, disséquait des cœurs et trépanait des boîtes crâniennes avec un naturel déconcertant. La dernière fois qu'il avait eu affaire à elle, c'était pour identifier un corps qui avait été lesté par un parpaing et qui avait été retrouvé au fond de la Somme, après y avoir séjourné plusieurs jours. Il avait failli vomir tout le contenu de son déjeuner pendant que la blondinette lui racontait son week-end, en souriant, les mains dans ce qu'il restait de l'abdomen du cadavre, dans une atmosphère nauséabonde.

En empruntant les couloirs déserts du Centre Hospitalier pour descendre au sous-sol, il se rassura, se disant que l'évêque était fraîchement arrivé et que la décomposition n'était pas encore à l'œuvre. Il n'était pas d'humeur à renifler l'odeur de la putréfaction. Il s'était à peu près habitué à la vue, mais la pestilence qui imprégnait ses vêtements, ses cheveux et sa peau, après une telle expérience, le répugnait de plus en plus. Des odeurs fantômes pouvaient le hanter dans sa vie quotidienne et cela n'importe où. La dernière fois, quand il avait fait l'amour à sa compagne de l'époque, respirant un nouveau parfum au creux de son cou, il avait instantanément senti, à la place, la puanteur du « macchabée de la cave ». Une odeur mélangée de salpêtre, de mousse et de champignons verts qui colonisaient le corps, lui avait alors sauté au nez. Il ne savait pas pourquoi, mais sa mémoire olfactive fonctionnait comme cela, d'une manière inopinée. Impossible ensuite de poursuivre ses ébats en repensant à cette affaire. Il s'était rappelé l'enquête, celle qui avait permis d'écrouer les voisins du mort, ceux-là mêmes qui avaient alerté la police, s'inquiétant de ne plus le voir. Ils l'avaient tué pour une banale affaire de haies mitoyennes non coupées. Des gens qui n'avaient jamais eu de démêlés avec la Justice, pas même une contravention !

N'importe qui peut, un jour, passer à l'acte, s'était-il dit.

Arrivé au sous-sol et à peine sorti de l'ascenseur, il trouva le légiste qui fumait.

— Eh oui, Messaoudi, je clope en douce dans un hôpital !

— Sors ton porte-monnaie ! Je vais te dresser une contravention de 3e classe à 68 euros, répondit-il sur le ton de la plaisanterie.

— C'est moi qui devrais te botter le cul pour mes heures sup' ! Ton macchabée ne pouvait pas attendre un peu ?

— Non, Galois. J'ai de sérieux doutes sur la mort naturelle.

— Tu as raison ! Ce n'est pas Dieu qui l'a rappelé au Paradis.

Il la suivit dans le couloir. Elle entra dans un vestiaire et en ressortit en blouse blanche.

Elle se mit à sourire en disant :

— Dis donc Messaoudi, tu ne devais pas m'appeler pour me filer un rancard ? J'ai cru que le courant passait bien l'autre fois ?

Le commandant évita de la regarder dans les yeux. La légiste était directe. Ce genre de femmes l'avait toujours attiré, mais il n'avait jamais réussi à les retenir. Il repensa à Delphine, son ex-compagne, parfumée au « macchabée de la cave », avec qui il avait vécu quatre mois et son estomac se noua. Elle était partie le mois dernier en lui lançant : « Avec toi, je me fais chier ! » La semaine étant chargée au boulot, il s'était laissé aller à devenir casanier et à bricoler à la maison le week-end et cela, elle ne l'avait pas supporté. Elle avait « besoin de fun ».

Il se contenta de botter en touche avec humour :

— Un rancard avec toi ? Et ton parfum au camphre ? Je ne suis pas dingue !

Elle éclata de rire.

— Vous êtes bien tous les mêmes, les flics ! Que de la gueule ! Allez, viens, suis-moi !

Elle ouvrit la porte. Les néons crépitèrent et s'allumèrent sur une salle fonctionnelle où la température était glaciale. Des compartiments argentés tapissaient les murs avec, sans doute, de nombreux locataires plein les tiroirs. Sur un établi à roulettes, il aperçut les instruments de la légiste, surtout un qui lui rappela la scie dont il se servait actuellement pour découper le placo de la maison qu'il rénovait à Longueau.

Le corps de l'évêque était nu sur une table en inox.

— Désolée, j'étais impatiente, j'ai commencé sans toi, dit-elle avec ironie.

La peau de son visage semblait encore plus bleue sous l'éclairage des néons.

— Sous l'ongle de son index droit. J'ai relevé la présence de groupe B- et de tissus humains. B-, ce n'est pas courant. Le macchabée est A+.

— Il a donc griffé quelqu'un. D'autres traces ?

— Oui, sur les genoux, regarde ! Il a deux gros bleus. Ils ont bien morflé quand il est tombé. Le droit est même cassé. Il s'est affaissé d'un coup, brutalement, tout le poids du corps dessus. Et comme tu vois, il n'était pas mince, le gaillard ! Il ne devait pas se nourrir que d'hosties !

Elle se mit à ricaner de sa propre plaisanterie et Messaoudi resta de marbre. Il n'aimait pas les moqueries sur le physique des gens, et des défunts a fortiori. S'il cherchait à nouveau une raison de ne pas lui filer un rancard, il venait d'en trouver une.

— Est-ce que c'est fréquent de constater une articulation cassée ou des hématomes quand on est victime d'une crise cardiaque ?

— Pas vraiment, le sujet s'affaisse plutôt. Là, on dirait qu'il a été foudroyé.

— Intéressant. Tu as fait des analyses ? Est-ce qu'il est clean ?

— J'ai fait tourner des prélèvements dans ma centrifugeuse dernier modèle. Une vraie Rolls-Royce ! Ça doit-être terminé. Je te laisse un instant en compagnie de ton petit copain, même s'il n'est plus trop bavard !

Galois quitta la pièce.

Messaoudi résuma mentalement les différents indices :

L'évêque prie face à la niche de Saint Jean-Baptiste. Il s'effondre brutalement. Le voleur dérobe le crâne. Dans un regain de vie ou d'énergie, la victime lutte, griffe son agresseur. Une pierre se détache de la relique.

— Bingo ! Du curare ! fit-elle en entrant à nouveau dans la pièce, tout en brandissant la fiche d'un résultat d'analyse.

— Quoi ?

— C'est un empoisonnement au curare.

— Le truc des Indiens ?

— Tout à fait, mon analyse est formelle. Le curare est une sorte de liane utilisée par les guerriers d'Amazonie. Je l'ai bien étudié durant mes années de médecine. Son nom signifie « celui qui tue tout bas ». Le poison entraîne la paralysie puis la mort, car les muscles de la respiration sont atteints. Ça provoque une asphyxie. J'ai lancé cette recherche, car la couleur de schtroumpf de notre ami me laissait assez perplexe.

— Il s'est étouffé, donc ?

— Une mort atroce ! La paralysie des poumons ! Contrairement à ce que l'on pourrait croire, on ne s'endort pas avec le curare, on se voit mourir.

— Il aurait pu avoir la force de bouger un bras pour indiquer quelque chose ?

— Possible, le temps que le poison monte aux membres supérieurs.

— Tu as regardé le bas de son corps ?

— Attentivement.

— Tu n'as pas vu de trace de piqûre ?

— Non, mais un réexamen s'impose. Donne-moi cette lampe !

Il lui tendit un néon qui produisit une lumière très vive. Elle passa le tube sur le corps, observant chaque centimètre carré de la peau.

Messaoudi proposa :

— Il nous faut le retourner sur le ventre. Je pense que la piqûre a sûrement été faite dans le dos.

— Fais chier ! Le lève-personne est en panne et ce macchabée pèse plus de cent kilos. Moi, je ne suis qu'une faible femme, dit-elle pour qu'il lui vienne en aide.
— Laisse-moi faire !
Messaoudi enfila une paire de gants en latex.
Il supporta mal le contact avec le corps sans vie. Mort, on perdait toute mollesse et toute chaleur. Il détestait toucher un cadavre. Il en voyait très souvent dans l'exercice de ses fonctions, mais ne les touchait jamais. L'Identité Judiciaire prenait toujours le relais. Ce n'était pas simple de le manipuler, la rigidité cadavérique ne rendant pas les choses faciles. Tout de même, au bout de deux tentatives, le commandant retourna enfin la dépouille du malheureux.
— Là, éclaire sous le grain de beauté ! s'écria Aurore Galois.
Au milieu de la cuisse, une petite injection avait laissé une minuscule auréole et une goutte de sang séchée.
— C'est ici ! La piqûre a été faite dans les membres inférieurs.
— Il aurait donc eu quelques instants pour se débattre avec le meurtrier, puis indiquer quelque chose avec le bras.
— La dose était en tout cas mortelle. Son taux de potassium dans le sang a littéralement explosé. Je me suis demandé ce qui avait bien pu provoquer une hyperkaliémie pareille. Tu sais, un légiste nul serait passé à côté, comme le médecin du SAMU... Le meurtrier va être bien surpris de se faire coffrer quand tu le choperas. Ça aurait pu être le crime parfait. J'en connais pas mal qui auraient conclu à une simple crise cardiaque.
— Où est-ce qu'on peut se procurer ce produit ?
— Dans un hôpital ! Ici, par exemple ! Les anesthésistes l'utilisent en intraveineuse pour détendre les muscles de l'organisme. L'usage est très réglementé. Il existe des

curares différents, selon l'emploi qu'on veut en faire. Je pense que si l'assassin souhaitait une action rapide, quasi instantanée, il a choisi du suxaméthonium.

— OK, fais-moi un topo !

— Le produit agit immédiatement et l'effet dure moins de cinq minutes. En grosse quantité, c'est assez pour empêcher quelqu'un de respirer. Je vais lancer une recherche plus précise et je te dirai si je repère une trace de ce produit dans le sang. À toi de trouver si du suxaméthonium a disparu, ces derniers temps, d'une pharmacie d'un centre hospitalier. On déclare toujours le vol de médicaments.

Messaoudi se mit à écrire sur son calepin le nom du curare probablement utilisé et l'entoura.

— Tu me fais rire avec ton bloc-notes et ton Bic à deux balles. Tu ne peux pas te servir d'un iPhone comme tout le monde !

— Je ne suis pas tout le monde !

— C'est pour ça que tu me plais ! fit-elle.

— Tu as établi l'heure du décès ?

— Il est mort entre 13 h et 13 h 30.

L'évêque prie seul, depuis une demi-heure, quand on l'attaque avec une seringue de curare dans la cuisse. Il s'effondre. L'agresseur ouvre la niche, le système d'alarme ne détecte rien... L'évêque l'avait-il désactivé ? Quelqu'un connaissait-il le code ? Le recteur, bien sûr... Ce n'est pas lui, il aurait eu de nombreuses occasions de s'emparer de la relique... Quelqu'un d'autre, tapi dans l'ombre qui aurait eu la clé ? Elle n'est pas utile si un enfant de douze ans peut s'introduire...

— Ça y est, ça cogite, Commandant ? Alors pas moyen qu'on finisse la nuit en boîte ?

— Non, pas moyen ! Je viens juste de reprendre mon poste.

— Je ne pourrais pas vivre avec un flic. Coucher avec un flic, oui, mais vivre avec un flic, non !

Elle s'approcha de lui et caressa sa barbe de trois jours.

— On t'a déjà dit que tu ressemblais à un Bruce Willis du bled ? T'es sacrément bien gaulé !

Il fit un pas en arrière.

— Merci Galois, mais faut vraiment que j'y aille.

— Ouais, c'est ça, file ! Mais avant, tiens !

Elle lui lança une sorte de gros stylo.

— Qu'est-ce que c'est ?

— De l'épinéphrine ! Pour protéger ton joli petit cul, mon mignon !

— Merci pour le cadeau, mais je pense que c'est inutile...

— Ça, t'en sais rien ! Moi, j'en ai toujours une dose dans mon sac à main, au cas où ! Ça peut sauver quelqu'un durant ton enquête... Ou bien te servir un jour si subitement tu devenais allergique aux cacahuètes !

Elle éclata de rire.

Il se força à sourire pour ne pas la vexer.

Tout en marchant, il se dit qu'elle était attirante, qu'il aurait pu l'embrasser et lui filer un rendez-vous, mais il en avait assez des relations qui le menaient droit dans le mur. Bien sûr, ils se seraient éclatés et puis quoi ? Rien de profond, pas de discussions, pas d'épanchements, pas d'états d'âme... rien à partager d'intime et il ressentait de plus en plus l'envie d'une relation sérieuse.

Sa crise d'adolescence était-elle finie ?

7

Geneviève en était à son troisième café. Il était quatre heures du matin et le recteur de la cathédrale l'avait laissée seule dans la salle des archives qui était située dans les combles du presbytère.

Ainsi donc, contrairement à ce qu'elle enseignait, il restait bien des archives religieuses. Elle parlait fréquemment à ses étudiants de la Loi du 9 décembre 1905 concernant la séparation des Églises et de l'État.

Cette séparation avait engendré un inventaire des biens culturels, dont le relevé était conservé aux Archives départementales de la Somme. La loi, qui avait révolté les prêtres à l'époque, avait prévu l'établissement d'inventaires descriptifs et estimatifs des biens mobiliers et immobiliers. Ces documents avaient dû être transférés intégralement à l'État. Seulement, les religieux avaient-ils tout donné ? Vu les piles de cartons amoncelées autour d'elle, Geneviève en douta.

La pièce était aussi remplie de lourdes étagères en chêne et n'avait pas une seule fenêtre. Elle devait bien mesurer 15 m^2 et, au centre, trônait un bureau qui aurait sans doute fait le bonheur de son défunt mari, lui qui aimait tant les meubles anciens.

Des boîtes cartonnées garnissaient les planches qui, peu à peu, avaient dû s'affaisser sous leur poids et des dates étaient inscrites au stylo sur la tranche. D'ailleurs, les plus vieilles avaient leurs numéros presque effacés. Geneviève avait déjà examiné le contenu de plusieurs d'entre elles, bourrées à craquer, et il en restait plusieurs, dont une pour les années 1875-1880. Elle se mit sur la pointe des pieds pour s'en saisir et la posa sur la table. La boîte pesait une tonne.

La lampe de bureau éclairait les titres du dossier d'inventaire. Elle ne s'était pas imaginé que le moindre objet fût ainsi recensé. Livres, statues et même bougeoirs, tout avait été répertorié pour le changement de propriétaire, le passage de la propriété de l'Église à l'État.

Ses yeux piquaient et les lettres se brouillaient. Elle déchiffrait de plus en plus difficilement l'écriture alambiquée du religieux, qui, en plus, n'était pas très généreuse en encre. Elle commençait à se décourager quand soudain, elle discerna les mots qu'elle recherchait :

Orfèvrerie du chef de Saint Jean-Baptiste.

Elle tourna les pages du document.

Une description minutieuse de l'objet était rédigée.

En premier point, l'archiviste faisait mention des matériaux et des techniques utilisés. Elle lut que le plateau était en argent doré et que la pièce était constituée de cristal de roche, d'émail et de pierres semi-précieuses.

Jusque-là, rien de bien nouveau.

Elle soupira.

Puis, s'ensuivait une description matérielle bien plus précise. Le cristal de roche était médiéval, on le mentionnait fendu. Un dessin explicatif indiquait que, sur le médaillon en émail situé au-dessus de la relique, Saint Jean-Baptiste désignait le Sauveur. Un couvercle, fait des mêmes matériaux, argent doré et émail, existait et avait pour vocation de protéger le cristal de roche qui recouvrait le crâne.

Elle connaissait ces informations et se dit que cette piste ne la mènerait nulle part. Elle tourna sans espoir la feuille et lut :

Auteur de l'œuvre ou créateur de l'objet :
Placide Poussielgue-Rusand (orfèvre)

Siècle de création :
XIVe siècle, 4e quart du XIXe siècle (1876)

Au crayon de bois, à peine visible, elle aperçut une note presque effacée. Elle approcha la lampe de bureau et éclaira l'inscription pour déchiffrer :

Nota Bene : en hommage à l'ouvrage remarquable de son grand-père, Jean-Marie Poussielgue-Rusand présente une copie de la relique lors de la première Exposition Nationale du Travail d'octobre 1924, à l'Hôtel de Ville de Paris, inaugurée par le président de la République Gaston Doumergue.

Quelqu'un, sans doute un prêtre ou un recteur passionné d'art sacré, avait précisé, dans la première moitié du siècle dernier, cette information pour compléter les archives stockées dans les combles.
Quel homme consciencieux !
— Nous y voilà ! prononça-t-elle à voix haute.
Une bouffée de satisfaction la traversa, la même que celle qu'elle ressentait quand elle faisait une découverte

historique dans le cadre de son métier. Elle avait, sous les yeux, la preuve qu'il existait une copie et des renseignements pour en savoir plus.

Elle nota les indications sur une feuille et sortit de la pièce pour en informer au plus vite le recteur.

Une fois dans le couloir du presbytère, elle chercha l'interrupteur et n'en trouva aucun. Elle avait beau tâter les murs, rien à faire. Elle se contenta donc des rais de lumière blafarde de l'éclairage urbain qui filtraient par la fenêtre.

Soudain, quelque chose la frôla et Geneviève fut saisie d'effroi. Un son s'étrangla au fond de sa gorge. Elle trébucha, se rattrapant in extremis à la cloison, sûre que quelqu'un allait, elle aussi, la tuer.

— Un chat ! Doux Jésus !

Le matou la fixa. Ses yeux d'ambre brillèrent comme deux miroirs. Il se frotta contre sa jambe et retourna à l'obscurité.

Le cœur battant à ses tempes, elle se remit à avancer en maudissant l'animal et les ténèbres qui l'entouraient. Toujours à tâtons, les mains devant elle comme une aveugle, elle progressait par petits pas.

Enfin arrivée au pied de l'escalier, elle repéra miraculeusement un interrupteur et put rejoindre le deuxième étage.

Dans la salle à manger, elle passa devant le canapé. David dormait toujours à poings fermés.

Elle entra dans la cuisine. Le recteur était debout face à la fenêtre et regardait la rue. Dès qu'elle ouvrit la bouche, il sursauta :

— J'ai fait une trouvaille très surprenante qui explique la présence d'une relique quasi similaire au crâne du Baptiste. J'ai découvert la preuve dans les archives qu'il y a bien une copie. Elle a été exécutée par le petit-fils de l'orfèvre.

— Une copie ? Vraiment ?

— Nous avons affaire à une sorte d'hommage qu'un petit-fils a souhaité rendre à son grand-père. Il l'a réalisée pour le concours du Meilleur Ouvrier de France dans la catégorie des orfèvres, je présume. Si je me souviens bien, cette compétition en était à ses balbutiements. Lucien Klotz, un critique d'art et journaliste, a été le véritable promoteur du concours et, juste avant la Première Guerre mondiale, l'a créé pour que brille l'excellence à la Française. Stoppé dans sa réalisation par le conflit, il relança l'idée vers 1924. Le concours fit grand bruit et les prix furent décernés dans le vaste amphithéâtre de la Sorbonne.

— Vos connaissances historiques sont assez impressionnantes, madame.

— Je n'ai pas de mérite dans le cas présent, j'ai eu un étudiant qui a soutenu une thèse sur Lucien Klotz. J'ai seulement une très bonne mémoire... Avez-vous un ordinateur, une connexion à Internet ? Il faudrait procéder à des recherches.

— Bien sûr, suivez-moi ! C'est dans mon bureau. Si je peux vous être utile ! De toute manière, je ne vais pas pouvoir fermer l'œil. Je crois ne plus jamais pouvoir dormir de ma vie... L'unique chose que j'aie pu faire, c'est retrouver le nom de la personne qui était si émue devant le crâne du Baptiste, lors de la visite. C'était le seul homme présent ce jour-là, il n'y avait que des femmes. Je me sens si... coupable. Tenez, vous remettrez ce document au commandant Messaoudi ! J'ai noté son identité. Un policier pourra facilement trouver ses coordonnées.

Geneviève prit le papier plié et le mit dans la poche de sa jupe.

— Il est inutile de vous sentir coupable. Comment auriez-vous pu imaginer une affaire pareille ?

Il soupira.

Geneviève le suivit vers une pièce au fond du couloir.

— Ah, te voilà, toi ! fit le recteur en empoignant le chat qu'elle venait de rencontrer à l'étage.

Il lui fit signe de rentrer dans son bureau et alluma l'ordinateur.

— Ça ne vous dérange pas que JB nous assiste dans nos recherches ?

Geneviève acquiesça d'un signe de tête, mais n'osa pas demander si le prénom du matou qui se lovait dans les bras du recteur était un hommage à Jean-Baptiste. Il le déposa sur son bureau, installa deux chaises et prit place à côté d'elle.

— Prenez la souris, Madame Malfoy... Moi, je garde le chat.

— Si la situation n'était pas aussi dramatique, je rirais volontiers à votre plaisanterie.

— Ce n'était pas intentionnel, mais caresser JB m'apaise.

Elle nota le nom de l'orfèvre dans la barre Google.

Bien qu'elle eût en horreur Wikipédia, cette encyclopédie en ligne qui induisait tant d'étudiants en erreur, car chacun pouvait y inscrire ce qu'il voulait sans vérifier ses sources, elle cliqua sur le lien. Elle se dit qu'il était probable que la famille ait elle-même participé à la rédaction de la biographie de l'orfèvre.

Elle en sut davantage sur Placide Poussielgue-Rusand. Le grand-père était très connu pour avoir réalisé d'autres œuvres d'art religieux, en plus de la relique sacrée d'Amiens, comme le reliquaire de la Couronne d'Épines en 1862, pour le trésor de la cathédrale Notre-Dame de Paris.

Elle apprit aussi que son sens du commerce lui avait permis de fonder une entreprise de 250 personnes. À sa mort, la société prit le nom de Maison Poussielgue-Rusand Fils, dirigée par son garçon, Maurice (1861-1933), puis son petit-fils, Jean-Marie (1895-1967) qui ferma l'entreprise en 1963.

— C'est ce Jean-Marie qui a réalisé la deuxième relique.

Elle désigna du doigt son prénom sur Wikipédia. L'encyclopédie en ligne ne mentionnait rien sur l'héritier. Elle associa son nom aux mots « relique de Saint Jean-Baptiste » et tomba sur un article de *La Voix du Nord* qui avait été écrit un an auparavant. Elle le lut à voix haute pour le recteur :

Salon des antiquaires de Lille : curiosités et objets insolites à découvrir...

... Les antiquités présentées feront la joie des amateurs d'art. Certaines sont très curieuses, comme ce périscope qu'on utilisait dans les tranchées en 1914-1918 afin d'observer les mouvements de l'armée ennemie, sans risquer de se faire mitrailler. Les antiquités « de mauvais goût » raviront ceux qui veulent garnir ou compléter leur cabinet de curiosités... comme un véritable piranha d'Amazonie naturalisé du XVIIIe. Mais, l'objet le plus inattendu du salon reste celui du collectionneur et antiquaire touquettois, Sébastien Poussielgue-Rusand. En effet, il met en vente, dimanche, un authentique crâne humain serti dans un plateau d'argent décoré de pierres précieuses, copie du célèbre chef de Saint Jean-Baptiste conservé dans la cathédrale d'Amiens. Cette pièce a été réalisée en 1924 par son grand-père, Jean-Marie Poussielgue-Rusand, qui adorait reproduire des œuvres sacrées.

— L'arrière-arrière-petit-fils, Sébastien, a vendu la copie l'an dernier ! exulta Geneviève.
— On devrait pouvoir retrouver facilement son adresse. L'article nous dit qu'il est antiquaire au Touquet.
— Vous avez raison. Je vais aller consulter l'annuaire.
Elle se connecta aux Pages Jaunes et inscrivit le nom de Sébastien Poussielgue-Rusand. Ses coordonnées s'affichèrent sur l'écran.
Geneviève recopia l'adresse sur un bout de papier.
— Si la nuit n'avait pas été aussi avancée, je lui aurais bien téléphoné ! déclara-t-elle.
— Je suis bien d'accord avec vous. Je suis également gagné par le péché d'impatience ! S'il peut nous dire à qui il a vendu la copie, il est possible que l'acheteur ait quelque chose à voir avec le vol de la relique et la mort tragique de Monseigneur Lavigne.
— Je pensais justement la même...
Geneviève ne finit pas sa phrase, car son portable sonna. Le commandant Messaoudi lui avait demandé son numéro en partant. Elle présuma donc que c'était lui qui l'appelait. Qui d'autre aurait-ce pu être ? Cela faisait des années qu'elle n'avait pas entendu la sonnerie. Elle décrocha et activa le haut-parleur.
— Geneviève ? Je sors de la morgue. Avez-vous trouvé quelque chose ?
— J'ai obtenu des informations. Il existe bien une copie, une reproduction de l'œuvre, réalisée par le petit-fils de l'orfèvre. L'arrière-arrière-petit-fils l'a vendue dans un salon, l'an dernier, à Lille. Il est antiquaire au Touquet et j'ai son adresse.
— Bien joué ! Et le recteur, a-t-il trouvé l'identité du visiteur qui a fondu en larmes devant le crâne ?

— Oui, j'ai trouvé ! Il se nomme Saddam Mohammadi. J'ai le numéro du portable qu'il a indiqué pour sa réservation.

— Pouvez-vous m'envoyer toutes les coordonnées par SMS ? Geneviève, je vous appelle un taxi pour que vous retourniez chez vous. Je viendrai vous voir demain matin.

Elle l'apostropha en espérant qu'il n'avait pas encore raccroché.

— Commandant ? Avez-vous la confirmation que l'évêque a bien été tué ?

— Oui ! La légiste a conclu qu'il a été empoisonné avec du curare.

— Du curare ? Le poison d'Amazonie ?

— Tout à fait, il est fréquemment utilisé en médecine pour les anesthésies. L'hypothèse que vous avez avancée se vérifie... Il a été assassiné. Mais avant, il a dû lutter pour essayer de reprendre le crâne et une pierre est tombée. Demain, vous me ferez votre rapport sur votre découverte aux archives !

— Un rapport ? Vous me prenez pour une subalterne ? Qui vous dit que j'ai l'intention de travailler pour vous ?

— Geneviève, arrêtez votre char ! Je sais bien que vous en mourez d'envie. Entre la recherche historique et celle de meurtriers, nos métiers ne sont pas si différents. On veut tous les deux la vérité. Et puis, j'ai vu votre regard quand vous avez découvert la substitution de la vraie relique par la copie. Ça vous plaît !

— Cela me plaît ? Vous croyez ? Il est exact que j'apprécie de trouver la résolution d'une énigme, mais j'aime aussi ma tranquillité, Commandant. Je vais devoir réveiller un jeune faune endormi pour rentrer chez moi.

— J'espère qu'il ne va pas vous mordre, fit-il en riant.

— Ne vous inquiétez pas pour cela, je suis une vieille carne et j'ai la peau bien trop dure.
— Mais non, voyons, vous n'êtes pas si vieille !
Il raccrocha le téléphone et partit rejoindre sa brigade pour une nuit blanche de travail.

8

— Non, Ginola, je n'ai pas de pâte à tartiner !
— Pourquoi ? T'aimes pas ça ?
— Rien ne remplacera de bonnes tartines de beurre et de confiture ! Et surtout pas de l'huile de palme !

Elle posa sur la table le beurrier en porcelaine qu'elle tenait de sa mère et lui coupa quatre tranches de pain. Il préféra les recouvrir d'une épaisse couche de confiture de fraises. David plongea ensuite la tête dans un énorme bol et la releva.

— Il a un drôle de goût ton chocolat !
— Comment cela ?

Elle ajusta ses lunettes sur son nez et souleva le paquet de cacao instantané pour mieux examiner l'étiquette.

— Il est périmé depuis deux ans.
— Nan ! J'ai tout avalé ! Tu vas finir par m'empoisonner ! fit David en crachant dans son bol.
— Je suis désolée, Ginola ! Je crois que ça ne va pas te tuer, il est écrit « à consommer de préférence ». Le goût est juste altéré.
— C'est dégueu ! Au fait, il a dit qu'il passait à quelle heure, Malik ?

— Malik ? Mais qui est Malik ?
— Tu déconnes ou quoi ? Malik ! Le commandant Messaoudi !
— Ça suffit, Ginola ! On a dit : pas de familiarité ! Et puis, qui t'a appris qu'il se prénommait Malik ?
— Ben lui ! Hier, je lui ai demandé ! Tu sais, j'ai vachement bien dormi chez toi. On n'entend pas la rocade ici.
— Oui, la rue est calme et l'on n'entend rien quand on dort côté parc.
— Alors ?
— Alors quoi ?
— Il vient quand Malik ?
— Le commandant m'a dit qu'il passerait dans la matinée.
— Il a besoin de toi pour l'enquête, j'suis sûr. Hier, t'as super assuré. Le coup du vol, tu l'as bluffé.
— Je l'ai impressionné ? Vraiment ?

Geneviève pinça un peu les lèvres, une mimique qu'elle faisait à chaque fois qu'elle était gênée. Elle se demandait si l'adolescent avait raison. Avait-elle réussi à épater un policier aguerri, un gaillard comme le commandant Messaoudi qui lui rappelait les films de sa jeunesse et les personnages joués par Belmondo ? *Flic ou voyou*, voilà un film qu'elle avait aimé en cachette, quand ses amis s'extasiaient sur François Truffaut ! Elle en convenait, Messaoudi avait une « gueule », comme on disait au cinéma. Il pouvait à la fois être flic ou voyou, avoir un visage dur ou malicieux, des airs de brute ou d'ange, selon la réplique qu'il assenait.

— Est-ce que tu veux du thé à la place du chocolat périmé ? demanda-t-elle pour changer de sujet.
— J'ai jamais essayé.
— Comment ? Tu n'as jamais bu de thé ?

— Nan, maman n'aime pas ça. Je veux bien goûter. Ça ressemble à la tisane ?

En guise de réponse, Geneviève fit bouillir l'eau puis laissa infuser son meilleur Earl Grey qu'elle sucra.

— J'espère que tu vas apprécier ! Importé directement de Londres !

David souffla sur le liquide puis se risqua à l'avaler.

Il s'exclama :

— Hmm, c'est bon !

Un sourire extatique apparut sur les lèvres de Geneviève, mais il fut de courte durée quand elle vit que l'adolescent trempait ses tartines dans la tasse.

On sonna à la porte d'entrée. Elle s'y précipita, mais prit le temps de jeter un coup d'œil dans le miroir avant d'ouvrir. Elle replaça une mèche rendue rebelle par la nuit agitée qu'elle avait passée. Si David avait, à son âge, des capacités de récupération rapide, il n'en était pas de même pour elle. Elle n'avait dormi que trois heures.

— Bonjour Geneviève.

— Bonjour Malik.

Il parut surpris.

— Je ne crois pas vous avoir dit mon prénom.

— C'est Ginola... Cet enfant ne parle que de vous depuis ce matin, répondit-elle, un peu gênée. Mais, entrez ! Entrez donc ! Vous avez pris un petit-déjeuner ?

— Euh... à vrai dire, je n'ai rien avalé depuis hier midi. Vous avez troublé mon dîner, vous vous souvenez ?

Il s'essuya maladroitement les pieds.

— Vous pouvez y aller, reprit-elle. La maison est répugnante comme un peigne. Au fait, pourriez-vous me rendre un service ? Sauriez-vous lancer une lessive ?

— Je suis une vraie fée du logis, vous ne pouviez pas mieux tomber !

— Ginola s'est sali hier. De la tomate. Et... la machine est nouvelle. Je ne la connais pas, mentit-elle.
Elle conduisit Malik jusqu'à la buanderie.
Après quelques secondes devant l'engin, il dit :
— Voilà ! Il ne reste plus qu'à sélectionner un programme. Un jean, c'est du coton. À 60 degrés, c'est bien. Je lance un lavage d'une heure trente.
Il ferma le hublot et le bruit rassurant de l'eau glouglouta en comblant le silence.
Ils demeurèrent un moment à fixer le tambour qui tournait.
— Merci. Vous avez bien mérité un petit-déjeuner !
Lorsque le commandant pénétra dans la cuisine, David l'accueillit en souriant et une cascade de questions fusa.
— Alors ? Des nouvelles ? Tu as trouvé le voleur ? L'assassin ?
— Holà ! Pas si vite, loustic ! J'en sais à peine plus qu'hier soir.
— Justement, avez-vous progressé ? fit Geneviève en posant une tasse de café et des tartines sur la table.
— Je vous ai parlé de l'empoisonnement au curare ? La légiste a donc conclu à un homicide. Ce matin, j'ai obtenu l'adresse du visiteur qui était très ému devant le crâne. Il est calaisien. Vous, vous avez trouvé l'antiquaire au Touquet. Je vais suivre ces deux pistes. Ma brigade fait le reste.
— J'ai effectué des recherches une bonne partie de la nuit. J'ai eu envie d'en apprendre un peu plus sur le Baptiste. Savez-vous que le grand spécialiste de Jean-Baptiste vit justement dans la région, à Wimereux ? Je m'en suis souvenue. Il s'agit du professeur Lautréamont. Un éminent docteur en Histoire Religieuse. Une sommité. Je l'ai rencontré à l'université d'Amiens, il y a quelques années. Il en connaît beaucoup plus que moi. Il est d'accord pour vous

aider, je lui ai téléphoné ce matin. La porte de sa maison vous est grande ouverte.

— C'est une très bonne initiative. Plus j'en saurai sur l'ami du Christ, mieux ce sera.

— Le cousin, corrigea Geneviève.

— Je vais être franc. Sans vous, je passais à côté du tour que nous a joué le voleur et le tueur. Grâce à vous, le procureur n'a pas chômé et nous a filé l'affaire. Mes gars sont en train d'auditionner tous les témoins, de récupérer la vidéosurveillance sur le parvis et de procéder à l'enquête de voisinage.

— Vous ne seriez pas passé à côté de l'empoisonnement au curare. Ça, c'est vous qui l'avez trouvé, Malik !

— Disons que la légiste est plutôt calée. Sous l'ongle de la main droite, il y avait du sang et des tissus. Nous avons déjà son groupe sanguin. Dès que nous aurons son ADN, le FNAEG nous apprendra peut-être de qui il s'agit.

— Le quoi ? demanda David.

— Le Fichier National Automatisé des Empreintes Génétiques. Mais, j'ai encore besoin de vous, Geneviève. Je n'ai pas d'analyste aussi douée que vous en Histoire. Qu'en pensez-vous ? On travaille ensemble pour coffrer ce salaud ?

— On ne dit pas de gros mots sous mon toit ! Pas devant un enfant !

— Un enfant ? Où est-ce que t'as vu un gamin ici ? fit David, vexé.

— Vous savez, Malik, je suis fort occupée en ce moment.

— Occupée à quoi ? observa l'adolescent. À regarder pousser tes fleurs ?

— Comme tu peux être insolent, petit chameau !

— Elle ne fait rien du tout. Elle attend son conseil de discipline.
— Son conseil de discipline ? s'étonna Malik en fronçant les sourcils.

Geneviève se mit à rougir.

— Ce n'est pas vraiment cela, mais plutôt une audience, une sorte de comité restreint, si vous préférez. Avez-vous entendu parler d'une enseignante xénophobe qui aurait insulté ses élèves ? La presse en a fait ses gros titres dernièrement ? Eh bien, à ce qu'il paraît, c'est moi !

— Ah oui, vaguement. Vous ? Raciste ?

Il fit une moue dubitative.

— C'est un abominable malentendu ! J'ai vraiment hâte de m'en défendre et de rétablir la vérité à ce sujet !

Contre toute attente, Malik se mit à rire et Geneviève lui découvrit une fossette au coin des lèvres.

— Dans quel merdier vous êtes-vous fourrée ?

— Commandant, on a dit pas de…

— C'est quand votre audience ?

— Dans quatorze jours.

— Je vous embauche alors.

— Et moi ? intervint David.

— Et lui ? Vous savez que sa mère me l'a confié ?

Malik passa sa main sur son crâne chauve.

— Ah oui, toi… Je ne vous ferai prendre aucun risque. Vous serez juste une consultante qui m'apporte des informations. Je pense qu'il peut nous accompagner à condition de bien respecter les consignes. Nous devons en parler à sa mère.

— Vous accompagner ?

— Je songe sérieusement à vous emmener aujourd'hui avec moi, au Touquet, pour m'aider à interroger l'antiquaire.

— Doux Jésus ! Moi ? Vous ? Lui ? Dans votre camionnette ? Ah ça, jamais !

9

David regardait la campagne défiler par la vitre de la camionnette. En ces derniers jours de juin, l'été commençait enfin à arriver. Le soleil radieux jouait à cache-cache entre les arbres bordant la route nationale en direction de la Côte d'Opale.

L'adolescent s'amusait avec l'autoradio et le cala sur une station qui diffusait du rap. Il était heureux, sa mère avait autorisé cette aventure. Geneviève avait su présenter les choses comme s'il eût été question de vacances...

— Ginola, arrête de toucher la radio du commandant !

— Ça ne me dérange pas. Laisse, Ginola, j'aime bien cette musique !

— Vous appelez ça de la musique ? C'est inaudible !

Malik se contenta de sourire en échangeant un regard complice avec le jeune homme qui tourna le bouton de volume pour mettre encore plus fort.

Geneviève était un peu perdue. Elle évoluait dans un univers qui n'était pas le sien, mais elle n'arrivait pas à se mentir. Elle éprouvait une certaine fierté d'être associée à cette enquête et un curieux sentiment qu'elle n'avait pas connu depuis très longtemps, quelque chose qui avait à voir avec le bonheur. Quoi qu'elle en dise, entrer dans cette camionnette pour sortir de la ville d'Amiens lui procurait de la joie.

Elle eut soudain conscience que son existence était monotone et qu'il y avait une vie en dehors de celle de l'université et de la rue Millevoye. Tout lui semblait si dépaysant ; le vent venu d'ouest soufflant dans les arbres, les insectes s'écrasant sur le pare-brise et la chaleur étouffante de l'été qui commençait.

— Vous n'avez pas la climatisation dans votre fourgon ?

— Elle est en panne. Ouvrez la vitre si vous avez chaud.

— Je préfère ne pas être décoiffée.

— Comme vous voulez, fit Malik en doublant un véhicule agricole.

— Mais ouvre ! On va crever ! On s'en fiche de ta permanente ! rouspéta David.

— Je n'ai pas de permanente ! C'est une mise en plis.

— Tu ne devrais pas ! C'est pour les vieilles mémés !

Geneviève replaça ses cheveux.

— Tu trouves ?

— Ben oui ! Tu serais vachement mieux sans te les faire gonfler sur le dessus. Ça te donnerait dix ans de moins !

Malik jeta un coup d'œil furtif vers elle, puis fixa à nouveau la route.

Geneviève, vexée, tourna la tête et regarda le bas-côté.

— Pourquoi n'avez-vous pas pris l'autoroute ? souffla-t-elle.

— Je n'aime pas ça. Je préfère les nationales et les départementales.

La camionnette traversait Abbeville.

— Par pitié, est-ce qu'on pourrait arrêter cette musique de dégénérés ? s'exclama Geneviève.
— Tu ne peux pas t'empêcher de juger les gens, toi ! fit remarquer David. Ma mère, elle me dit d'essayer, de toujours goûter les trucs que j'crois que j'vais pas aimer. Toi, on a l'impression que tu ne fais jamais d'effort.
— Mais pas du tout ! s'offusqua-t-elle. J'ai déjà écouté du... rap... Parfaitement !
— Regardez ! fit Malik. Là, une buse, elle fait du surplace. Elle attend le bon moment pour fondre sur sa proie. Hop, elle vient de l'attraper ! C'est fou ce qu'il y a comme oiseaux dans la Baie de Somme.

Geneviève et David regardèrent dans la direction indiquée. La quinquagénaire pensa qu'il avait fait diversion, un peu lassé par leurs chamailleries. Elle se fit la promesse qu'elle ne dirait plus rien d'inconvenant concernant les préférences musicales de l'adolescent.

Ils prirent la route de Port-le-Grand. La camionnette longeait la Baie de Somme. Au loin, on s'approchait du Crotoy et l'on pouvait presque distinguer la mer. Des moutons de prés salés étaient dans les mollières, heureux d'avoir quitté la bergerie et de paître l'herbe tendre des pâturages d'été. Ils étaient des centaines, peut-être même des milliers.

David s'extasia et demanda :
— On en fait quoi des moutons ? On peut les traire ?
— On les mange, Ginola ! répondit Geneviève.
— Quoi ? On les bouffe ? Sérieux ? Mais ils sont trop beaux !
— Les agneaux mangent des plantes salées, c'est ce qui donne une délicieuse saveur à la viande ! ajouta-t-elle.
— T'es une vraie psycho, toi ! Moi, plus jamais je ne mangerai de bébés moutons !

Geneviève se défendit de répliquer. Elle s'était promis de faire un effort.

... Et puis « psycho », qui vient du grec « psyché », qui signifie « esprit », signifie-t-il psychorigide... ou bien psychopathe ?

Ils demeurèrent ensuite silencieux un moment.

Quand ils arrivèrent dans le Pas-de-Calais, Geneviève se risqua à poser une question.

— Avez-vous prévenu l'antiquaire de notre venue ?

— Non. On me l'a strictement interdit.

— Pourquoi ?

— C'est un ponte. Ces gens-là, on ne les convoque pas au commissariat... on les visite.

— Ce qui signifie que nous pourrions faire cette route pour rien ?

Il la regarda, amusé.

— Mes collègues du Touquet patrouillent devant sa maison. Il est bien là, rassurez-vous. Il n'est pas parti en vacances.

— Au moins, vous bénéficierez de l'effet de surprise.

— Comme vous dites. On sait que ce type avait la copie en sa possession. Il l'a présentée à une expo-vente l'an dernier à Lille, comme vous me l'avez appris avec vos recherches d'hier soir.

— Il ne l'a peut-être pas vendue !

— Je me suis aussi fait cette réflexion.

— Peut-être qu'il s'est servi de sa copie pour obtenir la vraie ? C'est peut-être lui l'assassin ? avança David.

— Tu raisonnes bien mon garçon, c'est une possibilité, affirma Malik.

— Ou peut-être qu'on lui a volé... ajouta Geneviève.

— Ces hypothèses sont toutes intéressantes...

— Ce n'est pas trop mal, ça ! fit-elle en désignant du bout de l'index l'autoradio.
— Ben voilà qu'elle aime NTM ! s'écria David.
— NTM ?
— Nique ta m...
— GINOLA !!!
Malik éclata de rire.
— Bon ! On arrive d'ici peu. J'irai seul, vous m'attendrez dans la camionnette. On ne sait jamais. Il peut être armé.

Geneviève frissonna et pensa :
Armé ? Mon Dieu, j'avais oublié qu'il est policier.
Elle tourna la tête vers lui. Comme David était assis entre les deux adultes, elle ne distinguait pas le visage du commandant, mais elle voyait ses avant-bras puissants posés sur le volant. Il portait un bracelet en cuir comme les mauvais garçons qui jouent de la guitare électrique. Ses muscles étaient noueux et l'énorme biceps droit qu'elle apercevait dans son t-shirt témoignait de la pratique régulière d'une activité physique. Un sport de combat peut-être ou alors de la musculation ? Geneviève pensa alors à Édouard et à son aversion pour l'exercice. Elle se souvint de son corps gringalet et de sa scoliose l'ayant privé d'une jeunesse insouciante, lui, qui racontait avoir eu un ver solitaire à l'âge de quatorze ans et qui expliquait ainsi sa petite taille.

Elle se mit alors à sentir un effluve de parfum viril et musqué qui ne pouvait appartenir à David. Elle réalisa soudain qu'il y avait des années qu'elle n'avait pas regardé un homme. Bien sûr, elle côtoyait des collègues, mais, pour elle, c'étaient des enseignants asexués. Il y avait aussi ses étudiants, mais c'étaient des enfants... Depuis huit ans, avait-elle déjà pensé une seule fois à un corps du sexe opposé ? Et Édouard avait-il été un mâle ? Un esprit plutôt, avec lequel elle fusionnait dans ses conversations, dans ses échanges à bâtons rompus à propos d'Histoire, de politique ou d'art. Elle avait été connectée au génie de son mari, le plus brillant des hommes qu'elle eût jamais rencontrés, le magistrat le plus doué en tout et pour tout... Si bien que, quand il avait disparu, elle s'était soudain sentie amputée d'une partie d'elle-même.

Le commandant est plutôt un corps, se rassura-t-elle.

Et pour s'en persuader encore plus, elle conclut par : *un beau corps, mais certainement sans bel esprit.*

Enfin, ils arrivèrent au Touquet. L'asphalte changea de couleur pour prendre une teinte rosée. Le golf et ses arbres d'essences différentes attirèrent David qui manqua de s'asseoir sur les genoux de Geneviève pour regarder les parcours et les greens.

Ils longèrent la piste cyclable, qui serpentait entre les feuillus et les résineux, sur laquelle de nombreux touristes *très court-vêtus*, selon Geneviève, pédalaient. Elle les qualifia mentalement de *parisiens*. Ils avaient revêtu la panoplie complète du parfait vacancier : espadrilles, marinière et short clair en coton. Dans un panier en osier, sur un vélo, elle vit un caniche, les oreilles au vent, heureux de se faire décoiffer.

— C'est trop beau ici ! On dirait un parc.

— Ce n'est pas trop mon style, fit Malik.

— Et quel est votre style ? demanda-t-elle.

— J'aime bivouaquer.

— Ça veut dire quoi, bivouaquer ? interrogea l'adolescent.

— C'est planter sa tente en pleine nature, établir son campement, vivre en connexion avec l'environnement. L'an dernier, je suis parti dans le désert.

— En Algérie ? demanda Geneviève.
— Qu'est-ce qui vous fait croire que c'était en Algérie ? Ma gueule d'arabe ?
— Bien sûr que non ! Je suis désolée, je ne voulais pas vous off...
Il éclata de rire.
— Mais détendez-vous, Geneviève ! Je vous chambrais ! C'était effectivement en Algérie !
Elle était en colère.
— Vous vous moquez de moi ! Après tout, tout le monde pense que je suis raciste, alors pourquoi pas vous ?
— Vous oubliez que je suis flic. On ne me ment pas bien longtemps. Je sais lire dans les yeux.
— Tiens donc ! Et que voyez-vous en me regardant ?
— Plein de choses... mais pas une personne raciste.
La colère de Geneviève retomba brusquement.
— Il vit où, le descendant du type qui a fait la copie ? demanda David.
— Côté forêt, répondit Malik.
— Tu vois Ginola, ici au XIXe siècle, un notaire parisien, un certain Alphonse Daloz, et son ami, directeur du *Figaro* de l'époque, ont planté des pins pour fixer les dunes. Au tout début du XXe siècle, Le Touquet a été racheté par un Anglais, John Whitley, qui a fait de cet écrin de verdure un lieu de villégiature pour les Parisiens. La forêt du Touquet ressemblait alors à un morceau d'Angleterre. Les villas se fondaient dans le paysage forestier, comme les cottages anglais entourés d'un jardin fleuri. Tiens, la mode est aux hortensias blancs, à ce que je vois ?

Malik gara la camionnette sous les frondaisons, à proximité d'une magnifique villa. Il se dit que Geneviève avait raison ; des fleurs en boules blanches illuminaient un gazon anglais fraîchement tondu.

— Prenez ma place et mettez la gomme si ça tourne au vinaigre !

— Comment ?

— Dès que je sortirai, passez au volant et attendez-moi. Si je juge qu'il n'y a rien à craindre, je reviens vous chercher. J'aurai alors besoin de votre expertise, s'il me parle d'art religieux.

Il se pencha vers elle pour ouvrir la boîte à gants. Elle put sentir son souffle dans son cou et l'odeur de son parfum. Il attrapa, du bout des doigts, son arme de service.

— Doux Jésus ! Ne me dites pas que vous fourrez votre pistolet ici ! Et si Ginola l'avait trouvé ? Et si Ginola avait joué avec ? Et si le petit s'était blessé ? S'il s'était tué ? Vous êtes inconscient !

— Hé, j'suis pas débile ! rétorqua David.

— Il y a la sécurité ! Et sans ça, il ne peut pas se faire bien mal.

Il sortit de sa poche un chargeur qu'il plaça dans son Sig Sauer et déverrouilla l'arme.

Geneviève avala difficilement sa salive, un peu impressionnée par sa rapidité d'exécution et très gênée de l'avoir si vivement attaqué.

Pour ne pas perdre la face, elle dit :

— Il n'empêche que je commence à regretter de vous avoir suivi dans cette histoire !

— Arrête, Geneviève, tu adores ça ! cria-t-il, excédé.

Il sortit en claquant la portière.

Malik réalisa que David avait raison. Il fallait toujours qu'elle juge, qu'elle condamne, qu'elle... parle. Lui aussi pensa qu'il avait peut-être commis une erreur en lui demandant sa collaboration. Mais, elle était là et il devait faire avec, désormais.

Il respira profondément pour faire retomber sa bouffée d'énervement et fit quelques pas sur le trottoir. Il s'arrêta devant un très joli pavillon. Il observa la belle façade typique des maisons du Touquet. Les volets étaient vert et blanc. L'enduit, fraîchement refait, l'aveugla un peu dans ce soleil d'été. Il tourna la tête et vit qu'au loin, dans sa camionnette, Geneviève s'était installée à la place du conducteur.

Il appuya sur l'interphone et attendit. Personne ne lui répondit.

Il s'approcha alors du petit portail qu'il aurait pu enjamber, mais constata que celui-ci était entrebâillé. Il décida de s'y faufiler et d'entrer dans le jardin en s'annonçant :

— Il y a quelqu'un ? Monsieur Poussielgue-Rusand ? Je suis commandant de police.

Il frappa à la porte de la maison sans plus de succès. Il allait repartir quand il entendit un bruit. Ce dernier ressemblait à celui d'une radio. Il reconnut le jingle d'Europe 1. La musique venait du parc qui était situé à l'arrière de la demeure.

Il contourna le domaine par un chemin, parsemé de petits graviers blancs qui crissaient, et déboucha dans le jardin.

Une tondeuse et des outils jonchaient le gazon anglais. Le terrain était immense et arboré. La radio était posée sur une table en fer forgé à côté d'un verre de limonade. L'antiquaire devait faire du jardinage au fond de sa propriété. Il n'avait qu'à suivre le son de l'émission qui braillait de plus en plus.

— Hé oh ? Y'a quelqu'un ? Je suis policier, j'ai...

Soudain, il le vit. L'héritier de l'orfèvre était allongé sur le gazon, au pied d'un escabeau accolé à un arbre. Il était tombé sur le côté, son visage était bleu et ses bras crispés. Malik se figea, décidé à ne plus avancer.

Il se tenait à moins de dix mètres du propriétaire. D'autres que lui auraient accouru, mais il connaissait la procédure. Il n'y avait plus rien à faire pour sauver cet homme. L'antiquaire était indéniablement mort, comme l'indiquaient sa couleur, sa bouche ouverte et ses yeux écarquillés devenus laiteux. Ce magnifique jardin était certainement devenu une scène de crime. Le policier en avait l'intime conviction. Il fallait rebrousser chemin et ne toucher à rien pour laisser l'Identité Judiciaire faire son job.

Il recula toutefois difficilement, car son instinct refusait les faits et Malik détestait se sentir impuissant. Il avait prêté serment d'assistance et aurait voulu le sauver, mais il était bien trop tard.

Il saisit alors son portable et joignit le commissariat de police du Touquet. Il se félicita de n'avoir pas souillé la poignée de la grille, qui était déjà entrouverte, et ainsi n'avoir pas contaminé le relevé de possibles empreintes.

Il resta un moment devant le portail. Malik était inquiet pour Geneviève et David. Il avait d'ores et déjà établi la cause du décès de l'antiquaire : le curare, bien sûr ! Ce poison, qui avait auparavant terrassé l'évêque, venait sûrement de tuer celui qui avait vendu la relique de substitution.

Malik se dirigea vers la camionnette.

Pour se débarrasser d'un témoin et éviter qu'il ne l'identifie, le meurtrier a donc tué le fournisseur de la copie...

— Alors, vous l'avez interrogé ? Déjà ? fit Geneviève en baissant le carreau de la vitre.

— Non ! Il ne dira plus rien, il est mort !

— Comment ça, mort ?

— Oui, supprimé ! Comme l'évêque ! Même modus operandi, selon moi.
— Malik, mais comment est-ce...
— Écoute, Geneviève, je ne sais pas. Je viens juste de l'apercevoir, étendu sur le flanc, dans l'herbe. Il est bleu, mort d'asphyxie et ses membres sont crispés. De loin, ça ressemble à une crise cardiaque, c'est ce que le meurtrier veut que l'on pense. Je n'en sais pas plus. J'ai appelé du renfort. Les minutes qui vont suivre vont être pénibles. Je souhaiterais vous savoir tous les deux en sécurité pendant que...
— Pas de problème, nous allons aller nous rafraîchir au Westminster.

Malik serra la mâchoire.

— Au Westminster ? Qu'est-ce que c'est que ce truc-là ?
— C'est l'hôtel le plus chic du Touquet. Je meurs de soif et un petit cocktail me ferait le plus grand bien.
— Moi aussi, j'aimerais bien... ajouta David.
— C'est pas bientôt fini votre manège à tous les deux ? Geneviève, je crois que tu ne te rends pas bien compte de la gravité de la situation. Deux hommes ont été empoisonnés. Le meurtrier était là, il y a quelques minutes. Peut-être sait-il que nous sommes sur sa piste ? Sûrement est-ce pour cela qu'il a supprimé le type qui lui a procuré la fausse relique, pour qu'on ne remonte pas jusqu'à lui. Et s'il s'en prenait à vous ? Non, quand je parle de sécurité, je veux dire que vous allez suivre les policiers et m'attendre au commissariat !

Il avait prononcé ces mots d'une traite, avec autorité, et David l'avait écouté la bouche ouverte.

— T'attendre au commissariat ? Mais quelle chienlit ! pesta Geneviève.

Malik ne put s'empêcher d'esquisser un petit sourire. Il ne savait pas ce qui venait soudain de l'amuser. Était-ce le tutoiement ou l'expression surannée de la quinquagénaire qui lui rappelait le Général de Gaulle ?
Un véhicule de police arriva et se posta à sa hauteur.
— Commandant Messaoudi ?
— Oui, c'est moi.
— Le patron arrive. Vous vouliez qu'on escorte qui au commissariat ?
— Cette dame, ma consultante, et ce jeune garçon. Je crains pour leur sécurité.
Une femme blonde répondit assez sèchement :
— Venez madame, et toi aussi jeune homme, vous serez bien au poste.
Geneviève maugréa en montant dans la voiture de police. Sa jupe était relevée sur son collant, laissant entrevoir le haut de sa cuisse. Elle tira sur le tissu, un peu gênée. David demanda à la policière et à son coéquipier de mettre en route la sirène, mais ils refusèrent.
Malik regarda partir le véhicule et sortit une cigarette de sa poche. Quelques instants plus tard, un type en surpoids, avec une belle Légion d'honneur sur le costume, accompagné de deux autres policiers, se gara devant la maison de l'antiquaire.
— On s'est parlé au téléphone ce matin.
Malik observait le grade sur la poitrine de celui qui l'avait apostrophé sans le saluer. Le « patron » des flics du Touquet. Ça ne rigolait plus.
— Vous avez merdé, Commandant !
— Avec tout le respect que je vous dois, vous n'avez pas voulu convoquer la victime au poste ce matin. Vous avez insisté pour que je passe chez lui en fin de matinée,

gentiment habillé en civil, pour « discuter ». Vous vous en souvenez ?

— Si j'vous dis que vous avez merdé, c'est que vous avez merdé ! répliqua-t-il en prenant une inquiétante couleur rouge. Je ne vais pas y aller par quatre chemins. Ce type, c'était le cousin germain de la Première Dame. Vous savez que le couple présidentiel possède une maison ici ? J'ai agi pour le mieux. Il était hors de question qu'il fasse une déposition au poste, comme un vulgaire suspect, tout ça pour une connerie de vol dans une église et pour un cinglé qui s'est pris pour un indien avec sa sarbacane ! Monsieur Poussielgue-Rusand était une sommité au Touquet. Il faisait la pluie et le beau temps comme élu municipal. Il donnait des dîners avec les membres du gouvernement et il faisait du vélo avec le président. Il lui mettait même la pâtée au Tennis Club. Tout ça pour dire que vous auriez dû être là bien plus tôt !

— Je suis désolé, je n'ai pas d'hélicoptère de fonction.

— Ne soyez pas ironique avec moi, Commandant ! Le commissariat a fait son job. J'y ai veillé. Des véhicules banalisés, tous les quarts d'heure.

— Et moi, je n'ai pas pu aller plus vite que la musique ! fit Malik qui pensa qu'il aurait quand même pu prendre l'autoroute, pour une fois.

— On m'a appris que vous seriez venu en camping-car avec votre femme et votre gosse ? Êtes-vous bien sérieux ?

— Ma consultante et un gamin dont elle a la responsabilité, rien à voir ! Mais dites-moi, vous voilà bien renseigné... Vous oubliez qu'un assassin a pu pénétrer dans cette baraque sans qu'aucun de vos gars ne vous le signale...

— Bon, bon, calmons-nous ! On a intérêt à ne pas moufter. On a chacun agi pour le mieux. On ne va pas se tirer dans les pattes. Vous, vous êtes en poste à Amiens...

vous ne risquez pas une mutation bien pire. Mais moi, je suis à deux ans de la retraite et je ne veux pas finir en Seine-Saint-Denis. J'ai commencé ma carrière à Sarcelles alors si je pouvais ne pas la terminer là-bas.

Malik observa le gros homme qui transpirait. Il avait peur de la hiérarchie qui pouvait, en un claquement de doigts, briser une petite carrière tranquille et bien confortable.

— Mes gars arrivent d'Amiens, vous pouvez m'aider ?
— Mon commissariat est le vôtre, bien sûr !

Il se racla la gorge et reprit :
— Vous avez vu le corps ? Il a aussi été tué au... curare, comme l'autre ?
— Ça y ressemble, en tout cas...
— J'ai déjà averti sa cousine sur la route. Un hélicoptère de la Scientifique décolle de Lille. Ils seront bientôt là.

Malik lui fit un topo sur l'affaire. Il apprit que les fichiers de la vidéosurveillance étaient en train d'être réquisitionnés. Le commissariat procédait également à l'enquête de voisinage.

À peine une heure après la découverte de Malik, un véhicule, bondé de techniciens, se gara en face du domicile de la victime.

Les enquêteurs s'équipèrent, dès la sortie du camion, pour pouvoir accéder au jardin. Tout comme l'expert, trois analystes se vêtirent de combinaisons en papier blanc avec une capuche et de surchaussures, à même le trottoir. Ils ajustèrent leurs gants et leurs masques chirurgicaux afin d'éviter toute contamination des indices. Deux agents balisèrent la scène. Leurs investigations allaient commencer.

Malik se tenait derrière la rubalise jaune, ne perdant pas une miette du travail qui était en cours.

Une technicienne recueillit des résidus sous les ongles puis photographia la victime sous tous les angles. L'antiquaire était en short et il était tombé sur le côté droit. Une trace de piqûre sur le mollet intrigua la scientifique et elle en fit un gros plan.

Les hommes en blanc inspectaient chacun une zone du jardin. Ils vidèrent la tondeuse avec précaution et analysèrent minutieusement chaque brin, ce qui prit une éternité. Rien de particulier ne fut trouvé dans l'herbe fraîchement coupée.

Ils photographièrent aussi un mégot, semblable aux autres trouvés dans le cendrier du salon. Puis, ils s'intéressèrent à la terre meuble à côté de l'escabeau et du pommier. Ils restèrent plusieurs minutes à photographier une empreinte de pas. Ensuite, ils observèrent attentivement les souliers du défunt et en prirent plusieurs clichés. Comme ce n'était pas la trace de sa semelle, ils procédèrent à un moulage au plâtre.

Malik observait un jeune homme, transpirant sous son attirail, qui recherchait des marques sur le verre, sur la table de jardin et sur la tondeuse. Il les détectait grâce à une technique au laser. Les empreintes, saupoudrées d'une substance chimique et rendues fluorescentes, apparurent sous l'éclairage spécial. Il identifia une trace de sueur, sûrement laissée par un doigt, avec une lampe à rayons ultraviolets qu'il veillait à diriger en oblique.

Quand ce fut fini au jardin, les techniciens donnèrent au légiste l'autorisation de procéder à l'enlèvement du corps. Une ambulance se chargea de l'emmener à la morgue.

Les recherches se focalisèrent ensuite sur le point d'arrivée et de départ de l'assassin. Le portail et la poignée furent passés au crible, les empreintes furent relevées.

Des traces de pneus, trouvées sur la terre meuble devant la propriété, furent photographiées puis moulées dans du plâtre.

La demeure aussi fut investie par les policiers. Dès que l'Identité Judiciaire eut tourné les talons, ce fut l'affaire de la criminelle. Malik dirigea les investigations avec ses hommes qui avaient accouru d'Amiens. La maison fut entièrement fouillée. Il rechercha des documents qui auraient pu lui indiquer l'identité de l'acheteur de la copie au Salon des Antiquaires de Lille. Il ne trouva rien, pas même un livre de comptes. Le disque dur de l'ordinateur fut prélevé également.

À la nuit tombée, une quantité impressionnante de flacons, de sachets et d'enveloppes, scellés sur la scène de crime, rejoignit le véhicule garé dans la rue. Malik, qui avait passé une nuit blanche et qui était resté debout durant huit heures, monta, fourbu, dans sa camionnette pour se diriger vers le commissariat afin d'auditionner la fille du défunt.

Le patron des flics du Touquet lui avait envoyé un message disant qu'elle l'attendait dans son bureau. Lui ne serait pas présent, trop occupé à fêter ses trente ans de mariage.

Le commissariat était situé en plein centre-ville et il y avait beaucoup de monde assis en terrasse dans les rues commerçantes. Un planton le fit entrer dans l'enceinte où il gara son véhicule. Geneviève vint à sa rencontre.

— Tu en as mis du temps ! Il est 23 h ! Je t'ai gardé un sandwich infâme qu'on nous a servi. Je n'ai qu'une envie, c'est de rentrer chez moi et me prendre un bon bain !

— Merci pour le repas, mais il n'est pas question qu'on rentre. On va passer la nuit ici, dans la cour.

— Il n'est pas concevable que je dorme ici !

— C'est ça, tu vas encore me parler du Westminster ? Tu veux que la police te paie une suite grand luxe et t'offre un séjour en thalasso ?

— Et pourquoi pas ? fit Geneviève, vexée.

— Je ne vois pas ce que tu reproches à ma camionnette. Il y a deux couchettes et Ginola peut passer la nuit sur la banquette avant. Et puis, nous avons été très généreusement invités par le patron qui voudrait bien me faire porter le chapeau.

— Pour quelle raison ?

— Parce qu'il a refusé de le convoquer au poste. Car le défunt n'est autre que le cousin de l'actuelle Première Dame !

— C'est écœurant ! C'est bien facile de rejeter la faute sur autrui ! Je vais aller lui dire tout le bien que je pense de lui ! Où est son bureau ?

— Non, Geneviève ! C'est très gentil, mais non ! Je vais sûrement me faire retirer cette enquête, c'est une question de temps. Mais si tu t'en mêles, c'est foutu tout de suite. Ce qui serait utile de ta part, c'est de ne pas faire de vagues et de dormir sagement dans la cour. Demain, nous irons explorer une autre piste. Celle du type qui a pleuré de joie quand il a vu la relique...

— Mais, je n'ai pris aucun change !

— J'ai vu un supermarché en arrivant, je t'y conduirai demain.

— Je ne porte pas de vêtements bon marché. C'est infâme !

— S'il te plaît, Geneviève, j'ai passé huit heures debout, sous le soleil. Je suis cuit et j'ai pas dormi la nuit dernière.

— Et moi ? Tout autant ! Les chaises de ce satané commissariat sont tellement dures que cela a réveillé ma sciatique.

En effet, si David s'était occupé avec sa console, voyant à peine le temps s'écouler, Geneviève s'était mortellement ennuyée. Elle avait attendu dans le hall d'entrée, dévisageant tour à tour les usagers, se demandant la raison de leur visite. Elle ne voulait pas se l'avouer, mais elle mourait d'envie de demander des nouvelles de l'enquête. Elle était terriblement vexée d'avoir été mise à l'écart. Sa curiosité l'emporta sur son ressentiment.

Elle le questionna :

— Est-ce qu'on en sait plus sur ce qu'il s'est passé ?

— Il a été empoisonné au curare. Le médecin a déterminé l'endroit de l'injection, dans l'arrière du mollet. Il devait être sur son escabeau, son outil en main, pour couper une branche d'un pommier. Le meurtrier est venu par-derrière, le bruit de la radio a couvert son arrivée. Il lui a planté la seringue dans la jambe. L'antiquaire est tombé, il a sans doute crié, mais avec la radio, les voisins n'ont rien entendu ni rien vu d'ailleurs. Personne ne peut décrire un véhicule stationné. Pourtant, on a relevé des traces de roues, des pneus larges comme ceux d'un 4x4. Par chance, Le Touquet est très surveillé et on consulte la vidéosurveillance de la ville et du voisinage... Qui sait ? Ils ont trouvé une empreinte de pied, taille 43 ½. La victime faisait du 40. Sa fille, qui lui a rendu visite en début d'après-midi, fait du 36. Il a plu ce matin au Touquet, donc il y a de grandes chances que cette empreinte soit celle du meurtrier. Et celle d'un homme a fortiori, car un expert m'a dit que 98 % des femmes n'excèdent pas la pointure 42.

— C'est impressionnant ce que les policiers sont capables de faire, fit Geneviève, admirative.

Il profita de ce radoucissement soudain pour lui demander :

— Est-ce que ça te dirait d'assister à une audition ou tu préfères bouder ?

— Mais, voyons, il est presque minuit !

— Ne te fais pas prier, Geneviève ! Je n'ai pas vraiment l'autorisation de faire ça, mais je pense que tu pourras m'être très utile. La fille de l'antiquaire m'attend dans le bureau du patron. Lui est rentré chez lui... et j'ai des questions à lui poser, vu qu'elle gère le magasin avec son père.

— Je pourrai parler ?

— Seulement si c'est judicieux.

— Malik, je suis professeure d'université, pas une idiote ! Bien sûr que ce sera pertinent !

— Comment va Ginola ?

— Il s'amuse. Il a parlé avec la moitié du commissariat. Il n'a pas vu le temps passer, lui. Il est dans la salle de repos et joue à la console.

Un policier, au guichet, leur indiqua le bureau. Ils empruntèrent un couloir étroit.

La fille de l'antiquaire se prénommait Ophélie. Elle était maigre. Ses cheveux étaient décoiffés et son mascara noir avait coulé, creusant deux orbites sombres. Geneviève trouva qu'elle ressemblait au crâne de Saint Jean-Baptiste. Dans d'autres circonstances, elle aurait pu le faire remarquer à Malik.

La jeune femme était assise sur une chaise devant un bureau très confortable. Quand ils s'installèrent face à elle, elle leva à peine les yeux. Son nez coulait. Geneviève lui tendit un mouchoir propre. Décidément, se dit-elle, ses mouchoirs commençaient à avoir l'habitude d'éponger le chagrin. Tout avait débuté avec les larmes de Fatou.

— Toutes mes condoléances pour votre père, dit Geneviève.

Malik se servit de l'ordinateur du bureau pour prendre sa déposition.

— Je vous remercie. C'était un homme tellement gentil. Elle renifla avant de poursuivre. Vous vouliez que je vous ramène son registre ? Le voilà !

Elle ouvrit son sac à main et posa devant elle un grand cahier marbré, avec une étiquette d'écolier où figuraient les mots « Registre de ventes ».

— Oui, madame. Nous croyons que sa mort est liée à un objet de sa collection. Un objet qu'il aurait peut-être vendu.

— Lequel ? fit-elle avec accablement.

— La copie de la relique de Saint Jean-Baptiste.

— Cette horreur ? Je ne l'ai jamais aimée ! J'ai toujours trouvé cette chose morbide.

— Il l'a vendue ? Peut-être donnée ? demanda Geneviève.

— Donnée ? Oh non ! Mon père n'était pas un philanthrope. C'était un collectionneur, un marchand d'art. Il achetait et vendait. Je sais que cette copie était dans la famille depuis plusieurs générations, mais on lui en a offert un bon prix. Il n'a eu aucun scrupule à la vendre l'an dernier. Il me racontait souvent son histoire quand j'étais enfant, celle de son aïeul confectionnant une copie quasi identique à l'original, avec un crâne qu'il avait récupéré dans les Catacombes, sous la place Denfert-Rochereau. Plutôt macabre, non ? La tête d'une personne guillotinée sous la Révolution. Mon père aimait dire que c'était celui de Marie-Antoinette.

— Vraiment ? Je crois qu'il se trompait ! La reine a été inhumée au cimetière de la Madeleine avant de rejoindre la crypte de Saint-Denis, fit Geneviève, dubitative.

La fille de l'antiquaire lui jeta un regard dur, visiblement agacée par ce ton professoral et répondit :

— C'était le crâne d'un inconnu, d'un parisien, peu importe qui c'était ! Pourquoi me parlez-vous de cet objet ? En quoi est-ce que ça a un rapport avec sa mort ?

— Je ne peux vous faire part des détails de l'enquête pour le moment. Je le ferai en temps voulu. Donc, il avait vendu cette copie ? demanda Malik.

— Oui, l'an dernier. Il a rencontré un acheteur à l'exposition de Lille. Je ne l'ai pas rencontré, il y était allé seul. De toute façon, le nom de l'acquéreur doit être dans son registre. La vente a eu lieu en avril. Regardez dedans !

Malik ouvrit le cahier et nota que l'antiquaire avait beaucoup d'ordre. Quatre colonnes s'étalaient : la date, l'objet, le prix et le nom de l'acheteur ainsi que ses coordonnées complètes. Il le feuilleta pour arriver au mois d'avril. À son grand regret, il constata qu'on avait arraché une feuille.

— La page est manquante.

— Vous êtes sûr ? s'étonna la fille de l'antiquaire en lui prenant le cahier des mains pour le voir par elle-même.

— Certain ! Où était rangé ce cahier ?

— Dans le tiroir du guichet au magasin.

— Où est votre boutique ?

— Avenue Saint-Jean. C'est la rue marchande du Touquet.

— Vous avez eu des clients, aujourd'hui ?

— Oui, plusieurs ! Mais rien que des habitués.

— Vous vous êtes absentée ? Essayez de vous rappeler.

— En fin de matinée, j'ai reçu un courrier. Il fallait impérativement ma pièce d'identité. Comme je mets mon sac dans l'arrière-boutique, j'ai laissé le postier seul, une ou deux minutes. Mais j'ai eu confiance, il était en uniforme.
— Le type aurait pu arracher une page du registre ?
— Euh... oui. S'il savait où il était rangé.
— Est-ce que c'était votre postier habituel ?
— Euh... non. C'était un nouveau. Je ne l'avais jamais vu auparavant. Et puis, à ce moment-là, je n'ai pas compris. L'enveloppe qu'il m'a donnée n'était pas timbrée et c'était une feuille blanche à l'intérieur. Quand j'en ai eu conscience, j'ai voulu interpeller le facteur, mais il avait disparu... en pleine tournée. Je me suis dit que je signalerais l'incident au postier habituel.
— Décrivez-moi cet individu.
— Je ne m'en souviens plus.
— Vous l'avez pourtant vu ?
— Un type banal, ni jeune ni vieux, de taille moyenne. Il portait des lunettes, une casquette bleue et il était en contre-jour.
— Essayez de vous souvenir d'un détail.
— Je ne m'en rappelle pas, je vous dis ! Et je ne suis pas du tout physionomiste !
— Vous avez ce courrier ?
— Oui, je l'ai fourré dans ma poche. Tenez !

Elle posa, sur le bureau, une enveloppe. L'adresse était inscrite à l'aide d'un traitement de texte. Aucune écriture manuscrite.

Malik laissa la lettre sur la table pour l'ajouter aux autres indices fraîchement récoltés.

— Vous avez des caméras ?

— Non. La boutique est proche de la maison du président. Le car de CRS, qui est stationné jour et nuit devant, et les types armés sont très dissuasifs, vous savez !

— Bien, fit Malik en inscrivant le mot facteur suivi d'un gros point d'interrogation sur son calepin.

— Quand votre père a vendu la copie de la relique, vous a-t-il parlé de l'acquéreur ? L'a-t-il décrit ? demanda Geneviève.

— Non... c'est un homme, c'est tout ce que j'en sais. Il disait : « il » m'a acheté le crâne.

— Un homme âgé ? Quelqu'un de jeune ? renchérit-elle.

— Mais j'en sais rien !

La fille de l'antiquaire sanglota et reprit :

— Vous croyez que mon père a été tué par ce type, c'est ça ? Vous pensez que c'est ce faux postier qui a arraché la page pour qu'on ne remonte pas jusqu'à lui ?

— Disons que nous n'excluons pas cette hypothèse, répondit Malik.

— Je n'ai jamais aimé ce truc. Dire que j'ai été heureuse qu'il s'en débarrasse est un euphémisme. J'aurais dû me douter qu'il lui porterait la poisse un jour ou l'autre. J'ai toujours trouvé que c'était un blasphème de copier le véritable crâne de Saint Jean-Baptiste...

— Vous ne vous souvenez d'aucune discussion concernant l'acheteur ? Votre père ne vous aurait-il pas confié un détail, quelque chose ? insista Malik.

— Si... une chose ! Il disait que « c'était un homme qui n'avait plus rien à perdre ».

— Qu'est-ce que cela signifie ? demanda Geneviève.

— Je ne sais pas. Mais il a déboursé une somme folle pour l'acquérir. 50 000 euros, je crois. Une facture payée en liquide. Ce détail a intrigué mon père, mais dans le milieu des antiquités, les gens farfelus sont monnaie courante. Je ne peux rien vous apprendre de plus, vraiment. J'aimerais pouvoir vous aider…

— Je vous remercie, madame. Puis-je conserver le carnet le temps de l'enquête ?

— Bien sûr. Mais promettez-moi une chose, je veux que celui qui a tué mon père finisse ses jours en prison ! Je veux qu'il paie !

— Comptez sur moi !

Elle se leva et adressa un petit signe de tête à Geneviève qui réalisa alors que la fille de l'antiquaire venait de partir avec son mouchoir.

10

— Alors, Geneviève ? Tu as passé une bonne nuit ?
— Oui, incroyablement bonne ! C'est étonnant d'ailleurs, je me suis endormie tout de suite. D'habitude, à la maison, je cherche le sommeil pendant des heures. Là, je devais être très fatiguée.
— Eh bien, tant mieux ! fit Malik. J'ai ramené des croissants. Où est Ginola ?
— Il joue dans la cour. Enfin, il a eu envie de s'entraîner avec un policier qui faisait son footing, mais je crois qu'il a renoncé.
— Je vous conduis tous les deux au supermarché et on file interroger l'émotif qui a fondu en larmes devant la vitrine, même si je n'espère pas grand-chose de cette piste. J'attends des résultats plus intéressants. L'analyse des caméras des boutiques sur le parvis de la cathédrale, celle de la vidéosurveillance du Touquet, les relevés d'hier...
— Hmm, fit Geneviève qui mangeait un croissant.
— Eh ! Y'en a pour moi ? Il en reste ? demanda David qui venait de les rejoindre.
— Tiens, espèce de goinfre ! fit Malik. Tu peux aussi te servir du jus d'orange.

Il était 7 h 30 du matin. Le soleil était déjà haut dans le ciel. Pas un nuage. La journée s'annonçait très chaude.
Enfin l'été, se disait Malik.
Soudain, Geneviève manqua de s'étouffer. Son antique téléphone à clapet se mit à sonner. Elle avala goulument sa dernière bouchée de viennoiseries et décrocha.
— Oui, c'est bien moi... Oh mon Dieu... ce n'est pas possible... (elle écouta un long monologue durant trois minutes)... Dramatique ! En effet, dramatique ! Il se pourrait bien que cela ait un rapport avec notre enquête. Je vous rappelle tout de suite, mon cher.
Elle s'adressa alors à Malik :
— Tu te souviens du spécialiste de Saint Jean-Baptiste dont je t'ai parlé, celui à qui j'ai téléphoné hier pour lui demander conseil. Eh bien, il vient de subir un effroyable cambriolage ! Sa statuette, qui représentait le saint en train de bénir les fidèles dans l'eau du Jourdain, vient de lui être dérobée. Ce qui est troublant, c'est que cette statuette a été réalisée par Poussielgue-Rusand.
— Un cambriolage ? Très intéressant... Où habite ce professeur... ?
— ... Lautréamont ! C'est un médiéviste, mais aussi LE spécialiste de Jean-Baptiste. Il habite pas loin d'ici, à Wimereux.
— Rappelle-le ! On va y passer ce matin, c'est vraiment tout près. Allez, Ginola, va dire au revoir à tes nouveaux amis ! On file à l'Intermarché du coin, vous trouverez de quoi vous changer.
Geneviève rappela son confrère et ils quittèrent Le Touquet en direction de Cucq, petite ville à côté de la station huppée, qui disposait d'une grande surface.

Une fois la camionnette garée, ils pénétrèrent tous les trois dans le supermarché à la recherche de vêtements de rechange pour Geneviève et David.

La quinquagénaire faisait pâle figure. Elle s'était imaginée avoir le choix, mais il n'y avait pas de jupe. Et Geneviève n'avait jamais porté de pantalons. Elle avait horreur de cela. Bien sûr, les féministes avaient bataillé pour obtenir le droit de s'en vêtir et cela, elle le respectait. Mais, puisqu'elle n'était pas grande, elle avait l'habitude, depuis son adolescence, de porter des jupes pour ne pas être confondue avec un jeune garçon. La jupe lui avait conféré de la respectabilité. C'était sa marque de fabrique. Et voilà que, dans ce supermarché, il n'y avait que des jeans ou d'affreux pantalons, en coton, bariolés. Les robes d'été étaient aussi courtes que des t-shirts et lui rappelaient les motifs du carnaval de Dunkerque. Elle dut s'en accommoder. Elle mit dans le caddie deux jeans parmi les moins délavés qu'elle pût trouver. À coup sûr, il faudrait rabattre la longueur, faire un revers à la main. Le patron du jean devait être taillé sur un mannequin suédois, une grande bringue d'un mètre quatre-vingt-cinq. Mais cela était préférable à ce qu'elle portait actuellement. Son collant était filé et sa jupe était tellement froissée qu'elle ne ressemblait plus à grand-chose. Elle soupira et essaya de faire bonne figure.

Geneviève compléta ses achats par trois marinières de couleur différente : une bleue, une verte et une rouge. Restait le problème des chaussures. La chaleur était trop forte pour qu'elle porte ses mocassins. Elle trouva une petite paire de baskets en tissu. L'ensemble, se dit-elle, ferait touriste en mal de mer et elle ne serait pas trop ridicule. Elle prit le nécessaire pour sa toilette et hésita devant le rayon des sous-vêtements. Si elle avait été seule, elle aurait choisi, sans se sentir gênée, des culottes gainantes, mais elle allait passer à la caisse avec Malik et David. Elle les savait moqueurs. Elle prit donc des modèles à la mode et en coton. Geneviève se chargea également d'acheter des affaires pour l'adolescent : quelques caleçons, quelques t-shirts et le nécessaire de toilette.

Malik fit le plein de provisions et de bouteilles d'eau. Il acheta également un duvet. Il avait donné les siens à ses invités. Si les journées étaient chaudes sur la Côte d'Opale, les nuits pouvaient être fraîches. Cette nuit encore, il ne savait pas s'il pourrait retrouver son lit, ou si, au gré de l'enquête, ils allaient devoir à nouveau dormir dans sa camionnette.

Il réalisa soudain qu'il n'aurait pas dû demander à Geneviève de l'accompagner. Il enfreignait le règlement. Il faisait n'importe quoi, mais ne s'expliquait pas pourquoi il ne les ramenait pas, illico presto, à Amiens. Peut-être parce qu'il les trouvait bien plus en sécurité avec lui ?

Les achats étant faits et ayant duré moins d'une demi-heure, ils se dirigèrent vers le parking.

Une fois les courses chargées dans le véhicule, Geneviève dut enfiler sa nouvelle tenue. Les garçons l'attendaient à l'extérieur. Pour un jean de supermarché, elle se dit qu'il était bien coupé. Évidemment, il était bien trop long et elle rabattit les ourlets avant de sortir. David allait pouvoir se changer à son tour dans la camionnette qui était devenue une vraie cabine d'essayage. Lorsqu'ils la virent, ils s'exclamèrent :

— Ça te va très bien !

— T'es canon, ajouta David. On dirait ta fille.

— Ma fille ? Qu'est-ce que tu veux dire par là ?

— Ben, que tu fais au moins vingt ans plus jeune ! Ça te fait de belles fesses, répondit le gamin.

— Ginola ! Voyons ! Est-ce que tu dirais ça à ta mère ?

— Ma mère ? Je lui dis toujours quand un pantalon lui fait un gros cul !

Malik éclata de rire et ajouta :

— Je partage son avis. Ça ne te va pas, les jupes !

— Me voilà en bonne compagnie, avec des experts de la mode à ce que je vois ! Je m'en serais bien passé de ce pantalon bon marché. Mais il faut avouer que ce sera bien plus pratique pour voyager.

Ils prirent la route en direction de Wimereux.

Le véhicule traversa Étaples, un jour d'affluence. Les touristes embouchonnaient les rues et le port grouillait de monde.

Malik indiqua que le marché de la ville avait été élu « plus beau marché de France » et depuis, abondaient de toutes parts des touristes curieux de terroir et de produits locaux. Après plus d'un quart d'heure d'embouteillage, ils réussirent à quitter le centre.

Jusqu'à Boulogne-sur-Mer, ils purent profiter du paysage et de la campagne. Des champs, où subsistaient du bocage, succédèrent à une nature composée de pins maritimes et de landes. C'était charmant et vallonné.

Ils traversèrent Boulogne et sa zone portuaire pleine d'entrepôts, puis la camionnette prit la direction de Wimereux où le professeur Lautréamont résidait.

Là aussi, ils furent ennuyés par les vacanciers. Le centre-ville était très animé.

La station balnéaire sentait bon la Belle Époque. Le front de mer avait été épargné par les bombardements qui avaient défiguré tant de villes côtières et par la reconstruction avec des monopans datant des années 50 qui donnaient trop souvent un aspect « banlieue d'ex-RDA ». Dans le centre-ville, ils trouvèrent miraculeusement une place de stationnement suffisamment spacieuse pour accueillir la camionnette.

Le professeur Lautréamont vivait dans une belle propriété à quelques pas de la mer. La demeure avait dû être celle d'une riche famille du siècle dernier, sans doute la villégiature d'un industriel ou d'un banquier.

Geneviève appréciait l'aspect de cette magnifique villa anglo-normande qui avait été édifiée au XIXe siècle. Elle eut une pensée pour sa demeure d'Amiens et se demanda, soudain, si elle avait bien enclenché l'alarme en partant.

Malik, quant à lui, pensait à la petite maison en rénovation de Longueau, achetée à crédit sur vingt ans, son habitation dans laquelle passait l'essentiel de son salaire de fonctionnaire en travaux en tout genre : tout-à-l'égout, électricité aux normes, fenêtres PVC...

Ce professeur doit plutôt être occupé par le choix de ses rideaux ! En velours, en taffetas ou en organza ?

Vraiment, lui, le flic, n'était pas du même monde que ce type ou que celui de Geneviève. Eux étaient issus, sans aucun doute, de la bourgeoisie, pas de l'immigration. Il se souvint alors de son grand-père, gardien de chèvres dans le bled, à quelques kilomètres de Sidi Bel Abès. Il se remémora ses paroles : « Le luxe, mon enfant, c'est d'avoir du lait chaud tous les matins ! »

À peine le portail franchi, le professeur Lautréamont vint à leur rencontre et se mit à gesticuler. Il agitait les bras en répétant sans cesse : « Ma chère, comme je suis content de vous voir ! »

Malik lui tendit la main et se présenta, mais le professeur lui coupa la parole, le regardant à peine.

— C'est arrivé cette nuit ! Je n'ai rien entendu, je dormais profondément. Ils sont passés par la bibliothèque. Ils ont cassé un carreau, ont ouvert la fenêtre et puis, ils l'ont volée ! Mon inestimable statue !

— Vous avez appelé la police ? demanda Malik.

— Bien sûr que oui ! Ces incompétents sont passés, mais ils n'ont rien fait !

— Peut-être qu'un autre incompétent serait plus efficace ?

Le professeur Lautréamont se raidit alors. Il arrêta de parler et fixa Malik. Le policier le dévisagea à son tour.

L'homme mesurait un mètre soixante-dix. Il devait avoir cinquante-cinq ans. Son allure était assez athlétique, du moins pour un intellectuel. Il était entièrement chauve, tout comme lui.

Après avoir avalé sa salive, il ajouta :

— Je suis désolé, je ne dis pas ça pour vous. Tous les policiers ne se valent pas. Ceux du coin ont fait peu de cas de mon cambriolage. Alors, je me suis rappelé quand, hier, Geneviève m'a fait part du vol de la relique d'Amiens et d'un tragique assassinat. Je me suis dit que cela avait peut-être un lien avec votre enquête. Ce n'est pas commun, deux œuvres du même artiste, toutes deux relatives à Saint Jean-Baptiste, volées en si peu de temps.

— Vous avez bien fait, ajouta Geneviève pour détendre l'atmosphère.

— Si vous voulez bien vous donner la peine d'entrer, inspecteur. Ah, vous êtes venu avec un enfant ?

— J'suis pu un enfant, m'sieur ! protesta David.

— Pardon, un jeune homme ! corrigea le professeur Lautréamont.

Le quinquagénaire observa l'adolescent et Geneviève devina ce qu'il pensait.

Ils suivirent leur hôte qui s'empressa de verrouiller le portail.

— Voulez-vous une citronnade ?
— Avec grand plaisir ! Il fait une chaleur épouvantable dans la fourgonnette, répondit Geneviève.
— Je préférerais constater l'effraction et le vol avant. Montrez-moi où était la statuette !
Puis, il s'adressa à elle :
— Tu peux prendre un rafraîchissement et patienter sur la terrasse avec Ginola, si tu veux.
— Non, non, ça peut attendre ! Ginola, reste dans le jardin ! Malik et moi devons aller voir quelque chose de...
— Ouais, c'est ça ! Le « gamin » ne doit pas vous déranger. J'commence à en avoir marre d'être toujours à l'écart.
— Il faut cesser tes enfantillages ! Nous sommes sur une enquête, ce n'est pas une partie de plaisir ! Estime-toi heureux de faire partie du voyage. Tu pourrais lire ton livre, *Docteur Jekyll et Mister Hyde*. Tu as dit que cela te plaisait.
— Ouais, surtout les illustrations qui déchirent. M'sieur, je peux lire sur votre balançoire ?
— Euh... bien sûr que oui, mon garçon !
David s'installa donc sur une balançoire accrochée à un grand cerisier majestueux qui trônait au milieu d'un gazon anglais.
Les adultes entrèrent dans la demeure.
À cause du soleil, ils furent aveuglés. Ils suivirent leur hôte, à tâtons, à travers un couloir, puis, au moment où leur vision s'accommodait, ils pénétrèrent dans une large pièce dont la hauteur de plafond était impressionnante.
Elle était richement décorée. De grandes étagères tapissaient les murs, garnies d'innombrables objets hétéroclites : des statuettes, des tableaux, des livres, pêle-mêle...
La pièce sentait la poussière et le renfermé. Elle était éclairée par deux immenses fenêtres qui donnaient sur le jardin.

Le professeur Lautréamont s'approcha de l'une d'elles, pointa son index et annonça :

— Voyez ! Les voleurs sont entrés par le carreau cassé. Ensuite, il leur a été très facile d'ouvrir. Comme un idiot, je n'avais pas enclenché l'alarme... Mon inestimable statue, qui est la pièce maîtresse de ma collection dédiée à Saint Jean-Baptiste, a été dérobée. Ma chambre est pourtant située à côté de ce bureau et je n'ai rien entendu. La statuette était là. Regardez, il ne reste plus que ce rond où la poussière ne s'est pas déposée ! Je ne comprends pas pourquoi les autres objets de cette pièce, certains ayant plus de valeur encore, n'ont pas intéressé ces voleurs.

— Vous êtes certain que rien d'autre n'a été volé ?

— Certain, oui ! Rien d'autre n'a disparu, inspecteur ! Je vous assure ! Pas même ce tableau d'un impressionniste célèbre qui pourrait se revendre une petite fortune au marché noir !

Malik s'approcha. Il remarqua quelques petits morceaux de verre, éparpillés sur le parquet en chêne de la pièce. Il examina le dessus des meubles, à la recherche d'empreintes laissées dans l'épaisseur de poussière qui les recouvrait. Rien n'avait été touché. Le soleil avait asséché le jardin et il n'y avait aucune chance de relever des empreintes de chaussures. Malik prit une photo des bris de verre avec son portable.

— Est-ce que mes confrères ont relevé des empreintes dans la pièce ?

— Pensez-vous ! Rien du tout !

— Hum ! Sur quoi donne cette fenêtre ?

— Le jardin à l'avant, le portail et la rue.

— Je pourrais aller voir à l'extérieur ?

— Bien sûr, vos collègues ne se sont pas donné cette peine.

Une fois dehors, Malik examina le rebord de fenêtre. Il ne releva rien de suspect. Il se pencha pour constater que des morceaux de verre brillaient dans le gravier et il les photographia eux aussi. Au moment où il se relevait, il remarqua un mégot de cigarette dans l'herbe.

— Vous fumez ?

— Non, pas du tout ! Je suis un intellectuel, mais je suis également sportif et je ne néglige jamais mon footing.

— Vous avez reçu des amis dernièrement qui fumaient ?

— Non, je n'ai pas de temps à gaspiller en mondanités ! Je rédige en ce moment un nouveau livre sur Saint Jean-Baptiste et je n'ai reçu personne ces derniers temps. Et surtout pas quelqu'un qui fumait !

— Dans ce cas, pourriez-vous me rapporter un sac congélation et une pince à épiler, bien désinfectée, dont vous n'aurez pas touché les bords ?

— Pour quoi faire ?

— Pour enlever ce mégot dans l'herbe.

— Un mégot ?

— Là ! fit Geneviève. Quelqu'un a fumé et l'a laissé là.

— Ça pourrait être le vent, dit le professeur.

— Aucune chance ! répondit Malik. C'est bien trop loin pour avoir été ramené de la rue. Non, il est possible que ce soit le guetteur, car il y a souvent un type qui reste planqué pour avertir le ou les autres. Le gars a dû trouver le temps long et s'en griller une petite.

— Mais, à quoi ça sert le sac plastique et la pince ?

Geneviève ne put s'empêcher de penser que, malgré tous ses diplômes et ses compétences, le professeur posait vraiment des questions idiotes. N'importe quel enfant aurait tout de suite compris que Malik voulait prélever ce mégot avec la pince à épiler et qu'il allait le déposer dans un sac plastique dont l'intérieur n'aurait pas été souillé par un autre ADN. Dans sa jeunesse, elle avait lu des polars et c'était tout à fait logique. Elle leva les yeux au ciel quand Malik expliqua ce qu'il comptait faire.

Le professeur revint donc avec le matériel et le policier procéda au relevé.

— Vous croyez qu'on a une chance de trouver ceux qui ont fait ça ?

— Si ces individus sont fichés et si nous disposons de leur ADN, ce sera un jeu d'enfant. Pouvez-vous à présent nous parler de cette statuette ? Qu'est-ce qui la rend aussi intéressante aux yeux des voleurs ?

— Vous permettez que l'on s'installe sur la terrasse sous la pergola ? Je vous sers des rafraîchissements et je vous raconterai pourquoi cette statue est inestimable.

Quelques instants plus tard, Geneviève se cala contre le coussin d'un fauteuil en rotin. Malik préféra attendre le retour du professeur, debout.

Il observait le jardin. Les murs étaient hauts, plus de deux mètres. Ils cernaient la propriété. Il avait fallu se faire la courte échelle pour pénétrer dans le domaine.

Deux hommes au moins, se dit-il, *un guetteur qui fumait et un autre qui volait la statuette en se gardant bien de ne pas emporter un tableau coté ou d'autres objets de valeur. Une affaire peu commune et très étrange qui a sûrement un lien avec le vol de la relique et ses deux morts !*

Le retour soudain de Lautréamont le fit sortir brusquement de ses pensées. Il tenait un album à la main.

— Regardez ! J'ai une photographie de la statue en bronze de Poussielgue-Rusand dans ce catalogue. L'œuvre date de 1882.

Il posa la revue sur la table. Geneviève rapprocha son siège et Malik se pencha pour observer la photo.

— Ne trouvez-vous pas que son visage ressemble à quelqu'un de très célèbre ?

— Je ne vois pas, répondit-elle.

— Le père Noël, peut-être, fit Malik ironiquement, car il détestait jouer aux devinettes.

— Pas du tout ! Victor Hugo ! Victor Hugo sous les traits du Baptiste !

— Je ne trouve pas ! Je connais pourtant bien son visage, protesta Geneviève.

— Mais si ! La même noblesse, le front bombé et droit, l'implantation des cheveux, cet air de patriarche !

— Je ne partage pas votre avis.

Lautréamont la fusilla du regard et prit place en face d'elle dans un fauteuil de jardin.

— J'ai longuement étudié cette statue et pour moi, il n'y a pas l'ombre d'un doute, c'est le grand Hugo, contemporain et modèle du bronzier.

— Si vous le dites...

— Je ne le dis pas, je l'atteste ! s'énerva le professeur. Je vais vous expliquer pourquoi. Il était Grand-Maître du Prieuré de Sion[2].

— Allons bon, professeur, vous n'allez pas m'avouer que vous croyez en cette blague ? Ce canular ?

— Non seulement j'y crois, mais je soutiens qu'il a existé et qu'il existe toujours !

— Boniment ! Les prétendues preuves ont été fabriquées de toutes pièces par Plantard et d'autres membres de

---

[2] *Le Prieuré de Sion* : société secrète mentionnée au XXe siècle dans de nombreux ouvrages à caractère ésotérique. Certains attestent qu'il aurait été fondé par Godefroy de Bouillon en 1099, à l'issue de la première croisade.

l'association. Plantard a fini lui-même par admettre ultérieurement la supercherie et...

— Je ne comprends rien ! Soyez un peu plus clairs, je ne suis que flic ! les interrompit Malik, un peu excédé.

Geneviève prit la parole :

— En 1960, un illuminé du nom de Pierre Plantard révéla qu'il faisait partie d'un ordre, d'une société secrète, si tu préfères, qui descendait d'un croisé nommé Godefroy de Bouillon. Il se nommait « Grand Monarque, descendant des Mérovingiens », d'un ordre de chevalerie chrétien ésotérique dont les membres auraient été des personnes influentes dans les domaines de la finance, de la politique et de la philosophie, toutes dévouées à l'arrivée du « Grand Monarque » sur le trône de France... Du grand n'importe quoi ! Il invente alors une liste de Grands-Maîtres du Prieuré qui se seraient succédé depuis la fin du XIIe siècle... dont Victor Hugo ! Une liste délirante sur laquelle on trouve de Vinci, Isaac Newton, Jean Cocteau... Je m'étonne qu'un éminent historien, comme vous, verse dans l'ésotérisme de comptoir !

— Chère madame, j'ai beaucoup de respect pour vos travaux en Histoire contemporaine et il ne me viendrait nullement à l'esprit de les condamner par un jugement à l'emporte-pièce !

— Je vais mettre mon jugement « à l'emporte-pièce » de côté, professeur, et vous écouter silencieusement. Mais Plantard n'était qu'un illuminé et son « Prieuré » qu'une fumisterie !

Le professeur se tourna vers Malik et reprit son explication :

— Des sources attestent le contraire. Mon livre va faire grand bruit quand il sortira. Le Prieuré est un vénérable ordre religieux très ancien, fondé à l'abbaye de Notre-Dame du mont Sion, dans le royaume de Jérusalem, par le croisé Godefroy de Bouillon, lors de la première croisade en 1099.

Geneviève leva les yeux au ciel. Elle avait parfaitement connaissance des mensonges de Pierre Plantard. Elle avait beaucoup lu sur ce personnage en quête de gloire et de renommée. Il était issu d'une famille modeste et il était prêt à tout pour se faire un nom. Il avait mystifié, un temps, le milieu des historiens et des chercheurs.

Un sale type qui a frayé avec l'extrême droite, convaincu par l'existence d'un complot judéo-maçonnique mondial, un fondateur de groupuscule antisémite, un soutien du régime de Vichy!

Le Prieuré de Sion, qu'il avait fondé dans les années 50, ne datait pas du Moyen Âge. Elle était même tombée sur ses statuts associatifs en effectuant des recherches aux archives ! Et voilà que ce savant confrère y croyait dur comme fer ! Elle se demanda ce qu'ils faisaient là. Si le crâne et une statue du Baptiste n'avaient pas été dérobés et surtout si deux hommes n'étaient pas morts atrocement, elle aurait pris ses jambes à son cou.

On nage en plein délire, pensa-t-elle, comme l'aurait dit Malik.

— Victor Hugo, qui était Grand-Maître du Prieuré de Sion, on disait aussi Nautonier, a servi de modèle à cette statue, comme je vous le disais. Savez-vous comment on appelait également les Grands-Maîtres de cet ordre ?

Geneviève faillit répondre qu'elle s'en fichait éperdument, mais ne pipa mot.

Il reprit :

— On les appelait Jean ! Comme le prénom du Baptiste ! Vous me suivez ?

— Pas tellement non... Vous voulez dire qu'on vous a volé cette statue, car elle représente le Grand-Maître du

Prieuré de Sion, qui rend hommage à Jean-Baptiste ? se hasarda Malik qui cherchait désespérément à croiser le regard de Geneviève pour obtenir son approbation.

— C'est bien plus qu'un hommage, croyez-moi ! Le Prieuré est le prolongement d'un ancien ordre, le nouveau souffle d'une organisation nommée l'Église de Jean. Certains y voient aussi l'origine des chevaliers Templiers. Pierre Plantard a bien écrit, dans ses mémoires, que : « le porte-épée de l'Église de Jean fut l'ordre du Temple et que Sion est son descendant ».

— Il en a écrit des balivernes !

— Ce que j'essaie de vous dire, c'est que le vol de cette statue n'est pas anodin. Le Dieu que l'on vénère au sein du Prieuré, depuis des siècles, est le Baptiste ! Chaque Grand-Maître se fait représenter, au crépuscule de sa vie, sous la forme d'une statue, dans cette pose bien connue du Baptiste. J'ai acheté cet inestimable objet aux enchères et, croyez-moi, j'ai dû enchérir énormément, tellement il intéressait les Johannites !

— Johannites ? reprit Malik, qui ne comprenait pas.

— C'est ainsi que se nomment ceux qui vénèrent Jean-Baptiste. Ils l'idolâtrent bien plus que Jésus. Au gré de l'histoire, les disciples de l'Église de Jean ont été persécutés comme des hérétiques et se sont retranchés dans la clandestinité pour échapper à des massacres. Un confrère d'Oxford est en train de finir une thèse qui démontrera que si les Cathares ont été massacrés, c'est parce qu'ils détenaient la preuve de la nature divine de Jean-Baptiste, une version hérétique de l'évangile de Jean... Ce sera une révélation incroyable qui va ébranler le Vatican !

Geneviève maugréa. Le professeur s'arrêta de parler, un très bref instant, et reprit de plus belle :

— Pensez à ce qu'il adviendra ! Lorsque la vérité éclatera aux yeux du monde, je ne donne pas cher du Christianisme fondé sur la nature divine de Jésus. Tout cela prouvera que ce dernier n'était que le disciple de Jean et qu'il n'est qu'un imposteur ! Il y a de quoi couler la barque de Saint Pierre !
Le professeur s'empourpra, réalisant qu'il s'était emporté.
Geneviève se mordit les joues. Elle n'en pouvait plus. Elle était agacée par ces divagations. Elle se retenait d'intervenir.
Malik écoutait « religieusement » les explications du professeur qui se servit un verre de limonade et poursuivit :
— Le Prieuré de Sion est le gardien du secret, mais d'autres le gardent aussi. Jean-Baptiste est le saint patron de certaines loges de francs-maçons. Pour preuve, le serment maçonnique est prêté le jour de la Saint-Jean. La Grande Loge d'Angleterre fut fondée le 24 juin, jour de sa fête.
Geneviève s'essuya le front d'un revers de manche. Elle se demandait si c'était la chaleur, sa ménopause ou le grand maelström ésotérique que le professeur lui servait qui la faisait bouillir intérieurement. Prieuré de Sion, Templiers, Cathares et francs-maçons, ce professeur était complètement cinglé ! Malik, au contraire, était pendu à ses lèvres. Il l'encourageait à poursuivre.
— Le voleur pourrait-il appartenir à ceux qui sont persuadés de la nature divine de Jean-Baptiste... ces Johannites, c'est ça ?
— Je le pense. On ne vole pas le crâne du Baptiste et la statue d'un Grand-Maître sans raison. Cette hypothèse est probable. Une secte ? Des adeptes de Plantard ?... Tous des gardiens du Grand Secret et de la plus grande mystification de l'Église.

— Comme vous y allez ! bondit Geneviève.
— Puis-je poursuivre ?
— Faites ! Nous avons du temps à perdre !
— Selon moi, le voleur veut reprendre et collectionner les reliques ou les souvenirs du saint. Il pense certainement que Jean-Baptiste était de nature divine, un évangile apocryphe...
— Apo... quoi ? demanda Malik.
— Un évangile que l'Église ne reconnaît pas, apocryphe donc, raconte que c'est Jean-Baptiste qui transformait l'eau en vin, nourrissait une multitude de disciples avec quelques pains, guérissait les malades et ressuscitait les morts. Ses fidèles rédigèrent ensuite sa biographie et sa doctrine, mais leurs écrits furent détruits, s'accordant mal avec le Nouveau Testament. Il existe encore une poignée de disciples actuellement.
— Des disciples de Jean ?
— Oui. Une Église de Jean ! Celle-ci a été introduite à Éphèse par Apollos d'Alexandrie au Ier siècle dans l'Irak actuel. Là-bas, il y a toujours actuellement un peuple qui se fait appeler les « Chrétiens de Saint Jean ». C'est une communauté qui vit en terre musulmane et qui pratique une foi singulière. Ils prononcent des prières à Jean-Baptiste, chôment le dimanche, pratiquent le baptême et considèrent Jésus comme un faux prophète. Leur livre sacré s'appelle le « Ginzâ », qui signifie le « grand trésor ». On les retrouve dans les marais au sud de l'Irak et, en plus petit nombre, dans le sud-ouest de l'Iran. On les nomme les Mandéens. C'est un peuple paisible. En 1980, ils étaient moins de 15 000 et ils ont été martyrisés par Saddam Hussein. Certains chercheurs disent que les premiers adeptes ont vu des papyrus secrets renfermant des textes sacrés. Dans le Coran, ce peuple apparaît sous le nom de « Sabéens ». Ils sont

persécutés et sont les porteurs de vestiges d'une religion autrefois très répandue. En Syrie, on retrouve des fidèles du Baptiste : les Nosaïris, également appelés Alaouites. Même s'ils se sont islamisés pour échapper aux persécutions, ils conservent jalousement le secret d'une véritable Église qui a disparu des récits officiels. Cette Église subsiste encore chez certains peuples d'Irak et de Syrie, bien que ceux qui se réclamaient de Jean-Baptiste furent systématiquement et impitoyablement persécutés ou exterminés à travers les âges.

Il marqua un temps, planta son regard bleu délavé dans le regard noir de Geneviève et ajouta :

— Que ça vous plaise ou non, madame, ceux qui détenaient le secret étaient les Templiers et maintenant, ce sont les francs-maçons et les sociétés ésotériques ou secrètes qui perdurent dans la plus complète clandestinité, comme le Prieuré de Sion.

— Les Templiers... souffla Geneviève.

— N'oubliez pas que les disciples du Baptiste étaient encore très actifs au temps des croisades, d'où les échanges avec les Templiers. Et dans mon nouveau livre, je vais annoncer que c'est d'ailleurs pour ça que Philippe le Bel les a fait brûler sur le bûcher, le vendredi 13 octobre 1307, pour qu'ils ne puissent révéler que Jésus était un faux messie ayant dérobé le secret du véritable Christ.

— Vous savez ce que j'en pense ! Vous ne m'avez pas convaincue ! Mais, au moins, je suis d'accord sur les Mandéens. J'ai lu des études sérieuses sur ces croyants d'Irak et de Syrie, persécutés pour leur foi. D'ailleurs, quelques-uns sont des migrants qui nous arrivent aujourd'hui.

— Peu importe ce que vous croyez savoir ! Le voleur, lui, est intimement persuadé que le vrai Christ est Jean-Baptiste.

— Pourquoi dites-vous cela ? demanda Malik.

— Il a volé sa plus sainte relique et ma statuette. Comme je vous l'ai déjà dit, je ne serais pas étonné qu'il réunisse tout ce qui est sacré à ses yeux.

— Hum...

Le professeur allait à nouveau parler quand le portable de Malik se mit à vibrer. Le policier jeta un coup d'œil furtif et ajouta avant de répondre :

— Un appel important, veuillez m'excuser !

Il fit quelques pas pour s'éloigner dans le jardin.

— Je ne comprends pas votre scepticisme, madame.

— Vous m'appeliez Geneviève quand on s'est rencontrés il y a trois ans ! Vous pouvez continuer !

— Geneviève...

— Disons que j'ai lu avec grand intérêt votre étude sur l'iconographie médiévale consacrée à Jean-Baptiste, mais je ne suis pas fan de vos derniers travaux.

— Si nous étions à Paris, je me serais fait un plaisir de vous montrer mes sources.

— Des documents falsifiés par Pierre Plantard ?

— Les spécialistes d'Histoire contemporaine sont bien tous les mêmes, rassurés par le foisonnement de leurs sources ! Elles sont si nombreuses qu'elles vous étouffent presque. Un chercheur comme moi doit les déterrer. C'est de l'infiniment petit, une ligne, une trace... C'est un travail de précision.

— C'est cela ! Et moi, c'est du gros œuvre ?

— Je vous taquine, car je vous comprends... Vous voir assener autant de vérités en si peu de temps, cela doit être déroutant et peut-être même insupportable. Surtout si vous êtes croyante !

— Ma foi ne regarde que moi. Je crois que c'est une affaire intime... mais je ne suis pas de ces historiens qui se laissent influencer par leurs croyances. Non, moi, je recherche des preuves scientifiques.

— Vous oubliez que l'Histoire est une science « humaine ».

Geneviève allait répondre, mais Malik revint auprès d'eux.

— Est-ce que vous pouvez me notifier par écrit tout ce que vous venez de nous dire ?

— Assurément, sans aucun problème. Je vais vous l'écrire.

— Geneviève, je te charge du travail. Pourrais-tu me faire une description détaillée de la statue volée et consigner tout ce que nous a dit Monsieur Lautréamont ? Ça ne te dérange pas ? Je viens à l'instant de recevoir des informations concernant l'enquête que je dois consulter par ordinateur.

— Voulez-vous que je vous prête mon bureau et mon matériel ?

— J'ai mon propre portable.

— Nous resterons sur la terrasse, n'est-ce pas Geneviève ? Je suis sûr que vous avez hâte de réécouter la somme de mes recherches historiques.

— Vous n'avez pas idée…

11

Malik ouvrit la porte du bureau du professeur Lautréamont.

Il découvrit une pièce d'un autre temps, avec ses meubles rococo et ses étagères qui ressemblaient à celles des musées d'Histoire Naturelle. L'endroit n'avait rien à voir avec son bureau fonctionnel à la Crim' et son mobilier en fer blanc. En tant que commandant, il aurait pu avoir droit à des meubles en bois et à un fauteuil moelleux, mais il tenait à avoir le même traitement que ses « gars ». Le métier s'était largement féminisé depuis son entrée dans la police, mais il s'adressait toujours à sa brigade avec son sempiternel « Salut les gars ! » et les filles s'en fichaient bien. C'étaient justement eux et « elles » qui lui avaient compilé le rapport d'enquête en cours.

Il jeta un coup d'œil aux murs et aux étagères en se disant qu'il ne connaissait pas la moitié des objets étranges qui occupaient les rayonnages. Elles pliaient également sous le poids d'ouvrages anciens.

Le bureau était immense, face à la fenêtre qui donnait sur le jardin. Il s'y installa et ouvrit son ordinateur portable.

La connexion fut rapide, comme le lui avait promis le professeur Lautréamont, se vantant d'avoir la fibre. Il téléchargea aisément les différents dossiers.

Il ouvrit celui de la légiste en premier.

Le rapport ne faisait que confirmer par écrit ce qu'elle avait déjà établi lors de leur rencontre nocturne. L'évêque était bien mort d'une dose mortelle de curare. Le sang collecté était bien de groupe B-, un groupe très rare, puisque Galois stipulait que seulement 1 % de la population française était concerné et 2 % dans le monde.

L'analyse de l'ADN n'était pas encore là. Il faudrait attendre 48 heures de plus pour savoir si l'individu était connu du FNAEG.

Malik consulta ensuite le rapport de sa brigade. L'analyse de la vidéosurveillance du parvis avait mis en lumière plusieurs suspects potentiels ; une dizaine de jeunes étudiants, des vacanciers en short et un homme dont le visage n'était pas visible sur les images. Alors que les autres suspects étaient parfaitement identifiables, lui, au contraire, avait pris soin de porter une casquette à large visière et de cacher le reste de son visage avec sa main. Il était passé devant la caméra de la boutique de souvenirs en rentrant et en ressortant dix minutes plus tard, ayant bien pris la précaution, à chaque fois, de se dissimuler. Malik vérifia l'heure. C'était sans aucun doute cet homme. Il était vêtu d'un pantalon kaki et d'un sweat à capuche noir. Sa casquette couvrait presque tout son visage. Il distingua une branche de lunettes, de soleil sûrement. Il portait également un sac à dos. Malik compara les deux clichés. Dans les deux cas, le sac semblait sur le point d'éclater.

Certainement le crâne de Saint Jean-Baptiste, une pièce inestimable, en train de prendre la poudre d'escampette dans un simple sac de sport...

Il essaya de donner un âge à ce suspect, simplement grâce à sa silhouette et à sa démarche.
Un homme entre 20 et 45 ans, il semblerait.
Hélas, rien ne pouvait affiner son analyse. Les vêtements étaient très communs. Un technicien avait zoomé sur des détails. Le poing serré ne permettait pas de visualiser complètement la main, mais il ne semblait pas porter d'alliance. Sa peau était assez foncée, pas noire, mais plutôt mate. La casquette bleue était elle aussi commune, sans aucun logo... Un technicien avait ajouté une note, estimant la taille de l'individu à environ 1m75.

Malik avait également reçu les images de la vidéosurveillance du Touquet. Ce n'était pas de chance. Les caméras urbaines, devant l'antiquaire, étaient en panne. Cependant, il pouvait compter sur celles qui filmaient les entrées et les sorties de la ville, sur les deux routes d'accès à la station balnéaire.

C'est sans doute le privilège, ou l'inconvénient, d'habiter dans une ville présidentielle.

À l'heure présumée de l'arrivée et du départ du suspect, des centaines de voitures étaient passées par là. Malik survola rapidement les relevés des différentes plaques d'immatriculation.

Il y avait aussi la photo de deux véhicules qui avaient particulièrement attiré l'attention des analystes. Le premier était un utilitaire. Il n'avait jamais dû être nettoyé depuis son achat et sa plaque était illisible, tellement elle était maculée de saletés.

Le deuxième concernait un 4x4 noir, de marque allemande. L'immatriculation était recouverte de boue. Le technicien avait zoomé sur la vitre avant. Un gros reflet et le pare-soleil empêchaient de voir le conducteur, à l'aller comme au retour. On distinguait une sorte de foulard beige, ou rose, sur le bas du visage. Le technicien avait fait un gros plan sur les pneus du véhicule.

Malik lut le rapport complémentaire. Il ne s'intéressa pas au premier véhicule, qui avait pu être identifié comme la fourgonnette d'un plombier, mais au 4x4, qui n'avait pas pu l'être, au contraire. L'analyste disait seulement que le véhicule était très récent, pas plus d'un an. La marque venait de changer le design des phares sur les modèles récents. Il observa les motifs des sculptures des pneumatiques. Il les compara aux photos de la police scientifique.

Bingo !

Est-ce le même homme au volant que celui présent sur le parvis ? La même casquette en tout cas !

Il ouvrit un autre dossier.

La brigade recherchait désormais, sur toute la vidéosurveillance du Touquet et d'Amiens, la présence du 4x4 aux sorties de péages, notamment, et dans les parkings souterrains. Le rapport précisait qu'ils n'avaient pas pu tracer le suspect au-delà du parvis et que l'individu avait parfaitement préparé son coup, prémédité son vol et son assassinat, en évitant toutes les caméras aux alentours. Il n'avait pas pu éviter celle couvrant le parvis et celles aux points d'entrée et de sortie de la station balnéaire, mais avait pris la précaution de se cacher habilement.

Malik résuma mentalement ses indices.

Un individu chaussant du 43 ½, âgé de 20 à 45 ans, célibataire, d'environ 1m75, roulant dans un 4x4 neuf. Cela concerne vraiment beaucoup de gens... Sauf que lui possède un groupe sanguin rare... mais ça, ce n'est pas écrit sur son front.

Soudain, son portable se mit à sonner.

— Oui...

— Patron ? C'est Cindy.

Cette dernière était une stagiaire qui espérait intégrer la brigade définitivement. Elle travaillait dur et ne lâchait rien pour cela. Il lui avait confié la piste du vol de curare.

— Je t'écoute, Cindy.

— J'ai trouvé un vol de doses de curare. Et c'est pas très loin, au Centre Hospitalier de Calais ! Plusieurs flacons, il y a quinze jours !

— Du suxaméthonium ?

— Oui !

— Établis-moi la liste de tous les patients et de toutes les personnes qui ont badgé ou pris un rendez-vous ce jour-là. Et si... tu pouvais me trouver la liste de tous ceux qui sont de rhésus B- dans la région, surtout dans les dossiers de l'hôpital en question.

— Ça va pas être de la tarte, Patron ! Ça relève du secret médical, ça !

— Un OPJ a le droit de procéder à la saisie des dossiers médicaux. Ne te laisse pas impressionner par les médecins ! Tu fais ton taf même si les toubibs gueulent ! J'ai aussi besoin de connaître la liste de toutes les associations, de tous les clubs qui kiffent le saint. Je t'envoie un rapport très bientôt. Dis à Philippe de rechercher les ventes de 4x4 Audi, du même modèle que le suspect, depuis moins d'un an, dans les Hauts-de-France pour commencer.

— Et si j'ai bien compris, on recoupe ?

— T'as tout compris !

— Rien d'autre ?

— Si... Cindy ! Préviens-moi si tu vois un nom irakien, iranien ou syrien qui ressort de tes recherches. Cet après-midi, je file interroger Saddam Mohammadi. C'est une piste sérieuse, car, dans les fans de Jean-Baptiste, il y a une communauté de chrétiens d'Orient et ce nom m'évoque curieusement l'Irak.

— Jean-Baptiste a un fan-club bien rempli ! se moqua Cindy.
— Tu ne peux pas savoir : des Templiers, le Prieuré de Sion et les francs-maçons.
— Putain... On dirait qu'on nage en plein Da Vinci Code ! On se croirait dans un mauvais roman policier !
— Je ne te le fais pas dire... mais, en attendant, on creuse toutes les pistes et je veux tout le monde sur le pont ! C'est compris ?
— Affirmatif, Patron !
— Au fait, le carnet n'a rien donné. Pas moyen de savoir pour l'instant qui a acheté la copie à l'antiquaire. J'ai laissé le cahier au Touquet pour qu'il soit envoyé au labo de Nantes, pour la recherche d'ADN autre que celui de la fille ou du père. Mais si le type portait des gants, c'est mort !
— Rien d'autre, Patron ?
— Non. Au boulot, Cindy !
— Je vous tiens au courant très bientôt, Patron !
Il raccrocha.
Il soupira en craignant que l'analyse des scènes de crime ne donne rien.
Ce type prenait des précautions... Il avait pourtant laissé s'échapper une améthyste à Amiens et il repensa au mégot. L'individu s'était-il adjoint un complice pour dérober la statue ou s'en était-il grillé une tranquillement avant ou après son larcin ? Il sortit une enveloppe de sa mallette pour inscrire l'adresse du labo pour le mégot. Il se dit qu'il se chargerait de le poster en pli ultra rapide, dès que Geneviève aurait rédigé le rapport.
Lorsqu'il sortit du bureau, elle était debout dans le jardin et semblait avoir terminé.
— Je vous garde à déjeuner, vous n'allez pas partir le ventre vide, fit Lautréamont.

Geneviève aurait bien voulu dire non. Elle rêvait d'un restaurant au bord de la mer et elle en avait eu assez d'écrire noir sur blanc ce qu'elle jugeait n'être que des foutaises.

— Nous devons repartir très vite, répondit Malik.

— Je vous fais des sandwichs !

Il s'éclipsa dans sa cuisine sans attendre leur réponse.

— Merci pour ton aide, Geneviève. Les gars vont creuser la piste des sectes et des associations dès qu'ils auront ton rapport.

— Si j'ai pu me rendre utile. Où est Ginola ? Ginola ?

— J'suis là !

Il était en nage.

— Je croyais que tu lisais tranquillement sur la balançoire ?

— J'ai fini Stevenson ! C'était dément ! Là, je faisais des têtes. Bon, c'est un ballon de fille avec la « Reine des Neiges », mais il est souple.

— Je ne savais pas que le professeur avait des enfants ou des petits-enfants.

— Moi, je l'avais deviné... y'a une balançoire. Et vous ? Vous avez vu quoi ?

— L'emplacement vide d'une statuette volée et une vitre brisée.

— Et entendu beaucoup de charabia, ajouta Geneviève.

— C'est pas la peine de chercher... le coupable, c'est ce type !

— Voyons, Ginola ! Ce n'est pas drôle ! Lui, c'est la victime du voleur ! Ce voleur qui est sans doute l'assassin des deux pauvres malheureux ! Si Monsieur Lautréamont t'entendait ?

— C'est le bon Docteur Jekyll qui cache Mister Hyde.

Elle se mit à rire.

— Je vois que tu as compris le sens de l'œuvre, mais c'est fort peu probable, mon garçon.
— Moi, je l'aime pas du tout ! C'est un faux gentil. Tu n'trouves pas, Malik ?
Il n'écoutait visiblement pas. Il recherchait sur son téléphone portable l'adresse du bureau de poste le plus proche et se disait qu'il ne disposait plus que de vingt minutes avant la pause méridienne et l'heure de fermeture. Le policier avait horreur des contraintes horaires, mais n'avait pas le choix pour faire parvenir le mégot dans les plus brefs délais.
Lautréamont leur donna trois sandwichs emballés dans de l'alu et ils s'en allèrent poster l'indice.

12

Un peu plus tard, après avoir avalé leur repas, alors qu'ils avaient repris la route et traversé le village d'Ambleteuse, David demanda à Malik :
— T'as toujours habité Amiens ?
— Non. Mes parents se sont installés en région parisienne après avoir quitté l'Algérie. J'ai commencé comme gardien de la paix. J'ai toujours voulu être policier, même si, comme je te l'ai déjà dit, j'ai longuement hésité entre ça et une grande carrière de magicien.
— Tu faisais quoi quand tu as commencé ?
— Au début, j'ai bossé pendant quatre ans à Paris intra-muros, dont deux dans la BAC de nuit. J'ai assuré des missions de police secours, de patrouille et d'accueil au commissariat du XIIIe arrondissement. J'ai longtemps aimé être un « nuiteux ». Il n'y a pourtant que les poètes pour trouver que c'est beau une ville la nuit... L'obscurité réveille les mauvais instincts des hommes. Les gens, la délinquance et la criminalité ne sont pas les mêmes que pendant la journée. J'en ai vu des trucs moches. Ce que j'aimais, c'est que la hiérarchie dormait, donc j'étais amené à prendre davantage d'initiatives. Puis, j'ai passé le concours

d'officier et j'ai été affecté à Bobigny. J'ai bossé six ans dans une unité de Police Judiciaire. On travaillait sur des vols et sur des crimes. Là, je suis devenu rapidement lieutenant puis capitaine. Je ne me suis pas fait que des amis parmi les collègues.

— Pourquoi ? Je croyais que vous vous entendiez tous bien dans la grande famille Poulaga ?

— Tu ne vas pas recommencer avec ça ! Un peu de respect, jeune homme, pour la police de ton pays ! répliqua Geneviève.

— Je faisais équipe avec un commandant, reprit Malik. J'ai découvert que c'était un ripou, un flic véreux si tu préfères, qui détournait la drogue des saisies... Sans une seule hésitation, je l'ai balancé aux bœufs-carottes.

— C'est quoi ? Ça veut dire quoi ?

— Désolé, c'est une expression de flics. « Bœufs-carottes » désigne la police des polices, Ginola.

— Pourquoi on dit ça ?

— Je pense que ça veut dire qu'une fois qu'un policier a affaire à eux, il est cuisiné à petit feu... Bref, je l'ai dénoncé à l'IGS, l'Inspection Générale des Services, et il a fini en taule. Mes ennuis ont commencé là, car dans notre grande famille, comme tu dis, il est très mal vu de faire ce que j'ai fait. Les autres flics me menaient la vie dure. Je ne pouvais plus avoir confiance en eux et ça, c'est terrible quand on part en opération. J'ai demandé ma mutation en province. Je suis devenu commandant à Amiens et, depuis, je dirige la brigade criminelle. Je suis à la tête d'une équipe qui résout les crimes. Enfin, on en résout un peu plus de deux sur trois...

— C'est toi le patron ?

— Au-dessus, il y a un grand patron, le commissaire divisionnaire. Mais, je dirige mes gars, je coordonne les enquêtes. Voilà, tu sais tout, Ginola !
— Tu as bien fait, dit Geneviève.
— De quoi ?
— De dénoncer une brebis galeuse. Cela en demande du courage !
— Dans la cité, on n'aime pas beaucoup les poucaves, annonça David.
— Les poucaves ? Ça veut dire des mouchards, c'est ça ? Tu sais Ginola, quand une personne agit mal alors qu'elle est censée donner l'exemple, c'est un devoir de le dire, fit Geneviève.

Il se mit à penser à un grand de troisième qui lui renversait tout le temps son plateau à la cantine et qui lui crachait dessus à chaque fois qu'il le croisait, dans les couloirs ou dans l'escalier. La prochaine fois, il ferait comme le policier, il irait trouver le surveillant.

— Où est-ce que tu vis, Malik ? Dans le centre-ville ? demanda le jeune homme.
— À Longueau. J'ai eu la très mauvaise idée d'acheter une ruine à retaper et je galère sévère pour les travaux.
— Tu n'as pas une compagne qui pourrait te donner un coup de main ? Les femmes sont douées pour la décoration, assura Geneviève.
— C'est plus que de la déco dans le cas de ma maison. Et puis, ma dernière petite amie est partie en claquant la porte et en criant : « Je te laisse, toi et ta baraque de merde ! » Désolé pour ce gros mot…

Geneviève resta silencieuse. À vrai dire, elle n'avait même pas relevé la grossièreté. Elle regardait le paysage défiler derrière la vitre entrouverte de la camionnette, appréciant le vent qui décoiffait le sommet de son crâne. Elle se sentait bien, détendue et n'arrivait pas à culpabiliser. Soit, deux hommes étaient morts, mais elle, elle éprouvait à nouveau le sentiment d'être vivante. Ce jeune garçon et ce policier, qu'elle ne connaissait pourtant que depuis deux jours, étaient entrés dans sa vie. Elle avait l'impression d'être parfaitement à sa place et de faire partie d'une équipe, presque une sorte de... famille. Quand cette pensée la traversa, elle prit peur. Ce voyage allait se terminer bientôt et ce sentiment allait disparaître avec lui. Elle réalisa qu'elle souffrait de solitude depuis longtemps. Comment n'avait-elle pas pu s'en rendre compte auparavant ?

— Il faudra passer prendre le thé, Malik, entre deux travaux dans ta maison.

— Je n'aime pas le thé.

— Ah bon, pas même le thé à la menthe ?

— Tu dis ça à cause de ma tête d'arabe ?

Après quelques secondes de silence, il s'esclaffa. Alors, elle le suivit. Elle se mit à rire franchement comme elle ne l'avait plus fait depuis des années. Leur effusion fut communicative et David les rejoignit de bon cœur.

— Au fait, rappelle-moi comment s'appelle le visiteur qui a pleuré devant le crâne ? demanda Geneviève, redevenue sérieuse, quelques instants plus tard.

— Saddam Mohammadi. C'est un prénom et un nom qui évoque une origine irakienne. Tu penses comme moi ? Un arabe qui est ému devant une relique chrétienne, ça ne colle pas.

— Si une part des inepties de Lautréamont était véridique, c'est bien celle qui parle des communautés chrétiennes d'Orient, obligées de fuir et de s'exiler à cause des persécutions religieuses, une diaspora vers l'Europe, mais aussi l'Amérique ou l'Australie. Ils sont la cible de groupes islamistes fondamentalistes qui cherchent à éradiquer, en

Irak notamment, tous ceux qui ne suivent pas leurs préceptes. Parmi eux, il y a sans doute des Johannites.

— Ne tirons pas de conclusions hâtives !

— Mais que c'est beau par ici ! s'extasia David.

— Nous traversons le site des deux caps, entre le Cap Gris-Nez et le Cap Blanc-Nez. La végétation dunaire se transforme en champs et en prairies.

— Geneviève, tu parles comme dans un livre ! se moqua l'adolescent.

— Dis simplement que je t'enquiquine, petit chameau !

— Meuh non !

Le camion de Malik prit de la vitesse et David eut l'impression d'être dans un manège de la fête foraine tant le paysage était vallonné.

C'était magnifique. La mer scintillait de reflets opalins. Plusieurs ferrys, zébrant l'horizon de grandes traînées blanches, effectuaient des rotations vers Douvres. On voyait distinctement la côte anglaise et sa ligne de falaises de craie blanche miroitant à la lisière du ciel.

Puis, le véhicule eut soudainement du mal à monter la pente. Il commençait l'ascension du Cap Blanc-Nez.

— Tu vois Ginola, ici, durant la Seconde Guerre mondiale, les obus pleuvaient. Regarde, on voit encore, dans les champs, les cratères provoqués par l'impact des bombes qui ont creusé la roche calcaire du crétacé. Au sommet du Cap, on culmine à plus de 130 mètres.

— C'est quoi le truc dressé ?

— Sur le sommet trône un imposant obélisque, un hommage aux combattants français et britanniques qui ont défendu le détroit du Pas-de-Calais lors de la Première Guerre mondiale.

David se tut, se contorsionnant pour voir le paysage.

Puis soudain, ils prirent de la vitesse. Au loin, la ville se dessinait.
— On arrive à Calais. Notre homme habite en plein centre-ville.
— J'espère qu'on ne va pas t'attendre dans la camionnette comme hier.
— Oh que si, mon garçon ! C'est la procédure !
La circulation était assez dense. C'était un jour idéal pour flâner dans les rues et aller à la plage. Les touristes affluaient dans les commerces.
David admira l'hôtel de ville et sa curieuse statue. Geneviève se remit à parler comme un livre pour évoquer le courage des Bourgeois de Calais. L'adolescent pensait plutôt au Dragon. Il se demandait s'il aurait une chance de voir l'automate cracher sa vapeur et marcher comme le T-Rex de *Jurassic Park*. Il avait vu récemment un reportage à la télé et avait demandé à sa mère d'aller le voir pour de vrai, mais celle-ci lui avait dit que sa voiture n'y arriverait pas ; le radiateur chauffait trop. Il fut un peu triste en pensant à elle, alors il regarda son portable.
C'était magique, elle venait tout juste de lui envoyer un SMS en disant qu'elle allait bien et qu'elle l'aimait très fort. Il sourit, heureux de constater qu'ils étaient connectés. Il n'y songea plus. Après tout, il s'amusait bien. Il faisait quelque chose de formidable : il menait une enquête avec un vrai policier plein de muscles et une petite mamie savante, toute décoiffée.
La camionnette se gara dans une rue étroite. Geneviève se dit que le décor urbain n'avait rien à voir avec le quartier Belle Époque de Lautréamont et encore moins avec le sien, où se trouvait son petit hôtel particulier.
La rue était sale. Des poubelles malodorantes étaient renversées sur le trottoir et servaient de festin à des chats

faméliques se disputant les restes, toutes griffes dehors. Les habitations étaient modestes, leurs volets, délabrés, et les revêtements de façade, noirs de coulures douteuses. Une pancarte « À louer studio étudiant », scotchée sur un carton remplaçant une vitre, attira son regard.

Malik fit ses recommandations et sortit du véhicule.

Ils le suivirent du regard. Il s'apprêtait à frapper à une porte quand il suspendit son geste.

— Qu'est-ce qui veut ? hurla une femme obèse qui apparut à la fenêtre de l'étage.

— Bonjour madame ! Est-ce que Monsieur Saddam Mohammadi vit ici ?

— J'ai d'autres chats à foutre que d'répondre !

— Je suis désolé de vous déranger, madame. Je voudrais juste savoir si c'est bien son adresse.

— Z'êtes témoin d'Jéhovah ?

Elle fit pleuvoir, sur le crâne de Malik, une nuée de poussières en claquant son chiffon sur le rebord de la fenêtre.

— Non, pas du tout.

— Pardon, j'avais pas vu que z'étiez arabe ! Z'êtes de s'famille ou un d'ses clodos qu'il a pitié ?

Elle le regarda d'un œil torve puis se radoucit en ajoutant :

— Il est parti bosser.

— Vous savez où il travaille ?

— Je l'connais pas très bien, l'est toujours en vadrouille. On n'a pas élevé les torchons et les serviettes ensemble, mais j'sais qui travaille à un truc qui s'appelle « Salade ».

— Salade ?

— Ouais, c'est sur eul bord d'eul route vers Sangatte !

— C'est une ferme ? Un maraîcher ?

— Un maréquoi ? Y fait qu'est-ce qui veut tant qui m'paye mon loyer ! Vous l'trouverez à l'sortie d'Calais. Vous tournez sur eul gauche après l'coiffeur « Infini'tif » et vous trouverez. Et pis, débrouillez-vous, mi faut que j'fais mon ménage !
Elle claqua la fenêtre.
Malik retourna à son véhicule.
— Alors ? Que t'a dit cette dame ? Il n'est pas chez lui ? Il s'est absenté ?
— Oui, il est au travail. On repart. Ginola, faut que tu ouvres l'œil ! Je crois qu'il vend des salades.
— Cet homme est dans la filière agricole ? demanda Geneviève.
— Je n'en sais rien. Je sais juste qu'il faut sortir de Calais, longer un peu la côte et qu'on va devoir prendre une route sur la gauche après un coiffeur qui porte le doux nom « d'Infini'tif ».
— Que les coiffeurs sont créatifs ! dit Geneviève avec un petit sourire en coin.
— « Créa'tif » ! Pas mal ! En voilà un autre nom sympa pour baptiser un salon de coiffure ! ajouta Malik.
— J'en ai un aussi ! fit David.
— Allez, vas-y !
— « Défini'tif » !
— Un grand classique ! Mais il y a aussi tous les noms en hair ! « De l'hair », « Imagin'hair »… répondit Malik.
— « Nique sa m'hair », s'amusa l'adolescent.
— Ah non ! Pas « Nique sa m'hair », sermonnèrent en chœur les deux adultes.
— Pourquoi ?
— C'est de très mauvais goût ! On ne peut pas rire de tout ! fit Geneviève en faisant les gros yeux.

— Moi, je crois qu'on peut rire de tout, répliqua David. Sauf quand on mange de la semoule.
Malik éclata de rire et fut suivi de près par Geneviève.

13

Ils avaient quitté Calais et le policier tourna, comme indiqué, après le salon de coiffure.
Ils étaient en pleine campagne et longeaient le littoral. Un petit bois apparut en contrebas, après les champs, et Malik se mit à exploser de rire.
— Mais, qu'est-ce que tu as ? demanda Geneviève en s'inquiétant.
— Salade ! Salade ! répétait-il en s'étouffant.
— Comment ? fit-elle en se demandant s'il n'était pas soudain devenu fou.
— Salam ! Oui ! Salam ! reprit-il en essuyant ses larmes.
Geneviève venait de comprendre. La femme de la fenêtre lui avait parlé de « salade » et voici qu'elle venait de voir un panneau avec l'inscription « Association Salam ». Elle se mit elle aussi à rire, c'était cocasse !
— Salam s'utilise en arabe pour saluer la personne à qui l'on s'adresse, au début et à la fin d'une conversation. Salam veut dire « paix ». Notre homme doit travailler dans cette association.

— Je ne vois rien qui ressemble à une association. On est en pleine nature. Je ne vois que cette pancarte sur le bord du chemin de terre, dit-elle.

— On y va !

En guise de réponse, la suspension de sa camionnette grinça. Ils furent ballottés sur au moins cinq cents mètres. Malik essayait, en vain, d'éviter les nids de poule et Geneviève se cramponna à David qui décollait pourtant du siège.

Ils débouchèrent sur un terrain plat et Malik stoppa le véhicule.

Un camp de migrants.

Des tentes en plastique, de toutes les couleurs, s'étalaient sur un immense pré. Des personnes déambulaient dans un campement fait de bric et de broc, de bâches tendues, de palettes de bois et de cartons.

— Mon Dieu ! s'exclama Geneviève. Je ne pensais pas cela possible. On dirait un bidonville ! Ici, sur une côte si touristique !

— C'est très fréquent au contraire, expliqua Malik. La crise migratoire n'a jamais été aussi importante et, depuis la fermeture des centres d'accueil, les associations sont au plus près des migrants. Et puis, on est en face de l'Angleterre !

— Mais je croyais au contraire que l'État s'en occupait. On a bien fermé la Jungle de Calais ? C'était bien pour donner des conditions décentes à ces personnes, non ?

— Non, Geneviève. Les camps sont démantelés et presque aussitôt se forment des campements sauvages qui sont évacués à leur tour et qui se réinstallent ailleurs.

— C'est odieux ! Nous sommes en France, le pays des Lumières ! Ce que je vois est indigne de nous ! Où sont les Droits de l'Homme ?

Il roulait au pas. Il avait aperçu une tente humanitaire, avec l'inscription « Salam » écrite dessus.

Il se gara.

— Vous deux, suivez-moi ! Vous serez plus en sécurité avec moi.

— Je peux rester dans la camionnette. Ces pauvres gens ne me font pas peur.

— Tu es incorrigible, Geneviève. Tu veux venir quand je te dis de rester et rester quand je te dis de me suivre !

— Bon, comme tu veux !

Les migrants, qui allaient et venaient dans le camp, ne semblaient pas leur prêter attention. Elle fut frappée par la jeunesse de ces personnes.

Malik pénétra dans la tente et fit signe à Geneviève et David de rester derrière lui.

Un bénévole était en train de soigner les pieds d'un malheureux. Le malade était très jeune, il semblait à peine sorti de l'adolescence. Geneviève détourna le regard, le pied était plein de croûtes et de pus. Le jeune homme souffrait sous les assauts de la compresse stérile.

L'infirmier était jeune également, un petit blondinet d'à peine vingt-cinq ans qui portait une paire de gants en latex.

— Bonjour, je suis policier...

— Je sais que vous venez pour le vol de cette nuit, répliqua le soignant sans même lever les yeux. Laissez-moi terminer mon travail...

— Je ne suis pas là pour ça. Je suis sur une enquête et j'ai besoin de vous poser quelques questions.

— Je ne sais rien de ce que font ces personnes, je ne leur demande jamais rien. J'ai une formation d'infirmier alors je la mets à leur service. Je les soigne et, quand ils le souhaitent, ils me parlent de leur vie. Ce que je sais, c'est que cet homme a fait plus de cinq mille kilomètres et que ses pieds ne sont plus que des croûtes sanglantes. Je pense lui éviter l'amputation. Cette femme-là a un abcès dentaire et je manque justement d'antibiotiques. Si vous croyez que j'ai du temps à perdre pour vous dire qui a volé le pédalo cette nuit dans le centre nautique !

— Je me fous de savoir qui a volé le pédalo ! Je ne suis pas là pour ça ! répondit Malik.

— OK ! Je finis avec madame et je réponds à vos questions.

Geneviève posa les yeux sur la femme qui attendait sur une chaise de camping. Elle portait des cheveux courts. Elle avait le blanc de l'œil injecté de sang comme si elle n'avait pas dormi depuis des jours. Elle tenait sa joue gonflée, presque violette. Elle semblait si petite dans sa parka. Elle était emmitouflée, comme en plein hiver, alors qu'il faisait plus de trente degrés. Elle avait froid, donc sûrement beaucoup de fièvre. Geneviève prit conscience que c'était une migrante. Elle ne savait pas qu'il y avait aussi des femmes. Elle ne s'était même jamais posé la question. On parlait aux infos des « migrants » et sa représentation excluait les femmes et les enfants. Elle s'imaginait des hommes, toujours.

— Voilà, prenez ces antibiotiques !

Il montra deux doigts à la jeune femme et articula :

— Deux ! Two !

La jeune femme se leva péniblement et sortit de la tente.

Il reprit :

— Qu'est-ce que vous voulez savoir, monsieur l'agent ?

— Je cherche un bénévole qui travaille sans doute ici. Il s'appelle Saddam Mohammadi.

— Saddam ? Il est dans la grande tente du fond, il distribue les repas.
— Merci monsieur.
— Vous pouvez y aller avec votre femme et votre fils. Ne vous inquiétez pas, il n'y a pas de violence dans ce camp. Contrairement à ce que les flics pensent, les migrants sont pour la plupart des gens civilisés. Cette femme, qui vient de partir et qui est originaire d'Afghanistan, était avocate dans son pays. Elle a fait plus d'études que nous tous réunis ici. C'était une militante féministe... elle a dû fuir avec son fils de deux ans.
— Deux ans ? Le petit vit ici à deux ans ? demanda Geneviève, catastrophée.
— Non. Son fils est mort sur le bord d'une route en Turquie.

Elle reçut un choc en plein cœur.
— C'est affreux, murmura-t-elle.
— Si vous voulez faire un don à notre association, n'hésitez pas ! Nous avons besoin de tout, de médicaments, de vêtements, de nourriture. Surtout de couvertures. Toutes les nuits, ils essaient de passer. Certains réussissent, mais beaucoup tombent à l'eau. Pour ceux qui ne se noient pas, ils sont trempés. On manque de change, de linge sec... mais tout le monde s'en fout.

Geneviève aurait pu répliquer, protester, mais elle était d'accord. Elle avait passé sa vie à ne pas se préoccuper des plus démunis.
— Au revoir monsieur, fit David, en prenant la main de Geneviève.

Cette dernière était émue par l'histoire de cette femme, mais aussi par la main du jeune homme qui s'était glissée dans la sienne.

Ils marchèrent, se frayant un passage parmi les tentes et parmi leurs occupants.

Certains étendaient leurs chaussettes, d'autres dormaient à même le sol, se protégeant les yeux avec un carton.

À la lisière du bois, des jeunes, à peine plus âgés que David, jouaient au foot. On aurait dit une ville de fortune, au beau milieu de nulle part. Malgré la détresse et la misère, on entendait des cris de joie quand une équipe marquait un but.

La tente où était servie la nourriture était ouverte. Des migrants finissaient leur repas et une bénévole rinçait la marmite à grands coups de jerricane d'eau savonneuse. Un bénévole était accroupi et rangeait des petites bouteilles d'eau.

— Bonjour ! Je cherche Monsieur Saddam Mohammadi.

L'homme se retourna lentement, expulsa par le nez un nuage de tabac, se redressa et dit :

— Vous l'avez trouvé, c'est moi !

— Je peux vous parler dans le cadre d'une enquête ?

— Vous êtes policier ?

— Oui, je suis commandant de police.

— Commandant ? Ben... ça ne rigole pas.

Il éteignit sa cigarette dans une coquille Saint-Jacques posée au milieu d'une table faite d'une planche et de tréteaux.

— Vous cherchez quelqu'un de précis dans le campement ?

— Non, je veux juste vous poser des questions.

— À moi ? Pourquoi ?

— Ne vous inquiétez pas, ce n'est sûrement qu'une formalité.

— Qu'est-ce que vous voulez savoir ?

— Je voudrais vous parler du 6 juin dernier. Vous vous êtes rendu à Amiens, vous avez visité la cathédrale et vous avez vu le crâne de Saint Jean-Baptiste dans la salle du trésor...

— Oui. Je suis bien allé faire la visite. Mais pourquoi vous me posez cette question ?

Malik examina le bénévole. Il était brun, les cheveux frisés, la peau mate, de taille moyenne et plutôt athlétique. Il suait à grosses gouttes. Il portait un pantalon de style militaire kaki et un t-shirt blanc.

Malik ne répondit pas et poursuivit :

— Le recteur dit que vous étiez très ému.

Il s'essuya les mains dans un torchon.

— Je l'étais. C'est une relique qui est au centre de ma foi. Je suis ce qu'on appelle un chrétien d'Orient. Je suis arrivé en France à l'âge de cinq ans. Mes parents sont des réfugiés, persécutés par le régime de Saddam Hussein, pour des raisons politiques, mais aussi religieuses. Dans ma famille, on vénère depuis des temps très anciens Jean-Baptiste. Alors, voir son crâne dans la cathédrale... j'étais bien plus qu'ému. S'il n'avait pas été séparé de moi par la vitre, je me serais jeté dessus pour l'embrasser. Ma grand-mère me récitait la prière du Baptiste quand j'étais enfant. J'y ai repensé... Vous savez, elle était d'une douceur... Elle est morte sous les coups de crosse de l'armée. J'ai repensé à elle et je n'ai pas pu contenir mes larmes.

— Je vois. Où étiez-vous avant-hier à la même heure ?

— Avant-hier ? Je devais être chez moi ! Je ne travaillais pas.

— Quelqu'un peut-il l'attester ?

— Moi, je vous l'assure !

— Personne d'autre ?

— Mais non, voyons ! Qu'est-ce que cela signifie ? Vous êtes en train de me demander de fournir un alibi ?

Malik ne répondit pas et regarda le type.

Celui-ci avait placé les mains sur ses hanches, comme un homme en proie à une terrible injustice, dans une posture d'incompréhension. Il semblait en colère, comme s'il eût été insulté. Le policier n'arrivait pas à savoir s'il faisait du cinéma ou s'il était sincère.

— Oui. Je vous demande cela dans le cadre d'une enquête. Et hier ? Où étiez-vous ?

— Mais chez moi !

— Vous n'êtes pas sorti pendant deux jours ?

— Parfaitement ! Je n'ai pas mis un pied dehors. J'ai eu un rhume.

— Vous semblez guéri à présent.

— Bien sûr que je vais mieux. Je suis resté deux jours à me reposer.

— Hum, fit Malik. Vous n'êtes même pas allé chez le docteur, à la pharmacie ou chercher du pain ? Rappelez-vous, peut-être avez-vous fait un brin de causette avec votre charmante proprio ?

— Mais non ! Mais à la fin, qu'est-ce que vous me voulez ? C'est un crime d'être malade ou de pleurer devant Saint Jean-Baptiste ? Est-ce que vous avez au moins une raison de venir m'emmerder ici où je travaille ?

Malik regarda autour de lui et vit un sweat noir sur le dossier d'une chaise.

— Est-ce que ce vêtement vous appartient ?

— Oui, c'est bien à moi, fit-il en remettant une casquette bleue sur son crâne en nage.

— Pouvez-vous me montrer votre véhicule ?

— Je ne sais pas à quoi tout ça rime, mais si ça peut vous faire plaisir et surtout vous faire dégager. Suivez-moi !

Malik fit signe à Geneviève de rester sous la tente avec David.

Le type sortit précipitamment et conduisit le policier à l'entrée du campement. Un 4x4 noir, flambant neuf, de marque allemande, était garé. Tout concordait : le physique du suspect, le pantalon kaki, le sweat noir et la casquette bleue. Tout, même le véhicule maculé de terre dont l'immatriculation était visible.

Malik se dit que s'il ne l'interpellait pas maintenant, le suspect allait prendre la fuite. Mais c'était risqué. Il y avait des migrants à quelques mètres, des jeunes fumant une cigarette, qui avaient pris jusque-là le policier pour l'un des leurs. Qu'en serait-il s'il arrêtait le bénévole ? Allaient-ils s'interposer ?

Malik pensa qu'il viendrait à bout de quatre jeunes. Brusquement, il fit basculer le suspect contre le capot de la voiture pour lui passer les menottes.

Les jeunes se mirent à détaler. Ils avaient une peur bleue des forces de l'ordre.

— Mais qu'est-ce qu'il vous prend ? Vous êtes cinglé ? Vous n'avez pas le droit, j'ai rien fait de mal !

— J'ai des raisons de croire que vous avez commis un ou plusieurs actes criminels.

— Mais, c'est n'importe quoi !

— Calmez-vous, monsieur !

— J'ai le droit à un avocat !

— Et de garder le silence ! ajouta le policier.

Malgré l'interdiction de Malik, David avait rejoint l'entrée du camp. Il était sorti de la tente et la quinquagénaire courait derrière lui au risque de se tordre les chevilles dans chaque ornière.

— Ginola, viens ici, petit chameau !

Malik apostropha Geneviève en lui lançant ses clés :

— Prends mon camion et rentre à Amiens avec Ginola ! Je vous appellerai tout à l'heure.
— C'est... lui ? demanda-t-elle, à bout de souffle.
— Disons que, pour l'instant, beaucoup d'éléments l'accablent.
— Je m'en vais... Tiens-moi au courant, fit Geneviève, affolée. Viens Ginola, viens vite !
Mais le gamin, trop curieux, ne voulait pas partir.
— J'y crois pas ! Malik a coffré l'assassin !
— Quoi ? Moi, un meurtrier ? Mais c'est une erreur, je n'ai tué personne ! Mais, lâchez-moi, espèce de brute !
— Allez, viens Ginola ! Dépêche-toi ! ordonna Geneviève, en tirant David par le bras.
— T'es pas drôle ! Il a trouvé le sale type, j'veux voir !
— Obéis-moi tout de suite, jeune homme !
Le gamin s'éloigna assez lentement pour entendre son héros dire :
— Si vous êtes innocent, on ne va pas tarder à le savoir. J'appelle du renfort et vous allez être placé immédiatement en garde à vue dans le cadre d'une enquête pour vol et homicide volontaire.

14

— Dis, est-ce que tu crois qu'on va avoir des nouvelles de Malik ?
— Je ne sais pas Ginola. Il doit être très occupé avec le suspect, mais il faudra bien qu'il repasse chercher sa camionnette garée dans la rue.

Geneviève avala son bol de thé et se leva pour aller le rincer dans l'évier.

Elle était aussi impatiente que l'adolescent d'obtenir des informations sur l'enquête. Et puis, le camion de Malik stationnait depuis une journée devant le portail. Elle le sentait, sa voisine mourait d'envie de lui poser des questions. Elle n'arrêtait pas de promener son teckel devant la propriété dans l'espoir d'en apprendre davantage.

— Viens Ginola, on va rentrer la camionnette dans la cour. Tu me guideras. Le passage de la grille est assez étroit et je ne voudrais rien accrocher.

Elle s'y reprit à plusieurs fois avant qu'il ne refermât les deux battants.

— C'est le nouveau véhicule de Madame Malfoy ? demanda l'indiscrète voisine qui était apparue, comme par magie, derrière le grand portail en fer forgé.

— On n'vous a jamais dit que la curiosité est un vilain défaut ! fit David en relevant le menton.
La voyeuse fut choquée et partit en maugréant.
Geneviève sourit.
Elle était fière de son petit protégé.
Aujourd'hui, la quinquagénaire n'avait pas le cœur à s'enfermer dans son bureau et à travailler sur sa généalogie. Elle n'osait pas se l'avouer, mais elle était nerveuse. Elle attendait un appel de Malik, espérant qu'il lui dise qu'enfin le bénévole du campement était passé aux aveux et que le crâne de Saint Jean-Baptiste avait été retrouvé. Son téléphone à clapet, au fond de sa poche, attendait désespérément de sonner.
Elle jeta un œil à la grande dépendance à sa gauche. Elle datait de la même époque que sa demeure. On s'en servait aux siècles derniers pour abriter une calèche ou un fiacre.
Et si ? pensa-t-elle.
— Que dirais-tu d'un peu d'argent de poche, Ginola ?
— Si ça me dit ? Vachement que ça me dit !
— Mais pour cela, il va falloir travailler ! Je te propose de m'assister dans une grande mission de rangement et de tri. Je te rémunère au SMIC !
— OK ! On commence quand ?
— Tout de suite ! Attends-moi, je vais chercher les clés.
Elle revint avec son trousseau, mais avait aussi revêtu son jean, une marinière et un foulard sur la tête.
Elle déverrouilla la porte avec difficulté. Celle-ci avait gonflé avec l'humidité. David l'aida à pousser de toutes ses forces.
— Il fait noir là-dedans ! Il doit y avoir des souris et des araignées.

— Je ne t'oblige pas. Si tu as peur, tu peux refuser.
— Moi, peur ? Tu rigoles !
Édouard avait fait raccorder l'électricité dans la dépendance juste avant de mourir. Geneviève enclencha l'interrupteur, un peu anxieuse en pensant à ce qu'elle allait redécouvrir.

Elle était toujours là. Elle n'avait pas bougé, la voiture de collection de son mari, bien à l'abri sous sa bâche.
— Qu'est-ce que c'est que ça ?
— Une Mercedes-Benz 300 SL, un coupé de 1955. Tu veux la voir ?

Geneviève ôta le tissu et dévoila le joyau, celui qu'Édouard appelait le « papillon », car les deux portières s'ouvraient par le haut, lui donnant plutôt l'allure d'un coléoptère. Le célèbre designer allemand, Friedrich Geiger, avait conçu cette voiture et la marque l'avait commercialisée en 1954. Depuis, elle était entrée dans la légende des automobiles mythiques, considérée comme la plus emblématique des Mercedes d'après-guerre. Édouard se l'était achetée, sur un coup de tête, avec l'héritage de sa grand-tante.

— La vache ! On dirait la caisse de James Bond !

Oui, une voiture que le commun des mortels ne pourra jamais conduire, pensa Geneviève.

Édouard passait des heures à la bichonner, la polisher avec amour, à la main, avec une peau de chamois. Elle avait cru être émue en la revoyant, mais, en réalité, elle éprouvait un autre sentiment qu'elle ne pouvait s'expliquer.

Tandis que l'adolescent s'extasiait, Geneviève fit le tour de la pièce. Elle repensa à la réflexion de David sur sa salle de bains, qui était plus grande que l'appartement de Fatou. En dehors de la voiture, des tas de vieilleries s'entassaient ici : de vieilles chaises à rempailler, achetées à des brocanteurs, les sommiers des lits de ses parents et arrière-grands-parents, des monceaux de couvertures, de traversins, un cheval à bascule, du mobilier de jardin rouillé...

— On sort tout !

— Tout ? Même la voiture ?

— Surtout la voiture ! Ça a besoin d'un bon coup de balai ici !

— Mais, elle ne démarrera jamais ! La batterie doit être à plat !

— Mets-toi au volant, je vais la pousser ! On va la faire rouler jusque dans la cour. Dès que tu sens le gravier sous les roues, tu tires le frein à main.

Geneviève poussa autant qu'elle put, employant toute l'énergie qu'elle retenait en elle. Elle y ajouta aussi toute sa colère. Elle en avait assez de vivre avec des fantômes. Cette voiture improbable, qui dormait dans cet endroit, occupant une place précieuse, accompagnée par des objets inutiles et inutilisables ! Pourquoi ? Pour la mémoire d'Édouard ? Mais cette voiture n'était pas son mari ! Son époux vivait toujours dans son cœur et, lui seul, lui donnait la force d'affronter chaque journée.

Elle allait la mettre en vente et faire quelque chose de bien avec l'argent, quelque chose pour l'avenir et non pour le passé. Elle allait refourguer cette satanée voiture au collectionneur qui la voulait régulièrement depuis plus de huit ans, l'Anglais qui lui téléphonait sans cesse et qui commençait toujours la discussion avec son éternel : « Would you sell the car ? » À quoi cela servait-il de garder un objet devenu encombrant et accessoire ?

La voiture était, à présent, garée à côté de la camionnette de Malik et elle semblait grotesque. Elle ne servait surtout pas à voyager à trois, ni à dormir et à rire sur la spacieuse banquette avant.

— Attends-moi là, Ginola ! J'ai un coup de fil à passer.

Elle trouva le numéro de l'Anglais au fond d'un tiroir et lui dit que c'était aujourd'hui ou jamais et qu'elle en voulait 300 000 euros, bien en dessous du prix du marché. L'affaire fut conclue en vingt secondes. Demain, elle en serait débarrassée.

Un jour, je vais mourir avec tout mon argent. Tout ira à l'État ou à mes neveux qui doivent être aussi pourris que leur mère. Édouard, tu serais fier de moi. Ta voiture va prendre la route et quelqu'un va l'aimer autant que toi. Et avec sa vente, je ferai quelque chose d'utile.

Elle rejoignit David qui avait déjà commencé à passer le balai.

— Attends, on va dégager dehors toute la ferraille, les vieux sommiers, les chaises et ensuite j'appelle un brocanteur. Si tu travailles bien, tu pourras garder l'argent qu'il nous donnera.

— Super ! Mais… il ne restera plus rien ! Qu'est-ce que tu vas mettre dans tout cet espace ? C'est gigantesque ! Tu sais que tu pourrais l'aménager en une deuxième maison. Y'a déjà une belle fenêtre ronde. Tu sais à quoi ça me fait penser cet endroit ? À un petit château, comme la reine avait à Versailles !

— C'est le style rococo du XIXe siècle. On copiait le style Louis XV et cette fenêtre circulaire s'en inspire. À quoi cela me servirait d'avoir une deuxième maison ? J'ai déjà la mienne !

— En attendant, on pourra y ranger la camionnette de Malik.

— Bonne idée ! Allez, au travail ! On a du pain sur la planche !

Ils mangèrent un sandwich sur le pouce et eurent hâte de vider la dépendance.

Geneviève n'en revenait pas. Que de fatras ! Elle avait même trouvé un sac avec des tas de têtes de poupées en porcelaine. David avait eu un mouvement de recul quand elle le lui avait montré. Il lui avait dit qu'il en avait peur. Il lui avait avoué, sans honte, détester également les clowns et les Pierrots. Geneviève ne s'était pas moquée de lui. Elle lui avait confié qu'elle ressentait la même chose.

Ils achevèrent de tout vider vers dix-sept heures.

Le brocanteur passa quelque temps après, avec deux autres types. Ils chargèrent tout cela, en à peine une demi-heure, dans le camion.

— Par contre, je ne vous prends pas les couvertures ! Le textile, ça ne m'intéresse pas !

— Ne vous inquiétez pas, je sais à qui en faire don.

— Je vous propose 2 000 euros pour le tout.

— Marché conclu !

Le brocanteur fut satisfait de l'affaire et, une fois parti, David s'écria :

— Mais c'est une fortune !

— Elle est à toi !

— Mais Maman ne voudra jamais !

— Tu viens de gagner 2 070 euros. Tu oublies le SMIC, je ne souhaiterais pas t'arnaquer.

— Je les donnerai à maman pour le loyer et pour qu'elle fasse réparer la voiture. Si le radiateur ne chauffe plus, on pourra aller voir le Dragon de Calais et le Cap Blanc-Nez !

— Excellente idée ! J'ai une faim de loup ! Pas toi ?

— On n'a qu'à se faire des lasagnes, j'ai vu que tu avais tout ce qu'il faut dans le frigo.

— Tu oublies que je ne sais pas cuisiner !

— Mais moi si ! J'aide souvent maman à en faire.

— Je t'assiste alors.

David réalisa en trente minutes un joli plat qui ressemblait, à s'y méprendre, à ceux préparés par Fatou.
— Le secret, c'est de bien arroser les pâtes avec la sauce tomate et de finir par une grosse couche de bolognaise et plein de fromage râpé.
— Je ne connais pas bien mon four.
— Fais voir... Bon, c'est pas sorcier. Les icônes sont les mêmes que sur celui de maman. Là, les deux barres, c'est la schématisation de la chaleur, en haut et en bas. Et hop ! Tu règles à 180 degrés et on mange dans trente minutes ! Je mets la table ?
— Oui, s'il te plaît, Ginola.
Finalement, il est très gentil cet enfant...
Soudain, son téléphone portable sonna. Elle décrocha.
— C'est Malik. Est-ce que je peux passer ?
— Est-ce que tu as mangé ?
— Non, même pas à midi !
— Ginola a fait des lasagnes.
— Je suis là dans vingt minutes !
Lorsqu'il raccrocha, David demanda :
— On lui prépare une entrée ?
— Qu'est-ce que tu veux lui faire ?
— Des carottes râpées.
— Je ne crois pas avoir de râpe.
— Ouais, mais tu as un super robot, là !
— Ce machin sur l'étagère, ça sert à ça ?
— Bien sûr ! Et à tout plein d'autres trucs.
— Tu saurais le faire fonctionner sans te blesser ?
— J'suis pas un nul, j'en fais à la maison.
— Alors, vas-y, il y a des carottes en bas du frigo. Je vais aller faire un brin de toilette.
— Tu vas te faire belle ?

— Mais pas du tout ! Je tiens toujours à être impeccable avant de passer à table.

Lorsqu'elle redescendit, David vit qu'elle avait changé de marinière. La bleue lui allait plutôt bien. Geneviève avait bonne mine. Ou était-ce un peu de blush qu'elle avait mis sur ses joues ? Elle fut la première à se jeter sur la porte d'entrée pour ouvrir à Malik et l'adolescent, lui, lança une avalanche de questions :

— C'est lui ? Il a parlé ? Il l'a fourré où le crâne ? Il a dit qu'il les avait tués ? Comment il a fait ?

— Ginola, pas si vite ! Laisse-moi entrer ! Je vais vous expliquer tranquillement.

— Tu as mauvaise mine. On dirait que tu n'as pas dormi de la nuit, s'inquiéta Geneviève.

— C'est que je n'ai pas dormi de la nuit !

— La garde à vue ?

— Oui.

— Tu vas nous raconter. Tu dois avoir faim. Le repas est préparé par un grand magicien de la cuisine : Ginola !

Malik se jeta sur les carottes râpées puis sur un verre d'eau.

— On dirait que tu n'as rien bu depuis hier ?

— Si, trop de café noir !

— Allez, raconte-nous ! On veut savoir !

— Je n'ai rien à raconter.

— Comment ? Il n'a rien avoué ?

— Rien du tout ! Ou plutôt si, toujours la même phrase : « Je suis innocent ! »

— Et alors, il l'est ou pas, innocent ?

— Disons qu'il commence à m'en persuader...

— Mais ce n'est pas possible ! Il y a ses vêtements, sa voiture, un mobile et l'absence d'alibi.

— On a reçu l'ADN du mégot qu'on a trouvé dans le gravier de Lautréamont et c'est bien le sien...

— Donc, raison de plus, il est bien coupable du vol de la statuette, en tout cas.

— Mais, il y a le sang sous les ongles de l'évêque et ce n'est pas le sien. Lui est A+.

— Alors, il a un complice !

— Il n'a pas avoué.

— Pour l'instant, pour l'instant...

— Ouais, il va finir par craquer, ajouta David.

— Toute la brigade est convaincue que c'est lui le coupable.

— Et pas toi ?

— Je ne sais pas, je suis fatigué. Plus de huit heures, rien qu'aujourd'hui, de face-à-face, d'interrogatoire musclé, à essayer de le coincer, mais il refuse de passer aux aveux.

— Il souhaite peut-être protéger quelqu'un. Quelqu'un qui ferait pression sur lui, sa famille... Qu'est-ce qu'il fait dans la vie ? Je veux dire à part s'occuper des migrants ?

— Il est dentiste.

— Dentiste ? Mais, il habite dans un faubourg plus que populaire.

— Un quartier bien craignos, ouais ! renchérit David.

— Il est en train d'installer son cabinet dans ce secteur. Donc, pour se simplifier la vie, il a pris la première location qui s'est présentée à lui. Il est célibataire, sans enfant. Il est arrivé dans la région il y a trois mois.

— D'où vient-il ?

— De Toulon.

— Dentiste... Il pourrait s'être procuré facilement le curare...

— On fouille cette piste. Au fait, il est où mon camion ? Je ne l'ai pas vu en arrivant.
— Dans le garage ! fit David.
— Mais fallait pas vous donner cette peine ! Il dort dehors dans ma rue, tous les soirs. Et puis, c'est à qui la bagnole de rêve sur le gravier, on dirait celle d'un agent secret ?
— C'était au mari de Geneviève.
— Ça devait être une personne exceptionnelle.
— Oui. Il a acheté cette voiture sur un coup de tête. C'était un passionné d'automobile. Un esthète. Il aimait les choses hors du commun.
— Il t'aimait toi ! ajouta l'adolescent.
— Oui. Et je me demande souvent ce qu'il me trouvait.
— Tu es unique ! répondit Malik.
— Un petit dessert ? fit-elle, très gênée par ses derniers mots.
— Je peux vous faire du pain perdu, proposa David.
— Très bonne idée !
Il fila à la cuisine et Geneviève poursuivit :
— Demain, un collectionneur anglais vient acheter la voiture.
— Tu la vends ?
— Elle ne sert à rien ni à personne et pourrit à l'intérieur un peu plus chaque année !
Malik se dit qu'il avait bien fait de venir. Ce repas lui faisait du bien. Il avait pu formuler ses doutes sans avoir à en rougir et dire qu'il était fatigué, sans être jugé. Et David était si gentil ! Ce garçon le regardait comme on regarde un père, une personne que l'on admire, que l'on attend patiemment pour dîner. La vie de famille était-elle faite pour lui, le solitaire, qui fuyait dès qu'il le pouvait dans sa camionnette ?

Il allongea ses jambes sous la table.

— Si tu es fatigué, tu peux dormir ici. J'ai plein de chambres d'amis et tu es à dix minutes de ta brigade.

— Merci, mais je vais rentrer. J'ai besoin de me doucher et de me changer. J'y repars dans quelques heures. Mais je repasserai, promis, pour reprendre mon camion. Je ne raffole pas trop de la bagnole de fonction.

— C'est vrai que ça ne vaut pas ta camionnette !

— Tu vois que tu l'aimes bien ! Toi qui ne voulais pas en entendre parler !

— Eh bien, figure-toi que je pense aussi à me débarrasser de mon Austin pour m'acheter un véhicule comme le tien... J'ai eu bien moins de mal à conduire ton camion que ma petite voiture ! J'ai beaucoup apprécié la direction assistée.

David rentra avec une assiette débordante de pain perdu, noyé dans du sucre semoule.

— Je vais finir diabétique si je reste trop longtemps dans cette maison !

— Le glucose, il en faut ! Le cerveau marche bien mieux quand on lui en donne. Je suis sûre qu'après ce repas, tu vas assembler toutes les pièces du puzzle.

— Pour l'instant, je n'y arrive pas. Tu crois vraiment qu'un type irait jusqu'à tuer pour récupérer le crâne d'une divinité qu'il vénère ?

— Hélas oui ! L'actualité est pleine de fanatiques...

— Justement, les fanatiques sont des exaltés. Lui a l'air des plus raisonnables. Il est coincé par son ADN pour le vol et n'avoue pas.

— Si c'est lui, il le fera. La pression et la fatigue vont devenir trop fortes.

— Hum ! Je vais y aller maintenant. Merci beaucoup pour ce succulent repas, Ginola. Dormez bien, vous deux ! Vous faites quoi demain ?
— On verra bien !
— Comment ça, tu te laisses vivre, Geneviève ? Tu ne programmes plus tes journées ?
— Tu reviens manger demain soir ? fit David.
— Je suis invité ?
Il la regarda.
— Bien sûr que oui. On essaiera de faire cuire un poulet.
— Un poulaga, ajouta l'adolescent en faisant un clin d'œil à Malik.
Lorsque le policier fut parti, Geneviève et David s'occupèrent de la vaisselle.
Elle lui proposa ensuite une tisane, puis le jeune homme décida d'aller choisir un autre livre dans la bibliothèque. Il prit un ouvrage de Jules Verne. Elle lui expliqua que l'auteur avait longtemps séjourné à Amiens, qu'il avait vécu à quelques rues d'ici et que sa maison avait été transformée en musée. Elle lui promit qu'elle l'y emmènerait avant que sa mère ne revienne.
Geneviève s'installa dans un fauteuil Voltaire et regarda le parc qui commençait à être gagné par l'obscurité.
Elle se mit à penser à l'affaire. Elle essayait d'assembler les éléments de l'histoire, mais son esprit butait sur quelque chose qu'elle ne sut identifier. Elle décida de monter se coucher et laissa David lire autant qu'il le souhaiterait dans la bibliothèque.

15

Le lendemain matin, lorsque David descendit pour le petit-déjeuner, les cheveux en bataille et les yeux encore mi-clos, Geneviève était déjà debout depuis un bon moment. Elle lui servit son thé, ses toasts et lui dit :
— Est-ce que tu souhaiterais retourner visiter la cathédrale ? Après tout, nous n'avons rien pu voir l'autre jour.
— Je pensais qu'on allait à la maison de Jules Verne ? J'en suis au milieu du *Tour du Monde en 80 jours*. J'aime bien Phileas Fogg et Jean Passepartout, son fidèle domestique.
— Demain, tu es d'accord ?
— OK !
— On va manger en ville ce midi ? Il fait beau et on pourrait déjeuner au quartier Saint-Leu, au bord de la Somme ?
— Trop bien !
— L'acheteur arrive en début d'après-midi pour débarrasser la Mercedes de la cour. On a le temps !
— Tu es sûre que tu veux la vendre ?
— Oui, certaine ! Et je me demandais si je n'allais pas acquérir une nouvelle voiture un peu plus spacieuse.

— Une camionnette, comme Malik !
— Pourquoi pas ?
— On va essayer de trouver une place dans la rue, cette fois. L'autre jour, tu me faisais vraiment peur dans le parking souterrain. J'ai cru que tu allais taper le mur...
— Je n'étais pas loin de le faire.

Après avoir fait un brin de toilette, Geneviève et David montèrent dans la citadine en direction du centre-ville.

Par chance, une voiture quittait son stationnement à quelques pas de la cathédrale.

La quinquagénaire traversa les pavés du parvis bien plus aisément que l'autre jour.

Ces petites baskets en toile sont réellement confortables... et tout terrain !

Ils se dirigèrent vers le grand vaisseau de pierre qui se dressait fièrement face à eux et s'engouffrèrent par le portail Saint Firmin.

— Pas de tour de magie, cette fois !
— Promis, c'est fini tout ça.
— Ginola, je dois parler au recteur. J'ai quelques questions à lui poser. Peux-tu m'attendre ?
— Tu me prends pour Jean Passepartout ou quoi ? Non, je veux venir. Ça m'intéresse !
— Je te raconterai tout. Mais j'ai vraiment besoin de me concentrer... Écoute, on va jouer à un jeu. Tu dois trouver, dans cette cathédrale, un ange pleureur. Tu n'as pas le droit de demander à quelqu'un de t'aider. Tu dois ouvrir les yeux !
— OK ! Mais je gagne quoi ?
— Tu gagnes... toute ma considération !
— C'est pas du jeu ! Moi, je veux recevoir un prix.
— Je te propose une édition limitée d'un roman de Jules Verne, avec des illustrations d'époque !

— Ça, c'est pas de l'arnaque ! Là, tu n'te fous pas de moi !

— Bon, sois sage ! Un ange qui pleure, tu as compris ?

Geneviève savait où trouver le recteur, elle avait même rendez-vous avec lui. Elle lui avait téléphoné avant le réveil de David. Il l'attendait dans le chœur de l'édifice.

C'était le jour de l'entretien des stalles et deux conservateurs étaient occupés par cette tâche. Le recteur supervisait cette opération délicate. Les chaires de chêne blond étaient inestimables. Elles formaient un ensemble impressionnant de cent-dix sièges. Il avait fallu plus de onze ans pour les réaliser, le fruit du travail de trois maîtres huchiers du XVIe siècle.

Les spécialistes s'affairaient autour d'une très grande stalle qui était surmontée d'une énorme dentelle de bois en guise de frise qui s'élevait à plus de treize mètres du sol.

Cette chaise a vu défiler le royal séant de Louis XII, François Ier, Henri IV, sans oublier l'empereur Bonaparte et le Général de Gaulle.

Le père de Geneviève lui avait appris que lors d'une visite, après la Libération, en août 1945, le Général s'y était assis et s'était demandé comment une telle réalisation était possible sans clous ni vis, rien que par assemblage de mortaises et de tenons. Il avait conclu que le « génie des Français triomphait depuis toujours des difficultés et des épreuves ».

Le recteur aperçut Geneviève et fit signe aux deux conservateurs de prendre une pause.

Il se mit alors à chuchoter, sous l'œil des personnages bibliques sculptés dans le bois :

— Vous désiriez me parler, madame ? Faites-le ! Nous sommes dans la plus grande discrétion, celle du Seigneur.

— Oui, mon père. Je voudrais comprendre quelque chose. Croyez-vous qu'un homme qui ne connaît pas bien Notre-Dame d'Amiens puisse savoir quand la relique est exposée aux fidèles et quand elle quitte le trésor ?

— Ces événements sont largement diffusés dans la presse ou sur Internet à présent. Il suffit de savoir lire.

— Qu'il sache comment neutraliser un système de sécurité ? Profiter du passage d'une commission incendie ? Entrer sans effraction ?

— Ces informations sont restreintes. Seuls les travailleurs de la cathédrale sont au courant.

— C'est mon avis. La personne qui s'est introduite ici connaissait tout cela. On ne peut pas attribuer la réussite de son entreprise uniquement à la chance. Il savait précisément quand voler la relique et où étaient les alarmes...

— Vous pensez que ce serait un de nos proches ?

Il se signa.

— Parlez-moi de cette journée, quand vous avez vu l'homme pleurer dans la salle du trésor.

— Il a éclaté en sanglots. Il s'est prosterné devant le chef et a longuement embrassé la vitre. C'était si émouvant. Même Yannick en a été tout retourné.

— Yannick ? Qui est Yannick ?

— Un bénévole qui faisait office de guide ce jour-là.

— Avez-vous informé le commandant Messaoudi de la présence de cet homme ?

— Non. Pourquoi l'aurais-je fait ?

— Mais, je ne comprends pas. Ce n'est pas vous qui avez assuré la visite ce jour-là ?

— Non, je n'ai pas parlé aux visiteurs.

— Dans ce cas, que faisiez-vous avec lui alors qu'il accomplissait cette tâche ?

— Je supervisais. C'était la première fois que ce bénévole allait être en responsabilité. Il a remplacé le guide au pied levé, celui-ci venait d'avoir un grave accident de la circulation.

— Je pourrais m'entretenir avec ce Yannick ?

— Il est reparti.

— Je ne comprends pas bien, mon père...

— Le Secours Catholique nous envoie certains de ses usagers en tant que bénévoles, d'anciens toxicomanes, des personnes ayant subi un accident de la vie... Yannick venait une fois par semaine pour nous aider. Il effectuait des petits travaux d'entretien et puis... lorsque Gérard, notre guide a été renversé par un bus sur un passage clouté, il s'est proposé pour faire les visites. Il disait avoir entendu, à de nombreuses reprises, l'intervention de Gérard. Ce jour-là, j'ai accepté, mais comme il était très timide, presque invisible, j'ai jugé bon d'aller écouter. Il s'en est très bien sorti. Il a su reproduire à la perfection le discours du conférencier. Il l'a remplacé encore quatre ou cinq fois et puis il est parti.

— Depuis quand ?

— Depuis trois semaines... Oui, il y a bien trois semaines qu'il n'est plus venu.

— Cela ne vous a pas inquiété ?

— Pas le moins du monde. Nos bénévoles vont et viennent, car la porte de la maison du Seigneur leur est grande ouverte.

— Avez-vous les coordonnées de cet homme ?

— Vous n'allez pas vous imaginer que cette pauvre brebis égarée est le dangereux criminel qui a ôté la vie à Monseigneur ?

— Je n'imagine pas, je cherche à comprendre.

— Allons au presbytère ! J'ai la fiche de tous les bénévoles.

— Je dois d'abord aller récupérer Ginola.
Elle le vit juste derrière le chœur, face à l'entrée de la chapelle axiale. L'adolescent était en train de photographier l'ange pleureur avec son smartphone.
— Je l'ai trouvé !
— C'est bien lui, tu as gagné. Il est assis sur le mausolée du chanoine Guillain Lucas, mort au début du XVIIe siècle. C'est encore une œuvre de Nicolas Blasset.
— Pourquoi est-ce qu'il pleure ?
— Il est triste, il a perdu quelqu'un de cher. Regarde, sa main est posée sur un sablier qui symbolise la brièveté de la vie. Il prend ainsi appui avec son coude sur le crâne d'un squelette, symbole de la mort.
— Il est beau, mais c'est pas bien gai. J'aurais bien envie de le consoler en lui disant qu'il faut profiter de la vie avant de mourir... Tu as parlé avec le recteur ?
— Oui, on va aller au presbytère. On doit vérifier quelque chose...
Le recteur venait justement de les rejoindre.
— Bonjour monsieur.
— Bonjour mon enfant.
— Je ne suis pas un enf...
Il stoppa sa phrase, car Geneviève embraya :
— Allons chercher son adresse !
Ils se dirigèrent vers le presbytère.
David se dit que porter une robe devait être assez sympa, comme les Écossais qui portaient des jupes, mais que s'il était venu habillé comme ça au collège, le grand de troisième lui aurait fait passer un bien sale quart d'heure.
Ils se retrouvèrent dans la rue et, ayant dépassé quelques maisons, le recteur entra dans le presbytère.
Au fond d'un couloir à droite, il pénétra dans un bureau qui sentait l'encaustique. Mis à part un ordinateur récent,

tout était ancien, même la boîte en bois où il rangeait ses documents.

— Yannick... Yannick... Voici !

Il posa sur la table la fiche bristol à petits carreaux. Geneviève s'en saisit.

— Yannick Batista, 16 rue Desprez, à Amiens.

Elle tourna le carton entre ses mains et ajouta :

— C'est tout ? Pas de photo ? Vous avez contrôlé sa carte d'identité ?

Le recteur se mit à rire.

— Madame, je ne fiche pas les fidèles.

— Donc, il aurait pu écrire n'importe quoi sur ce bout de papier ?

— Oui.

— Ginola, fais une recherche avec ton portable. Dis-moi si quelqu'un habite au 16 rue Desprez.

Pendant que l'adolescent pianotait sur son smartphone, Geneviève se répéta l'identité de cet homme. Soudain, un voile se déchira.

Yannick Batista n'existait pas.

C'était un faux nom.

Yannick venait du prénom hébreu Yehohanan, signifiant « Dieu a fait grâce ».

Yannick, c'est Jean ! C'est pour cette raison que l'on célèbre tous les Yannick à la Saint-Jean, se souvint-elle.

Batista évoquait une forme hispanique de « Baptiste ».

Ce « Yannick Batista » s'était bien moqué d'eux !

Et comme pour valider cette évidence, David annonça :

— C'est un centre de contrôle technique, je le vois sur Google Maps ! Ça ressemble à un grand garage en brique. Personne ne peut vivre là-dedans !

— C'est une fausse adresse. Rappelez-vous, comment est-il venu vers vous ?
— Comme tous les autres. Il m'a dit très timidement : « Je suis envoyé par le Secours Catholique ». Je lui ai demandé : « Que pouvez-vous faire pour Notre-Seigneur ? » Il a répondu : « Je peux vous aider à laver le sol ». Je lui ai montré le local d'entretien et il a commencé tout de suite.
— Essayez de me le décrire.
— Je ne m'en souviens pas très bien... Si, il a les cheveux très noirs et bouclés. Il a des lunettes rondes. Il porte une barbe fournie. C'est un homme svelte, ni petit ni grand.
— Quel âge ?
— Entre quarante et cinquante ans, je dirais.
— Autre chose ?
— Non... Tous les mercredis où je l'ai vu, il balayait. Il était très discret, excessivement timide. Il baissait souvent la tête comme s'il était honteux. Une attitude de rédemption. Servir dans la maison du Seigneur impressionne et rend humble, vous savez.
— Et quand votre guide a eu un accident, vous n'avez pas trouvé cela étrange qu'il se propose pour le remplacer ? Parler devant un groupe, devenir conférencier... Ça ne colle pas trop avec sa psychologie de brebis égarée baissant la tête !
— Vous avez raison... Mais j'étais tellement soulagé ce jour-là. Nous avions douze visiteurs inscrits, certains venant de très loin. J'ai trouvé que c'était un cadeau du ciel. Et puis, ce qui est arrivé à Gérard était si atroce, poussé sous les roues d'un bus.
— J'ai bien une petite idée sur l'homme qui aurait pu attenter à sa vie.
— Vous ne croyez tout de même pas que...

— Vous avez assisté à cette visite. Dites-moi ce qu'il racontait... Semblait-il ami avec la personne qui a pleuré ?

— Yannick ? Non, il était très calme. Je me suis fait la remarque qu'il parlait bien, sans faute de français. Il n'hésitait pas. Je me suis dit qu'il avait bien écouté notre guide et qu'il avait une très bonne mémoire. Quand l'autre homme est tombé à genoux et a sangloté, il avait l'air sidéré. Non, je ne crois pas qu'ils se connaissaient.

— Je vais contacter le commandant Messaoudi. Il voudra sans doute vous voir pour prendre votre témoignage.

— Et réaliser un portrait-robot, ajouta David.

— Je suis prêt à tout pour retrouver le crâne de Saint Jean-Baptiste. Vous pensez que Yannick est le voleur ou l'assassin ? Vous songez qu'il a espionné nos habitudes, qu'il a su pour le passage de la commission, pour le système d'alarme ? Le diable était-il en nos murs et parmi nous ?

— Je le crains. J'ai retourné cette histoire toute la nuit dans ma tête. C'est quelqu'un qui connaissait bien toutes vos pratiques et la vie quotidienne de la cathédrale, quelqu'un qui avait ses entrées.

— Je m'en veux, mais notre fonctionnement est ancestral. Nous accueillons tous les enfants du Seigneur. Notre relation est basée sur la confiance et le pardon. Nous ne fichons pas les gens. L'écriture, c'est la sienne. C'est au pécheur de noter son nom.

— Vous auriez pu le dire plus tôt ! Il y a peut-être ses empreintes sur ce carton. Voilà que je mets les miennes partout !

— Non ! Il portait toujours des gants en cuir. Il disait qu'il avait des verrues plein les doigts.

— Un stratagème pour ne pas laisser ses empreintes dans la cathédrale. Je peux conserver cette fiche ? S'il n'a

pas contrefait son écriture, nous tenons peut-être une autre preuve.
— Je vous la donne.
Quelques instants plus tard, Geneviève et David sortirent sur le parvis.
Elle prit son portable et relata ce qu'elle venait de trouver à Malik. Le premier réflexe du policier fut de lui crier dessus. Il ne l'avait pas jugée prudente et lui reprocha de mener une enquête parallèle. Mais à présent que c'était fait, un agent allait prendre contact avec le recteur pour dresser un portrait-robot. Il raccrocha après lui avoir dit qu'il avait beaucoup de boulot et que la piste du curare ne donnait rien. Il n'avait pas établi de lien entre le vol de doses et l'emploi du temps du dentiste. Ce jour-là, il avait consulté toute la journée au cabinet. Un complice, peut-être ?
Geneviève réalisa que Malik était très en colère contre elle. Elle se demanda s'il viendrait dîner le soir et s'il fallait qu'elle achète un poulet.
David la sortit de ses pensées.
— Alors, on va déjeuner ?
— Tu as faim ?
— Une faim de loup !
— C'est vrai qu'à ton âge, on mange tout le temps ! On est en pleine croissance ! Ne me regarde pas comme ça ! Moi, mon corps a oublié de grandir.
— Tu crois que c'est ce Yannick qui a fait le coup ?
— Je ne suis pas policière, mais j'en ai l'intime conviction.
— Explique pourquoi !
— Il se fait embaucher comme bénévole. Il sait qu'on ne lui demandera pas de prouver son identité. Il donne un faux nom, non sans humour. C'est un type cynique. Il observe durant quelques semaines les habitudes de tous. Il voit

le recteur enclencher les alarmes, ouvrir les portes, poser les trousseaux au clou. Il a projeté de voler la relique depuis le début. Il décide de s'en approcher un peu plus... Pour quelle raison, ou comme dirait sûrement Malik, pour quel mobile, je ne sais pas encore. Mais pour cela, il faut neutraliser le guide qui s'appelle Gérard. Il le suit sur le chemin de son travail, il le pousse sous un bus et arrive à la cathédrale comme si de rien n'était. On informe le recteur que les visites vont être annulées, car le conférencier est à l'hôpital. Il propose alors de le remplacer. Il a enfin accès à la salle du trésor... Mais il trouve que le dispositif de sécurité est encore trop important. Alors, il attend son heure. L'opportunité se présente le 24 juin. La commission incendie a dû désactiver l'alarme de la chapelle. Il commet son larcin et remplace le crâne par la copie. L'évêque le surprend et il le neutralise définitivement avec le curare. Il s'en va.

— Mais on sait que c'est Saddam Machin qui a fait le coup ! Malik dit l'avoir reconnu sur les bandes de vidéosurveillance. Il y a son pantalon, son sweat, sa casquette bleue !

— C'est là que ça ne colle pas... Saddam Mohammadi a sans doute un complice.

— Mais c'est pas possible ! Si c'est un complice, alors il s'est fait remarquer par le recteur ! Il a pleuré, il s'est jeté à genoux ! Mais pourquoi ?

— Hum... Je ne sais pas.

— En tout cas, même si Malik n'est pas content après toi, je crois que ce que tu as découvert va faire progresser l'enquête... On va manger où ?

— Je t'emmène au bord de la Somme. On va prendre un encas dans un petit restaurant.

— Et un coca avec plein de glaçons, il fait très chaud aujourd'hui ! Mais, dis-moi, tu ne mets plus tes jupes de mémés ?

— Non, je trouve que ce vêtement est très pratique. Je redécouvre ma mobilité. Regarde comme je peux faire de grandes enjambées !

Elle joignit le geste à la parole, en faisant deux pas de géant, ce qui fit rire aux éclats David.

— En vrai, t'es plutôt cool !

— Je te remercie. Et toi, tu n'es pas aussi pénible que je le pensais au début !

— Pourquoi tu n'as pas eu d'enfant ?

— Parce que je croyais que je détestais ça !

16

— Non ! Je ne changerai pas le prix de cette voiture ! Je l'ai déjà suffisamment baissé ! C'est à prendre ou à laisser !

Le collectionneur anglais se dit que cette femme était coriace et qu'il n'arriverait pas à négocier avec elle. Il sortit son carnet de chèques et inscrivit la somme qu'elle demandait. Geneviève lui proposa, par politesse, une tasse de café, mais le gentleman déclina, impatient de pouvoir charger la Mercedes sur la remorque qui stationnait dans la rue.

Elle était satisfaite. Elle avait bien fait de faire table rase du passé, tout du moins du passé encombrant qui était dans la dépendance. Elle décida de s'attaquer bientôt aux pièces de sa maison et surtout au grenier. Toutes les vieilleries qu'elle trouverait seraient revendues. La somme perçue irait à l'association Salam. Même s'il était probable qu'il y eût un malfaiteur dans l'équipe des bénévoles, il était certain que les migrants avaient besoin d'aide. Et puis, il y avait toutes les couvertures de la dépendance à donner.

Geneviève rentra dans la maison à la recherche d'un peu de fraîcheur. Elle rangea le chèque dans un tiroir et se versa un verre d'eau glacée. Elle ouvrit la fenêtre pour demander à David de venir boire un peu. Cela faisait bien une heure que ce dernier jonglait et dribblait dans le parc. Lorsqu'il repartit jouer, elle s'installa dans le salon.

Malik n'avait toujours pas téléphoné. L'interrogatoire devait encore se prolonger. Elle se remit à penser à ce Yannick Batista. Elle s'enfonça dans son fauteuil et ferma les yeux un instant.

Et si le dentiste était innocent ? Et si Yannick Batista en avait fait un parfait bouc émissaire ? Opportuniste, il aurait vu, dans cette crise de larmes et dans l'origine géographique du visiteur, l'occasion idéale de lui faire porter le chapeau. Un chrétien d'Orient, voulant récupérer la sainte relique et éliminant au curare les importuns sur sa route, voilà qui ne pouvait pas mieux tomber ! Et s'il s'était arrangé, ce Batista, pour le faire accuser ; s'habiller comme lui, se vêtir d'une casquette et d'un sweat à capuche noir, utiliser le même véhicule que lui ? Mais quelque chose ne va pas dans ce raisonnement. Le mégot de cigarette chez Lautréamont portait bien l'ADN du dentiste... Alors, étaient-ils deux ? Le mystérieux Batista et son complice Saddam Mohammadi ?

Elle eut envie de s'entretenir avec Malik à propos de ses hypothèses. Elle allait décrocher le téléphone quand elle se ravisa. Il allait encore lui dire de ne pas s'en mêler, de ne pas mener son enquête parallèle ! L'occasion de lui en parler se présenterait peut-être ce soir, s'il venait dîner.

Son portable se mit à vibrer. Elle consulta le SMS. C'était le policier. Le message était des plus simples : « Je ne viens pas manger ce soir. Désolé. »

Geneviève soupira. Par son attitude, il était certain qu'elle venait de perdre un ami. Toutes ses amitiés finissaient comme cela, à cause d'un propos gênant, d'une parole trop franche ou d'une initiative inappropriée.

Un peu fatiguée par ces derniers jours, elle s'endormit dans le fauteuil. Lorsqu'elle rouvrit les yeux, elle vit David, penché au-dessus d'elle avec un coussin dans les mains.

— Oh merde, j'voulais pas te réveiller. Je voulais juste caler ta tête.

— Tu es très gentil. Quelle délicate attention ! Mais, quelle heure est-il ?

— Il est 19 h. Est-ce que tu sais si Malik vient manger ce soir ?

— Il m'a envoyé un message tout à l'heure pour dire que non. Je pense qu'il a beaucoup de travail.

— J'aurais bien aimé le voir, je l'aime bien.

— Moi aussi, Ginola.

— On risque de s'ennuyer un peu sans lui.

— On se reposera. Moi, j'ai quelques courbatures d'avoir rangé la dépendance. Pas toi ?

— Non. Au fait, maman va bien. Elle va rentrer dans trois jours !

— Si tôt ? Elle n'avait pas dit que tu étais là pour deux semaines ? J'espère qu'elle ne s'inquiète pas à cause de l'enquête ?

— Non. Tu penses bien que j'lui ai pas tout raconté. J'suis pas fou.

— Tu aurais pu. Ni Malik ni moi n'avons été déraisonnables.

— Une mère, ça s'inquiète sans arrêt pour rien...

— Sauf la mienne. Elle ne s'est pas beaucoup occupée de moi, étant jeune. J'aurais pu faire des tas de bêtises. Je pense qu'au fond, elle n'était pas faite pour avoir des enfants.

— Et ton père, il était sympa ?

— Il était toujours absent. Il travaillait beaucoup. Beaucoup trop. Je n'ai pas manqué d'argent. J'ai été éduquée par une domestique, ou une nounou comme on dit maintenant, qui était très sévère. Je ne me souviens même pas avoir reçu un seul baiser de mes parents. L'époque a bien changé. Aujourd'hui, les enfants sont choyés. Enfin pas tous... hélas. Mais la plupart des parents se préoccupent d'eux, les aiment et se donnent beaucoup de mal pour les élever, comme ta maman le fait avec toi.

Une vague de tristesse envahit le regard de Geneviève. Dans trois jours, elle allait reprendre le cours de son existence fade et monotone. David retrouverait sa mère. Malik ne viendrait plus lui rendre visite. Elle attendrait le fameux conseil de discipline en complétant sa généalogie.

Sa vie ne lui plaisait plus. Il avait fallu l'arrivée d'un petit footballeur magicien pour la réveiller et une virée en camionnette pour se sentir vivante. Allait-elle continuer à se fourvoyer dans son existence terne ? Aurait-elle le courage de chambouler son quotidien, comme elle l'avait fait dans la dépendance ? Changer sa façon d'être, bouleverser ses habitudes, redéfinir ses priorités ? Bref, réagir en somme.

— Alors, on se le fait cuire ce poulet ?

— Tu vas rire, Ginola, mais je ne sais pas comment on prépare une volaille.

— Non, je ne vais pas me moquer. Je vais t'apprendre.

Elle se leva, un peu lasse, et le suivit dans la cuisine. Effectivement, il lui apprit comment faire. Tout en cuisinant, il lui posa plein de questions sur Jules Verne. Et Geneviève se mit à lui parler de son histoire, sa naissance à Nantes, ses études à Paris et sa vie amiénoise.

Le poulet était juste délicieux, la peau croquante et juteuse à souhait.

David aborda le sujet du collège. Il lui raconta toutes les humiliations du grand de troisième, le fait qu'il évitait d'être le premier de la classe. Il lui confia aussi qu'il n'aimait pas l'endroit où il habitait. Les locataires étaient en grande majorité sympathiques, surtout sur le palier où l'on se rendait de petits services, mais il avait peur des « grands ». Ils se prenaient pour des caïds et celui qui ne voulait pas les suivre se faisait battre. Il raconta que son copain, Yassine, avait passé un sale quart d'heure. Il avait refusé de faire le chouf lors d'un trafic de stupéfiants. C'était pour cela qu'ils lui avaient « pété la gueule ».

— Qu'est-ce que signifie « faire le chouf » ?

— C'est faire le guet pour avertir un groupe de trafiquants de l'arrivée des fli…, de l'arrivée de la police.

— C'est abominable ! Alors c'est comme ça, on n'a pas le choix. Il faut entrer dans les trafics pour qu'ils te laissent tranquille ? Mais il faudrait déménager !

— Déménager ? Pour ça, il faut de l'argent ! Oh oui, j'aimerais bien avoir une petite maison avec maman, dans un quartier comme le tien. Mais c'est pas possible. Alors, j'essaie de tracer, de pas trop me faire remarquer, d'être invisible. Peut-être qu'ils m'oublieront. Tu sais, j'ai un truc à te dire. On va perdre notre logement. Maman n'a pas payé les loyers. Elle a envoyé, au Gabon, tout l'argent qu'elle avait pour les médicaments de son père. Je ne sais pas comment on va faire. J'espère qu'on ne va pas finir dans un camp ou dans une tente. Je suis content. Avec les sous de la dépendance, elle va pouvoir rembourser le loyer. À condition qu'elle l'accepte, car elle est fière, maman.

— Ne t'inquiète pas pour ça, Ginola ! Je ne vous laisserai pas à la rue, ta mère et toi ! Tu es mon ami maintenant !

— Je suis ton ami ? Qu'est-ce que j'aurais aimé t'avoir comme grand-mère !

Geneviève fut très émue. Elle sentit des larmes monter. Elle se leva brusquement pour aller chercher des yaourts dans le frigo. Décidément, la présence de ce jeune homme bouleversait tout et faisait fondre son cœur de glace, jour après jour.

Le reste de la soirée fut tranquille. David termina le roman de Jules Verne et Geneviève poursuivit ses recherches sur Jean-Baptiste.

Elle relut le livre que Lautréamont lui avait consacré, il y avait bien dix ans, un ouvrage qui ne faisait nullement mention des délires récents de l'universitaire. Lorsqu'elle le referma, elle lut sa biographie en quatrième de couverture, mentionnant les compétences et les faits d'armes du professeur. Elle regarda attentivement sa photo. Il avait pris un sacré coup de vieux depuis. Il avait récemment perdu tous ses cheveux, cette belle masse de cheveux noirs et frisés. Elle observa sa propre image, en compagnie de son mari, dans le cadre doré, posé sur le bureau. Elle aussi avait vieilli en dix ans. La photo ne montrait pas encore les signes du temps qu'elle avait vus le matin même dans son miroir ; les paupières tombantes, les petites rides au-dessus des lèvres...

Elle soupira.

Vers 23 h, ils montèrent se coucher. David trouva tout de suite le sommeil, mais Geneviève continua de penser à l'enquête et rumina ses questionnements jusque tard dans la nuit.

17

— Réveille-toi, Ginola !
— Mais il est 7 h du mat' ! Pourquoi tu me réveilles si tôt ? On va à la maison de Jules Verne aujourd'hui ?
— C'est vrai, je te l'avais dit... Et une promesse est une promesse... On ira demain, sans faute. Aujourd'hui, j'ai besoin de m'entretenir encore une fois avec le professeur Lautréamont. Je me disais qu'on pourrait retourner le voir. La journée est belle, on pique-niquerait quelque part près du Cap. On pourrait faire une petite randonnée dans l'après-midi.
— Super ! Et si l'on prenait la camionnette de Malik ?
— C'est une bonne idée. Je crois que ça ne lui poserait pas trop de problèmes. Je vais lui adresser un petit mot par téléphone.
— Tu veux dire un SMS ?
— Parfaitement !
Après un copieux petit-déjeuner, quelques provisions entassées dans un sac isotherme et des bouteilles d'eau embarquées dans la camionnette, Geneviève et David quittèrent Amiens.

Elle avait bien envoyé un message à Malik, un SMS comme disaient les jeunes, mais celui-ci était resté lettre morte.

Elle emprunta la même route que la dernière fois, celle qui longeait la côte. David devint bavard lorsqu'ils sortirent de Boulogne-sur-mer. Il lui avoua adorer ce paysage. Alors Geneviève lui parla de l'Irlande, elle trouvait que ça y ressemblait un peu.

Lorsqu'elle était jeune, elle avait eu une correspondante irlandaise qui habitait dans le Connemara. Lors d'un court séjour, elle était tombée amoureuse des murets de pierre et des vastes étendues de landes. Quand elle était rentrée à Amiens, elle avait annoncé à ses parents qu'elle voulait vivre là-bas, à l'âge adulte, et pourquoi pas avant, y passer un an comme fille au pair à garder des enfants et aider une famille irlandaise. Son père était alors entré dans une colère noire. Sa mère n'avait rien dit, ne l'avait même pas défendue. Le paternel avait toujours raison. Il fallait passer le baccalauréat et faire des études, de Droit de préférence, à Amiens, dans le fief ancestral. Elle l'avait déçu. Elle s'était inscrite à la faculté d'Histoire. Elle n'avait plus jamais reparlé de l'Irlande. Elle avait cédé et obéi.

— Qu'est-ce que tu veux faire plus tard, Ginola ?

— Je ne sais pas. J'aime bien le foot. Mais ce que je préfère, c'est apprendre de nouvelles choses. Comme toi qui sais presque tout.

— Je ne connais pas grand-chose, en vérité...

— Pourquoi est-ce que tu as eu envie de retourner chez le professeur Lautréamont ? Il vous a pourtant dit plein de choses la dernière fois. Et puis, je t'ai vu, tu as relu son livre hier soir.

— Je souhaiterais qu'il me dresse la liste de toutes les statues, de toutes les pièces d'art, qui ont pour objet Jean-Baptiste. Ça aidera sans aucun doute Malik.

— Ce n'est pas une mauvaise idée. En plus, ça nous donne l'occasion de nous promener. Et puis, comme ça, tu essaies la camionnette. Comme tu veux t'en acheter une !

— Tu sais, je n'en suis plus très sûre. Qu'est-ce que j'en ferais toute seule ?

— Ben, tu l'aménagerais, avec deux couchettes, pour retourner en Irlande.

— C'est une idée... Il faudrait prendre le ferry... Mais, rouler à gauche, ça ne m'enchanterait guère. Tu sais, les routes sont tellement étroites que quelquefois c'est impossible de s'y croiser avec des voitures de taille normale. Et puis, faire une marche arrière sur des mètres et des mètres... Oh non, je crois que ça restera un doux rêve !

— Ça y est, on arrive à Wimereux. Il est au courant qu'on vient ?

— Oui, bien sûr. Je lui ai envoyé un SMS. Il a répondu.

— Est-ce qu'il nous invite à manger ?

— Non, et je ne préfère pas. Je n'ai pas envie de lui faire la conversation trop longtemps. Je souhaite seulement lui poser quelques questions pour aider Malik dans le cadre de son enquête.

— Moi, je l'aime pas ce type. Et dire qu'il a des enfants ou des petits-enfants.

— C'est vrai, la balançoire sur laquelle tu étais assis et le ballon avec lequel tu as joué. Un ballon de fille, c'est ça ? Tout montre qu'il a une famille. On va peut-être le déranger.

Contre toute attente, le professeur Lautréamont les attendait à la grille avec un large sourire. Il ouvrit les portes en grand et indiqua un garage vide à l'entrée de sa propriété.

— Il ne fallait pas vous donner cette peine, fit Geneviève en claquant la portière.
— Oui, la camionnette de Malik dort dans la rue d'habitude, ajouta David.
— Vous n'êtes pas venus avec le policier ?
— Il interroge en ce moment même le principal suspect, précisa Geneviève.
— L'enquête n'a pas traîné ! Vivement que ce fumier dise ce qu'il a fait de ma précieuse statue !
— J'espère que je ne vous dérange pas. Enfin, qu'on ne vous dérange pas et que vous n'aviez pas prévu quelque chose ce matin ?
— Mais pas du tout, chère amie. Ma fille dort encore. Sa mère me l'a amenée hier soir. Je ne sais pas si je vous en ai parlé. Je suis divorcé et j'ai la garde alternée. Quinze jours chez l'un et quinze jours chez l'autre ! Elle a six ans.
— Non, j'ignorais que vous aviez une enfant.
— Je croyais que vous le saviez comme tout le monde. On a beaucoup jasé dans le milieu universitaire.
— De quoi ? De votre mariage ? De votre divorce ?
— Des deux, chère amie. Mais, installez-vous sur la terrasse à l'ombre de la pergola. Je vous confie une mission, jeune homme. Allez dans la cuisine et ramenez les boissons fraîches qui sont dans le frigo. Il fait tellement chaud. À peine dix heures du matin et on étouffe déjà. J'espère que ce ne sont pas les prémices d'une canicule. Déjà cette nuit, la température ne chutait pas. Revenons à mon divorce. J'ai épousé une de mes étudiantes. Bien sûr, elle était majeure : vingt ans et moi quarante-huit, à l'époque. Le scandale a éclaté quand notre liaison a été dévoilée au grand jour. Je l'ai donc épousée. Notre mariage n'a pas tenu deux ans. Ça a commencé un peu comme votre affaire…

— Mon affaire ? Vous voulez parler du malentendu me concernant ? Je vois que tout le monde est au courant !

— Tout se sait, Geneviève. Nous, les universitaires, n'avons jamais droit à l'erreur. L'exemplarité ! Les censeurs n'ont que ce mot à la bouche. Pour une histoire d'amour entre adultes consentants, j'ai perdu mon poste à l'université. Tout cela à cause d'un règlement intérieur l'interdisant et surtout sous la pression des réseaux sociaux ! J'ai dû arrêter d'enseigner. À présent, j'écris, je publie et ce n'est pas si mal. Au moins, je suis libre de soutenir des thèses en toute indépendance. Vous verrez quand ça vous arrivera.

— Je vais pouvoir m'en expliquer très prochainement. On m'a fait dire des mots que je n'ai pas tenus. On a mal interprété mes paroles.

— Je l'espère pour vous. Mon tribunal ne m'a pas donné voix au chapitre. J'ai été cloué au pilori... Parlons d'autre chose ! Qu'attendez-vous de moi au juste ?

— J'aimerais que vous m'aidiez à dresser une liste de toutes les reliques ou statuettes de Jean-Baptiste. Le voleur et l'assassin s'y intéressent peut-être.

— Ma chère, c'est considérable ! Un véritable inventaire !

Il se retourna en entendant des verres tinter. David arrivait avec un plateau garni de canettes et, à sa droite, se tenait une enfant qui se frottait les yeux.

— Tu es réveillée, ma chérie ?

— Voui, fit une adorable petite fille.

Elle se jeta dans les bras de son père.

— Je te présente mon amie, Geneviève Malfoy, et son petit-fils.

Ni elle ni David ne le contredirent. L'enfant était timide et regardait par en dessous.

— Mon garçon, nous allons avoir beaucoup de travail avec ta grand-mère. Pourras-tu jouer et t'occuper de Salomé ?

— Salomé ? Encore une référence au Baptiste !

— Que voulez-vous, j'ai toujours adoré ce prénom !

David acquiesça d'un signe de tête. Il trouva que Salomé ressemblait à Dora l'exploratrice, avec sa frange et ses cheveux noirs. Il ne lui manquait plus qu'un sac à dos.

— Vous permettez ? Je la fais déjeuner et nous nous mettons au travail. Allez donc vous promener dans le jardin. J'ai une serre que vous pouvez aller admirer.

Dès qu'il eut tourné les talons, David chuchota :

— J'suis pas une baby-sitter ! Ça va durer longtemps ta recherche ?

— Je ne sais pas. Mais j'ai vraiment besoin de ton aide, Ginola.

— Je vais le faire…

Ils firent quelques pas dans l'herbe. Au bout de la propriété, un bâtiment vitré apparut derrière un immense saule pleureur.

— C'est la serre dont il a parlé, dit Geneviève.

— C'est génial de cultiver des fleurs.

Ils ouvrirent la porte et rentrèrent. L'endroit mesurait bien 100 m². Il n'y avait qu'une seule espèce de fleur qui y poussait, au grand regret de David. Rien que de grandes plantes d'un blanc jaunâtre, en pleine floraison.

— C'est de l'angélique, précisa-t-elle.

— C'est dommage de ne pas avoir d'autres trucs.

— Il doit en raffoler !

— Ça se mange ?

— Oui, les tiges de l'angélique peuvent être consommées confites : la ville de Niort en a fait sa spécialité depuis le XVIIIe siècle, des moines en faisaient de la liqueur. Je me souviens en avoir mangé en confiture, avec de la rhubarbe. On en fait également des bonbons et des liqueurs.

— Moi, si j'avais une serre, je mélangerais tout plein de plantes.

— Le professeur Lautréamont semble un peu monomaniaque, en effet.

— Si ça veut dire qu'il est ouf, j'suis d'accord avec toi !

— Tais-toi, Ginola ! Viens, rejoignons la maison ! Salomé doit avoir fini de prendre son petit-déjeuner.

Lorsqu'il vint à sa rencontre, elle lui dit :

— Votre serre est magnifique. Vous raffolez de l'angélique ?

— Elle m'est indispensable. D'abord, je trouve cette plante très belle. Et puis, elle permet de réduire ma quantité de sucre dans l'alimentation, entre autres vertus.

— Tu veux que je t'apprenne à dribbler, Salomé ? demanda David.

— Oui, allez jouer du côté de la balançoire. Ça vous ennuie si l'on travaille sous la pergola ? Le petit vent qui y souffle est fort agréable.

Salomé prit l'adolescent par la main et l'entraîna dans le jardin.

Geneviève s'installa à l'ombre. Sur la table en fer forgée, elle sortit, de son sac à main, un bloc-notes et un stylo.

— Je ne comprends pas bien. Vous m'avez dit que votre ami le policier avait coffré le voleur. Mais vous continuez l'enquête ! Pourquoi ?

— Nous ne sommes pas persuadés que cet homme soit l'assassin... Seulement un complice, peut-être.

— Mais, c'est bien mon voleur ! Le mégot portait bien son ADN, comme je l'ai lu dans la presse !

— Oui. Il est venu ici.

— Et vous poursuivez l'enquête ? Celle-ci me semble pourtant close !

— C'est sans doute vain, vous avez raison. Mais, dans l'attente, je préfère me rendre utile.

— Bien, que voulez-vous savoir ?

— Commençons par les autres reliques du Baptiste.

— À Amiens, nous avons la partie faciale du chef, qui se trouvait, on ne sait comment, dans le monastère Saint-Georges-des-Manganes de Constantinople, dérobée par les croisés lors du pillage de la ville. La relique est alors rapportée en France par Wallon de Sarton, chanoine de Picquigny, qui la remet officiellement à l'évêque d'Amiens, Richard de Gerberoy, le 17 décembre 1206. Il existe de nombreuses autres reliques. Un des doigts du saint serait conservé à Saint-Jean-de-Maurienne en Savoie. Un autre doigt est préservé dans une petite église bretonne de Saint-Jean-du-Doigt dans le Finistère. À Verdun, l'église Saint-Jean possède sa mandibule. Dans le monde, le nombre des reliques du saint est considérable : un os de la mâchoire, une dent et un bras dans la cathédrale de Sofia, d'autres fragments d'os sont conservés dans la mosquée des Omeyyades à Damas et dans le palais de Topkapi à Istanbul… Votre intention est louable, Geneviève, mais la police n'a pas les moyens de faire surveiller tous les lieux de culte qui détiennent un reste du Baptiste !

— Je le note au moins pour la France. Et les statues ?

— Avez-vous un million de feuilles à votre calepin ? Car il s'agit d'un nombre astronomique de statues de Jean-Baptiste !

— Et celles des nautoniers du Prieuré de Sion ?

— Vous avez raison. Il en existe d'autres. Selon Plantard, il y a eu plus de trente maîtres depuis 1188. Donc, il doit y avoir autant de statues disséminées un peu partout, chacune représentant un Grand-Maître du Prieuré sous les traits du Baptiste. L'ennui, c'est que j'ignore tout de leurs propriétaires actuels pour la plupart. Je sais juste pour deux d'entre elles : celle de Cocteau et celle de Debussy. Elles sont chez leurs descendants actuels ; une dans le Périgord et l'autre en région parisienne.

— Si vous les connaissez, il faudrait les prévenir.

— Je n'y manquerai pas.

Soudain, Geneviève et le professeur cessèrent de parler. Ils venaient d'entendre le bruit d'une vitre qui se brise.

Ils se levèrent et contournèrent la maison. David était figé. La petite fille étouffait un cri, les mains sur ses lèvres.

— Papa ! Ai cassé le carreau !

— Ce n'est pas grave, ma puce !

Il caressa la tête de Salomé et reprit soudain d'une voix surpuissante :

— Imbécile ! Je ne te félicite pas ! Un grand gaillard comme toi doit montrer l'exemple. On ne t'a jamais dit d'éviter de jouer trop près des fenêtres avec un ballon ? Allez donc jouer calmement dans la chambre !

Il avait crié très fort, les narines dilatées et la bave aux commissures.

— Je… je suis désolé, monsieur. Je… je paierai les dégâts, bredouilla David, impressionné.

La petite fille prit l'adolescent par la main et l'entraîna dans la maison.

— C'est un accident, ce sont des enfants… Je vous rembourserai mon cher, fit Geneviève. Bien heureusement, vos vitres ne sont pas d'époque. Les miennes sont de la fin du XIXe siècle, des verrières avec des nymphéas.

— Oui, bien sûr. Un petit accident sans gravité… Surtout que le vitrier commence à connaître le chemin ! fit-il en riant, soudain redevenu très calme.

Geneviève pensa au docteur Jekyll et à Mister Hyde.

Ginola a raison... Un être maniaco-dépressif qui, dans la même seconde, peut passer d'un état à un autre... Un individu à tendance bipolaire.

Elle s'approcha de la vitre. Le ballon avait pénétré dans celle fraîchement remplacée. Elle observa les bouts de verre. C'était étrange. Ils avaient presque tous atterri à l'intérieur de la pièce... Avant-hier, lorsqu'ils avaient constaté l'intrusion, c'était l'inverse. Pourtant, l'impact avait également été porté de l'extérieur. Un coup de marteau, un impact de ballon... un choc d'intensité à peu près comparable devait produire le même résultat, peu importait avec quel objet il avait été réalisé. Elle se souvenait parfaitement des éclats de verre éparpillés dehors, comme si la vitre avait plutôt été brisée de l'intérieur. Ce n'était pas logique... À moins que...

Elle dévisagea le professeur Lautréamont qui transpirait à grosses gouttes. Il sortit son mouchoir, s'essuya le front et le dessus du crâne.

Geneviève constata alors un autre fait surprenant. Le crâne de Lautréamont ne luisait pas comme une boule de billard. On voyait une multitude de petits points noirs comme s'il eût été rasé. Partout.

Elle blêmit.

— Laissez donc, mon assurance couvrira les frais... Mettons-nous à nouveau au travail. Je vous ressers une boisson fraîche, Geneviève ?

Elle eut un pas de recul.

— Vous vous sentez bien, ma chère ?

— Je vous remercie, mais il faut que j'y aille... Ginola ! Ginola !

Elle cria.

— Je crains qu'il ne vous entende pas. Il est allé jouer dans la chambre de ma fille... C'est dommage de partir. L'heure du déjeuner approche et cela ferait sûrement plaisir à Salomé d'avoir un peu de compagnie.
— Je suis attendue. Pouvez-vous aller le chercher ?
— Vous êtes pâle. Êtes-vous certaine d'aller bien ?
— Tout à fait...
Elle se dirigea vers la maison.
— Où est la chambre de votre fille ? Je dois...
Il la retint par le bras, fortement.
— Les enfants jouent, n'allez pas les déranger !
— Lâchez-moi ! Je vous dis que nous devons y aller !
— L'ennui avec vous, Geneviève, c'est que vous ne savez pas mentir. Votre visage trahit toutes vos émotions. Vous avez tout compris, je le vois bien. Je le lis dans votre regard. Et je ne peux plus vous laisser partir à présent !

Elle se saisit alors de son téléphone portable dans sa poche. Il le fit tomber en frappant sa main et celui-ci se fracassa sur le carrelage de la terrasse.

Elle allait déguerpir, mais il l'attrapa et lui enfonça les doigts à la base du cou.

La tête de Geneviève se mit à tourner et elle bascula dans le néant.

18

— Réveille-toi, Geneviève ! S'il te plaît !
— Hum...
Elle sentait battre l'arrière de sa tête. Le crâne de David entrait en contact avec le sien.
— Où est-ce qu'on est ? demanda-t-elle.
— On dirait une cave.
La situation était dramatique. Ils étaient tous les deux attachés à des chaises, dos-à-dos, les pieds et poings liés.
Leurs regards affolés scrutaient la pièce. Un sous-sol humide. Un bruit, comme un gros ronronnement, indiquait la présence d'un groupe électrogène. L'ampoule au plafond vacillait comme l'aurait fait une chandelle.
— On est dans une cave. Sûrement encore dans la maison de Lautréamont.
— Il nous a capturés. C'est lui l'assassin ! Je l'ai toujours dit !
— Quelle est la dernière chose dont tu te souviennes ?
— Je jouais aux dadas avec la petite fille, sur le tapis. Je lançais les dés et j'ai senti comme une douleur atroce au cou, et puis plus rien.

— Moi aussi. Quand j'ai enfin réalisé que c'était lui, il a su que je savais et m'a endormie de la même façon.
— La prise du sommeil, comme au catch. Comment tu as fait pour comprendre ?
— Il a simulé son vol pour faire accuser le dentiste. Il a placé un mégot avec l'ADN du type sur sa pelouse. C'est lui, Yannick Batista !
— Mais comment tu as fait pour tout comprendre ? répéta-t-il.
— Son cynisme… Il a toujours les cheveux noirs, comme je l'ai vu sur la couverture de son livre hier. Il s'est juste rasé la tête. Il s'est fait passer pour un bénévole sous l'identité de Batista. Il guettait le moment opportun pour dérober le crâne et a trouvé un pigeon pour porter le chapeau. Le dentiste était parfait… Un chrétien d'Orient ! Il ne restait plus qu'à copier son apparence, s'habiller comme lui et s'arranger pour le faire accuser avec le mégot… Mais les bouts de verre cassé au sol l'ont trahi… Comme j'ai été bête ! Je nous ai jetés dans la gueule du loup !
— Un vrai salaud !
— On va s'en sortir ! Malik sait qu'on est ici !
— Il a caché la camionnette dans son garage. Même s'il vient, il croira qu'on a repris la route !
— Je parie qu'il attend la nuit pour nous assommer, nous mettre dans le véhicule et simuler un accident. Ce ne sont pas les falaises qui manquent par ici.
— Putain ! T'as raison !
— Pas de gros mots !
— Tu es incroyable ! On va crever et toi, tu me fais la morale !
— Est-ce que tu as ton téléphone portable dans ton jean ?

— Non, je l'avais enlevé et posé à côté de moi sur le tapis. Mais j'y pense, j'ai mieux ! Le kit Houdini !
— Attends, Ginola ! Il faut être prudent, procéder avec méthode et maîtrise. Nous n'avons pas le droit à l'erreur. Si on le fait tomber et qu'il atterrit sur le sol, on est mort ! Je vais essayer de plonger ma main dans ta poche. Il est à droite ou à gauche ?
— Poche droite.
— Essaie de te grandir sur cette chaise. Il y a un pli et ça me gêne !

David décolla d'un centimètre ses fesses de la chaise. La cordelette lui enserrait les poignets. Geneviève saisit enfin une sorte de petit tournevis.

— Je l'ai ! Je vais tâcher de ronger la ficelle avec le bout pointu ! fit-elle en exultant.
— On va en avoir pour une plombe ! Et s'il revient avant ?
— C'est notre seule chance de nous en sortir.
— Il y a ensuite cette grosse porte. On dirait qu'elle est blindée. Je ne sais pas si je suis capable de l'ouvrir avec le kit.
— Plus j'observe cette cave, plus je me dis que c'est une sorte d'abri de fin du monde. Cet homme est complètement fou, j'aurais dû t'écouter. On a affaire à un survivaliste. Il y a des boîtes de conserve et une couchette.
— On dirait la piaule d'un tueur en série, ouais !
— Il ne faut pas y penser ! Je dois m'appliquer à effilocher tes liens. Quand ils le seront suffisamment, tu tireras dessus de toutes tes forces.
— Je ne verrai peut-être jamais plus ma mère et ni elle ni Malik ne sauront ce qui nous est arrivé.

Elle sentait David au bord des larmes.

— Ginola, pense à tes jeux vidéo ! Est-ce que tes héros pleurent comme des enfants en réclamant leur maman ? Non ! Ils se battent ! Comme Jean Moulin, il faut être héroïque, mon garçon !

— Il s'en est sorti, Jean Moulin ?

— Euh... non. Mais il a résisté ! Il s'est battu jusqu'à ses dernières forces ! Il a tenu jusqu'au bout !

Geneviève avait arrêté de parler, elle sentait que les petits mouvements du tournevis avaient bien effiloché la cordelette.

Au bout de quelques minutes, elle lui dit enfin :

— Vas-y, tire de toutes tes forces !

Il essaya une première fois et sentit que la corde entamait ses poignets.

— Ça fait trop mal...

Il allait renoncer quand elle cria :

— Ginola, allez ! Tu n'es pas un bébé ! Tu peux le faire ! De toutes tes forces, avec moi, même si ça fait mal !

Il s'exécuta et ils tirèrent. La cordelette céda enfin.

— Bravo, mon garçon ! Enlève les liens de tes pieds, puis libère-moi !

Quelques instants plus tard, ils se massèrent mutuellement les poignets. Ceux de David saignaient un peu. Elle sortit un mouchoir propre de sa poche et compressa les entailles.

— Tu es un vrai héros !

Ils se retrouvèrent debout dans la pièce. Elle colla son oreille à la porte. Il y avait bien un groupe électrogène, dans un coin, qui permettait d'être autonome en électricité. Le long des murs de béton, des étagères en fer contenaient des boîtes de conserve, des vêtements, mais aussi des munitions. Elle chercha des armes à feu, mais elles n'étaient pas stockées dans cette pièce. Il y avait tout de même des objets contondants. Si David n'arrivait pas à faire céder la serrure, il faudrait s'en servir quand Lautréamont ouvrirait la porte. Elle le savait et n'hésiterait pas !

— Geneviève ?
— Oui, mon garçon.
— Pourquoi il a volé ce crâne ?
— Je n'en sais rien ! C'est un cinglé ! Tu dois crocheter cette serrure.
— Voilà que tu m'encourages à le faire, maintenant !
— Nous n'avons rien à perdre à essayer. Allez, au travail !

19

— Geneviève ? David ? Vous les avez loupés de peu, Commandant. Ils viennent juste de partir. Ils ont parlé d'une randonnée au Cap. Ils avaient hâte d'en profiter.
— C'est curieux, son téléphone se met automatiquement sur messagerie.
— Elle doit être très occupée.
— Puis-je entrer ?
— Mais bien sûr, Commandant. Pardonnez-moi, je manque à tous mes devoirs. Puis-je vous proposer une collation ? En revanche, ne faisons pas de bruit ! Ma fille, Salomé, fait la sieste.

Malik tira la chaise sous la pergola et remarqua un objet familier.

— Tiens, c'est le sac à main de Geneviève !
— Elle l'aura sûrement oublié.
— Elle ne va pas tarder à revenir alors, fit Malik. Geneviève, comme toutes les femmes, ne s'en sépare pour ainsi dire jamais.

Lautréamont eut un petit rictus de contrariété.

— Vous n'avez qu'à le prendre et le lui rendre quand vous la verrez !

— L'ennui, c'est que je ne sais pas où elle est, actuellement.
— Sans doute sur la route en train de s'amuser avec son petit-fils.

Malik posa le sac à main sur la table.

— Vous avez une fille. Quel âge a-t-elle ?
— Salomé a six ans.
— Six ans, dites-moi, l'âge où l'on apprend à lire et à écrire. Le CP, c'est ça ?
— Salomé n'est pas scolarisée.
— Pourquoi ? fit Malik.
— Sa mère et moi, nous nous chargeons à tour de rôle de son instruction. Elle sait déjà lire et écrire depuis deux ans !
— Une enfant précoce, donc.
— Oui, très en avance sur les autres.
— Vous savez, professeur, moi aussi je n'ai pas été scolarisé quand j'avais six ans. Et savez-vous pourquoi ?
— Non, pourquoi ?
— J'ai chopé un streptocoque en jouant sur une plage de Méditerranée, un endroit où les égouts étaient rejetés. J'étais sans cesse hospitalisé par la suite.
— Pauvre garçon...
— Pauvre petite fille aussi que la vôtre !
— Plaît-il ?
— Salomé est-elle en bonne santé ?
— Elle va bien mieux depuis peu. Mais, comment savez-vous que...
— L'épilepsie, c'est ça ?
— Oui... mais, je ne crois pas vous en avoir parlé. À Geneviève, peut-être ?
— Où est-elle soignée ?
— Dans un hôpital.

— Au Centre Hospitalier de Calais. C'est ça ?
— Oui.
— On m'a dit que c'était un excellent centre. Peu sûr, mais un excellent centre.
— Comment ça « peu sûr » ?
— Le mois dernier, le jour de votre rendez-vous, eh bien, figurez-vous que des flacons d'anesthésiant ont été dérobés ! Du curare !
— C'est fâcheux !
— Fâcheux, comme vous dites !
— Vous savez, n'importe qui peut dérober n'importe quoi, de nos jours. Vous ne m'avez pas dit quel était le motif de votre visite. Vous avez votre coupable ! Avez-vous retrouvé ma statue ?
— Je ne suis pas près de la retrouver… pour l'instant. Je suis certain que votre générosité va payer…
— Ma générosité ?
— Oui, vous faites du bénévolat, m'a-t-on dit. Dans deux endroits. Le Secours Catholique et l'association Salam.
— Pas du tout ! Rien de la sorte ! Et si vous arrêtiez ce petit jeu, Commandant. Vous venez ici pour m'accuser ? C'est le voleur, et sans doute le meurtrier, qui faisait du bénévolat dans l'association qui vient en aide aux migrants. Je l'ai lu dans la presse. Vous oubliez que je suis la victime ! Vous n'êtes tout de même pas en train d'insinuer que le coupable, c'est moi ? On dit aussi que l'affaire va vous être retirée !
— Vous avez changé de coiffure récemment ? On perd si facilement ses cheveux à votre âge ! Surtout avec un bon rasoir !
— Je n'aime pas vos allégations ! Vous n'avez aucune preuve de ce que vous avancez !

— Au contraire, j'ai le mobile !
— Allez-y, j'ai du temps à perdre !
— Salomé !
— Laissez ma fille en dehors de tout ça !
— Salomé est gravement malade. Elle a une épilepsie sévère qui empire chaque jour un peu plus. Une épilepsie pharmaco-résistante et non stabilisée, dont les crises sont si intenses qu'elles affectent désormais ses facultés mentales et cognitives. C'est très triste pour une enfant précoce. Vous êtes désespéré. Vous avez consulté tous les spécialistes, utilisé tous les remèdes que vous offre la médecine et vous ne pouvez pas l'aider.
— Taisez-vous !
— Alors, vous vous tournez vers votre dernier espoir, la religion et ses croyances, en bon spécialiste de Jean-Baptiste que vous êtes !
— Taisez-vous !
— Le chef de Jean-Baptiste a le pouvoir de guérir l'épilepsie, que l'on appelle aussi le mal de Saint-Jean. Vous vous souvenez du pèlerinage des fidèles à Amiens, celui qui fit la gloire de la cathédrale au Moyen Âge ? Vous avez étudié les témoignages des miraculés, n'est-ce pas ?
— Mais, allez-vous vous taire !
— Vous vous êtes rendu à la cathédrale avec votre fille, l'an dernier. Elle a fait une violente crise à l'intérieur. Une fidèle a voulu appeler le SAMU et vous lui avez répondu de plutôt vous aider à la conduire dans la salle du trésor. La petite fille a immédiatement été soulagée. La fidèle se souvient très bien de vous, grâce au portrait-robot. Vous aviez beaucoup plus de cheveux, noirs et frisés, à l'époque.
— Vous ne savez pas ce que c'est d'être un père et de voir son enfant souffrir.

— Vous, vous le savez ! Alors, vous avez décidé de voler cette relique. Vous vous êtes transformé en Yannick Batista. Vous avez encore pris une autre identité dans l'association Salam, celle de Yohan, encore un dérivé de Jean. Il vous a été facile de voler le mégot de Saddam Mohammadi, dans son cendrier coquille Saint-Jacques, sur la table de la tente des repas. Vous avez empoisonné tous ceux qui pouvaient vous identifier. Vous aviez acheté au préalable la copie pour procéder au remplacement. Sans Geneviève et son intuition, on aurait pu croire à des crises cardiaques. Votre plan était très bon, presque parfait. En simulant le vol de votre statue, vous nous apportiez l'ADN du faux coupable et vous nous orientiez sur la piste d'un chrétien d'Orient, nostalgique de sa divinité.

— Vous n'avez aucune preuve !

— Vous voulez rire ! Vous voulez que je vous parle de la voiture de location, de la Mercedes, que vous avez empruntée en vous servant du permis de votre ex-femme ?

— Où est la police ? Je n'entends pas la sirène ! ricana Lautréamont. C'est du bluff ! Vous êtes seul, désavoué par votre hiérarchie. Vous êtes un raté de flic !

— La police arrive dans quelques minutes. J'ai appelé du renfort avant d'entrer. Vous allez gentiment vous tourner pour que le raté de flic vous passe les bracelets.

— Et si nous négocions ? Je vous remets votre amie, son petit-fils et 30 000 euros si vous me laissez partir avec ma fille.

— Ainsi donc, vous les avez enlevés !

— Alors, qu'en dites-vous ?

— Vous m'insultez ! Vous croyez que je suis un ripou ? Je n'ai jamais fait ce métier pour l'argent ! Où sont-ils ?

— Vous ne comprenez pas ? Le pouvoir du crâne existe ! Si vous m'arrêtez, vous condamnez ma fille à une mort certaine. Pas une fois, depuis que je l'ai placé dans ma maison, elle n'a eu une crise. Elle est guérie. C'est un miracle. Laissez-moi partir avec Salomé et le crâne ! Je vous dis où sont vos amis et je vous donne un petit pécule.

— Je ne peux pas vous laisser faire ça ! Je veux les voir tout de suite ! C'est entre vous et moi. Ne soyez pas un lâche !

Le policier entendit subitement la voix de David.

— Malik ! Malik !

Distrait, il tourna la tête, assez pour que Lautréamont lui plante une seringue de curare dans le cou.

Le professeur courut ensuite dans la maison.

Geneviève et David, eux, se précipitèrent auprès de Malik qui était tombé violemment sur l'herbe. Il commençait à étouffer. Elle se jeta sur lui.

— Mon Dieu, Malik ! C'est le curare ! Ginola, appelle les secours ! Le 15 ! Vite ! Trouve un téléphone dans la maison ! Cours ! Malik ! Malik ! Ne t'agite pas ! Essaie de ralentir ton rythme cardiaque !

Elle lui releva la tête pour la poser sur sa cuisse. Le poison progressait dans son organisme. Les muscles commençaient à se raidir et ceux de la respiration n'allaient pas tarder à être complètement paralysés.

Malik allait mourir et personne ne pourrait le sauver. Elle savait que c'était trop tard. Il allait s'éteindre sous ses yeux dans d'atroces souffrances. Elle avait réussi à chasser David pour qu'il téléphone, en vain, et n'assiste pas à cette agonie. Elle lui prit la main qui commençait à se crisper comme le reste de ses membres.

Malik marmonnait, essayant de résister à la mort prochaine.

— Tout va bien se passer, Malik ! Je suis avec toi. Les secours seront bientôt là.

Elle lui caressa le crâne.

Les yeux de Malik commençaient à se révulser. Il luttait de toutes ses forces pour demeurer conscient et tentait de répéter un mot qu'elle ne comprenait pas. Elle approcha l'oreille près de ses lèvres et, dans un souffle presque inaudible, elle entendit :

— Po...che... po...che...

— Poche ?

— Po...che... po...che...

Geneviève sentit les larmes inonder ses joues. Elle n'avait pas pu assister à la mort de son mari et voilà qu'elle accompagnait celle d'un nouvel ami.

Il attendait d'elle une ultime volonté. Peut-être voir une dernière fois la photo d'un proche ? C'est certainement ce qu'aurait aimé Édouard, revoir le visage de sa mère, de son père ou celui de son épouse... Elle glissa la main dans le jean de Malik et en sortit, contre toute attente, une sorte de gros stylo. Elle regarda l'objet, incrédule. Cela ressemblait plutôt à un auto-injecteur contre le diabète.

Mais Malik ne m'a jamais dit qu'il était diabétique !

Se peut-il que...

Geneviève réalisa qu'il n'avait plus rien à perdre et fut saisie d'un espoir.

Oui, c'est bien ça ! Un stylo contre les chocs allergiques !

Elle comprit d'instinct qu'il fallait qu'elle le plante dans le corps du policier et qu'elle appuie sur le piston rouge. Elle arma son bras et fit pénétrer l'aiguille de toutes ses forces dans la cuisse de Malik. Il fut parcouru de spasmes et, presque instantanément, il se détendit. La couleur bleue qui avait commencé à envahir son visage se résorba peu à peu.

— Merci, mon Dieu !

— Il se casse ! hurla David qui venait de sortir de la cuisine. Il va filer avec sa fille !

Il montrait du doigt Lautréamont qui s'apprêtait à franchir la grille, son enfant dans les bras.

Malik respirait mieux, mais reprenait ses esprits trop lentement. Elle s'empara alors de l'arme dans son holster, enleva la sécurité, comme il l'avait fait devant elle auparavant, et fit un tir de sommation. Elle reçut le recul du pistolet en pleine pommette et cria comme si elle venait de recevoir un puissant coup de poing. Elle secoua la tête, sonnée, et se tint la joue en grimaçant.

— J'... ai cru... que tu ne comprendrais... jamais, articula difficilement Malik.

— Imbécile, tu aurais pu me dire pour l'antidote !

— Ne tire plus... ne cours... pas... après...

— Tu crois que je vais t'obéir ? Il a voulu nous tuer tous les trois ! Il ne va pas s'en sortir comme ça !

Geneviève ramassa l'arme de service qui était tombée par terre et se mit à courir vers le portail à la poursuite du fuyard. Il était au volant de sa voiture et allait démarrer. Elle se mit au travers de la rue et le pointa avec le pistolet, imitant Belmondo dans *Flic ou Voyou*.

— Ne faites plus un geste ! Sortez de votre voiture ! hurla-t-elle en le tenant en joue.

— Vous n'êtes pas capable de tirer !

La petite fille se mit à pleurer, dans son siège enfant, à l'arrière de la voiture.

— Vous avez voulu nous tuer ! Vous êtes un assassin ! Alors, qu'est-ce qui vous fait croire que je ne suis pas rancunière ?

— Poussez-vous, Geneviève ! Je vais démarrer ! Vous n'allez pas tirer ! On le sait tous les deux !

Il avait raison.

Elle n'allait pas tuer un père sous les yeux de son enfant. Elle baissa alors son arme et s'écarta de la chaussée.

La voiture démarra.

Elle remonta le canon du revolver, s'appliqua à le tenir fermement, à deux mains, pour éviter le recul de l'arme et visa le pneu arrière droit.

Un coup de feu éclata.

Le pneumatique explosa et la voiture, qui venait tout juste de se mettre à rouler, s'encastra dans un lampadaire.

20

— Tiens, c'est pour toi ! Deux croissants !
— Fallait pas, Geneviève. J'ai eu un repas.
— On sait tous ce que c'est le petit-déjeuner d'hôpital. Comme dirait Ginola, c'est dégueu !
— Vous avez bien dormi tous les deux ?
— Tu sais, je dors divinement bien dans ta camionnette, bien mieux que dans mon propre lit ! Ginola aussi ! En revanche, le vigile de la clinique n'a pas apprécié qu'on passe la nuit sur le parking. Mais il n'était pas question qu'on rentre sans avoir eu de tes nouvelles ! Je lui ai dit que j'allais en référer à un commandant de police, alors il n'a plus bronché.
— Je sors en fin de matinée. Mon bilan de santé est bon. Je ne vais pas avoir de séquelles neurologiques. Raconte-moi ce qu'il s'est passé après que l'on m'a embarqué pour la clinique de Boulogne-sur-Mer.
— Une autre ambulance a pris en charge Lautréamont. Il va devoir porter un collier cervical pendant quelques jours. Fort heureusement, la petite était indemne, bien protégée dans son siège auto. J'ai attendu l'arrivée de sa mère. Elle habite Amiens. Elle était sidérée, elle n'avait rien vu

venir. Bien sûr, tes collègues de la criminelle sont en train d'évaluer sa sincérité, mais en ce qui me concerne, je crois qu'elle est innocente.

— J'ai essayé de te prévenir lorsque tout est devenu limpide, mais tu ne répondais pas. J'ai roulé comme un dingue. Ma brigade serait intervenue quelques minutes après moi. Je ne comprends pas pourquoi tu es retournée le voir. Tu te doutais de quelque chose ?

— Il y avait des éléments qui ne collaient pas. Mon raisonnement butait sur un écueil. Je pense qu'inconsciemment j'avais de gros doutes. Et puis, lorsque j'ai réalisé, avec les bouts de verre, qu'il avait orchestré son vol, j'ai compris qu'il était aussi l'assassin.

— Les bouts de verre, bien sûr ! C'était sous mon nez. Trop d'éclats dehors ! Erreur de débutant !

— Quand je l'ai compris, c'était bien trop tard. Je nous avais jetés dans la gueule du loup. Fort heureusement, Ginola est très doué pour crocheter les serrures.

— C'était très imprudent de ta part de le mêler à tout ça et surtout de tirer en utilisant mon arme. Tu aurais pu blesser quelqu'un, ou pire... Et puis, regarde-toi ! Ta joue ressemble à celle de Rocky Balboa.

— Qui ça ?

— Ne me dis pas que tu ne connais pas Rambo !

— Non !

— Sylvester Stallone ? Ça ne te dit rien ? dit-il incrédule.

— Non, c'est un sportif ? Un boxeur ? ... Et puis, je ne suis pas folle, il n'y avait personne dans la rue quand j'ai visé le pneu !

— Geneviève, tu aurais pu avoir de très gros soucis ! Tu devrais en être consciente ! Je t'ai évité des ennuis ! OK, tu m'as sauvé la vie. Enfin, tu as mis un peu de temps à le faire... Tu es une sacrée tête de mule !

— Si tu attends que je m'excuse, il n'en est pas question. Bien sûr, si les choses étaient à refaire, j'agirais peut-être autrement.

— J'ai eu ma brigade au téléphone ce matin. Ils ont retrouvé le crâne de Saint Jean-Baptiste, dans le sac à dos de la petite fille. Lorsqu'il s'est enfui, il n'a rien pris d'autre que la relique.

— C'est un meurtrier. Un type glaçant. Mais une chose est sûre, c'est que tout ce qu'il a fait, il l'a fait par amour. Je pense que pour ses enfants, on peut repousser ses limites, comme celles du bien et du mal.

— Tu sais ce qu'il m'a appris juste avant de me planter la seringue dans le cou ? Il m'a dit que la petite n'avait pas fait une seule crise d'épilepsie en présence du crâne, alors qu'elle en faisait jusqu'à trois à quatre par jour auparavant, selon son médecin.

— Je serais bien incapable d'avoir un avis là-dessus. Ce que je sais, c'est qu'au Moyen Âge, les pèlerins faisaient des milliers de kilomètres pour qu'un tel miracle se produise. Et puis, il y a le phénomène de l'auto-persuasion. Le cerveau n'a pas révélé tous ses mystères. Il paraît que si l'on se convainc que l'on va aller mieux, on accélère sa guérison.

— La volonté du père peut-elle être assez forte pour avoir un effet sur son enfant ?

— Tu vois, Malik, nous avons trouvé le voleur, l'assassin et je n'arrive pas à me réjouir. Il reste une petite fille malade.

— Mais il y a aussi un innocent, blanchi totalement, qui ne va pas moisir en prison.

— Bon ! Eh bien, maintenant que nous voilà rassurés sur ton état de santé et que je vais pouvoir le dire à Ginola, qui n'a pas eu l'autorisation de venir te voir, je vais rentrer à Amiens avec ta camionnette. Bien sûr, tu viendras la rechercher dès que tu seras en état de le faire.
— Merci Geneviève.
— De quoi ?
— Pour tout.
Elle sortit de la chambre d'hôpital. À présent, elle ressentait le contrecoup de toute cette affaire. Elle était exténuée, elle se sentait vieille. Elle avait hâte de rentrer chez elle. Elle se dit que dans vingt-quatre heures, Fatou reviendrait du Gabon et qu'elle refermerait cette parenthèse. C'était fatigant de se sentir vivante. Elle n'avait pas apprécié ce « Merci Geneviève » qui sonnait comme un adieu de la part de quelqu'un qui avait envie de clore ce chapitre. Il vaquerait bientôt à ses occupations, une nouvelle enquête allait succéder à celle-ci.
— Alors, il va bien ?
— Comme un charme ! C'est une force de la nature notre Malik.
— Tu crois qu'on va avoir un article dans les journaux ? Tu crois que je vais devenir célèbre ?
— Je ne pense pas, Ginola. Tu te souviens de ce que le recteur a dit ? Il n'a pas ébruité le vol de la relique, donc rien ne s'est passé chez Lautréamont.
— C'est nul ! J'ai été héroïque ! Je nous ai libérés du sous-sol de l'enfer.
— L'important, c'est que toi tu le saches. Je ne suis pas près de l'oublier, moi ! Et Malik non plus ! Tu me laisseras raconter tout cela à ta mère.
— Tu sais, j'ai compris pour l'angélique.
— L'angélique ?

— Ben oui, j'ai fait une recherche sur mon portable. Je sais pourquoi la serre en est pleine. C'est pas pour des confitures ou de la liqueur, c'est pour soigner Salomé. La plante a des propriétés pour éviter les crises d'épilepsie.

— Pauvre petite fille ! Ne sois pas triste, Ginola ! Je suis sûre qu'une solution existe pour Salomé.

Geneviève mit les clés dans le neiman de la camionnette. Elle reprit tranquillement la route d'Amiens, un chemin qui était devenu familier, ces derniers temps. Elle roula très doucement, comme pour prolonger un peu plus la compagnie de David, comme pour lutter contre cette impression d'être dans un sablier et de glisser inexorablement, une fois cette enquête bouclée, vers la solitude. Elle se sentait très proche de l'état de l'ange pleureur de la cathédrale.

En fin de matinée, elle arriva à Amiens. L'adolescent s'était assoupi, bercé par la route. Il se réveilla lorsqu'elle ralentit, rue Millevoye. Il descendit pour ouvrir la grille. Elle mit la camionnette au garage.

Elle n'avait plus d'énergie pour préparer le déjeuner. David proposa une boîte de conserve.

Ils mangèrent en silence.

— Bon ! fit Geneviève. On va la visiter cette maison de Jules Verne. Demain, ta mère arrive. Tu as des nouvelles ? C'est le matin ou l'après-midi ?

— Elle vient me chercher demain matin.

— Alors, on n'a pas de temps à perdre.

Ils firent le trajet à pied. La maison de l'écrivain était dans le même quartier : Henriville.

Geneviève lui expliqua l'origine du nom, en l'honneur du roi de France, Henri IV, qui avait libéré Amiens de l'occupation espagnole lors du siège de la ville, à la fin du XVIe siècle.

On ne pouvait pas rater sa demeure, avec sa tour circulaire coiffée d'un instrument de mesure, son petit hôtel particulier à l'angle de la rue Dubois et du boulevard Jules Verne.

— La vache ! Sa maison est encore plus bourge que la tienne !

Geneviève était un peu lasse, elle ne releva pas.

Elle regarda David, qui, tel un papillon attiré par le nectar, se précipitait vers la billetterie. Sa silhouette longiligne indiquait qu'il serait bientôt un homme, mais elle voyait encore l'enfant espiègle. Finalement, elle réalisa qu'elle adorait les enfants, surtout les adolescents. Eux parlaient avec sincérité, sans hypocrisie, libres de s'exprimer, de vibrer, de dire la vérité. Contre toute attente, Geneviève se trouva alors beaucoup plus de points communs avec lui qu'elle ne l'avait cru. Elle aussi était franche. Depuis toujours, elle disait ce qu'elle pensait sans détour. Seul Édouard avait été, à l'époque, attiré par son caractère si entier. « Une femme avec du mordant », voilà ce qu'il appréciait en elle... Tout comme David, elle était courageuse et passionnée. Elle venait de s'attacher à lui. Pourtant, cet enfant allait inévitablement sortir de sa vie aussi vite qu'il y était entré.

— Tu viens ?

— Oui, Ginola ! J'arrive !

Comme les audioguides étaient en panne, elle se chargea de commenter ce qu'il voyait.

La première pièce fut le jardin d'hiver avec les plantes exotiques, qui, à l'époque, faisait office d'entrée. Une photo montrait la femme de Jules Verne, Honorine, sur le pas de la porte, semblant rouspéter pour que son mari essuie les pattes de son gros chien noir.

Le buste de l'écrivain impressionna David. Ils visitèrent ensuite une très belle salle à manger néo-gothique dont l'inspiration médiévale lui fit penser à « Poudlard ». Il proposa de lui montrer tous les films d'*Harry Potter*, à condition qu'elle s'achète une télévision. Geneviève accepta, mais elle se dit que le jeune homme oublierait bien vite cette promesse, une fois sa mère rentrée.

David admira les diplômes sous verre de l'auteur de *Vingt mille lieues sous les mers* et l'imagina avec un gros cigare dans son fumoir.

À l'étage, il apprécia les expositions temporaires et la reconstitution de la cabine du bateau avec lequel il prenait la mer au Crotoy.

Il s'arrêta un instant, perplexe, dans la bibliothèque et contempla longuement son bureau, posté devant une fenêtre, un petit local exigu avec un minuscule lit de camp dans lequel David se dit qu'il aurait dépassé d'au moins dix bons centimètres.

— Il écrivait tôt le matin, profitant du soleil. Il avait une cataracte liée au diabète. Il avait besoin de lumière. Il voyait la cathédrale de sa fenêtre et les trains passer. Quant à la taille de son lit, il ne mesurait que 1m65, expliqua Geneviève.

— Tu crois que, moi, je pourrais devenir écrivain ? Ou un intellectuel comme toi ?

— Bien sûr, Ginola. Tu peux devenir ce que tu veux, à condition que tu t'y consacres sérieusement. Jules Verne a, lui-même, énormément travaillé.

— Oui, mais lui, il était riche. Sa famille avait de l'argent, il appartenait à la bourgeoisie.

— Étudie ! Travaille dur et tu y parviendras !

Et puis, elle pensa à ce qu'elle venait de dire à David. Geneviève y croyait-elle vraiment ? Elle s'étonnait que si peu d'étudiants issus des classes populaires obtiennent leur licence. Était-ce par fainéantise ou parce que « l'ascenseur social » ne fonctionnait pas ? Quand elle leur demandait pourquoi ils arrêtaient leur cursus, ils répondaient : « Faut bien manger, Madame Malfoy ! » Elle haussait les épaules, chaque fois qu'elle entendait cela, se disant qu'ils justifiaient ainsi leur découragement et leur propre échec.

Et si c'était vrai ?

Alors qu'ils revenaient à la billetterie, elle y pensait encore et évaluait les chances de réussite d'un enfant sans papa, élevé par une maman qui gagnait si peu.

David sortit un billet de sa poche et se dirigea vers les ouvrages qui étaient exposés.

Il lui demanda :

— Dis-moi, Geneviève ? Lequel tu me conseilles ? Je n'ai que 10 euros, faut pas que j'me goure !

— Aucun de ceux-là ! Ce sont des livres de poche. J'ai au grenier une malle contenant la totalité des *Voyages Extraordinaires* dans la collection d'Hetzel, l'éditeur de Jules Verne, et cette malle n'attend que toi.

— Alors, avec le billet, je vais m'acheter un poster de *Vingt mille lieues sous les mers*. Il remplacera celui de Pikachu dans ma chambre.

Geneviève ne se risqua pas à demander ce qu'était un « Pikachu ». Elle s'imagina alors une lithographie d'un dessinateur japonais.

Ils rentrèrent et la soirée se déroula au grenier. Il y en avait des trouvailles, en plus de la malle avec les livres. Elle se débarrassa d'un vieux globe terrestre et d'une petite étagère que David baptisa « la mini étagère néo-gothique ». Il décida d'y ranger ses nouveaux trésors littéraires.

Geneviève lui proposa ensuite une tisane et alla se coucher.

Elle était à la fois satisfaite d'avoir fait le bonheur de David et triste qu'il doive partir dès le lendemain matin. Toute la journée, il lui avait dit : « quand je reviendrai te voir... », mais elle savait bien qu'il allait vite l'oublier.

Elle fut prise d'une insomnie et passa sa vie en revue. La fois où, âgée de quarante ans, elle avait cru qu'elle attendait un enfant. Elle avait partagé ce doute avec Édouard et il lui avait répondu : « Un enfant ? À nos âges, tu n'y penses pas sérieusement ! Nous avons mieux à faire qu'à pouponner ! » Il avait alors allumé un cigare et avait ajouté : « On ne dira jamais assez de bien sur tout ce que Simone Veil a fait pour vous, les femmes ! »

Elle avait eu seulement du retard et avait été soulagée de ne pas être enceinte. À l'époque, un avortement l'aurait souciée. Mais à présent, tournaient en boucle dans sa tête l'attitude et la réponse de son mari. Et elle était en colère avec dix-huit ans de retard ! Et contre un mort, en plus ! Il aurait pu lui dire franchement ce qu'il attendait d'elle, mais il n'aurait jamais dû ajouter cette petite phrase, montrant qu'il ne se sentait pas concerné et que c'était uniquement une affaire de femme !

Tu as été un imbécile, Édouard ! Oh, pas pour tout, c'est sûr ! Mais à ce moment-là, tu n'as pas compris mon désir d'enfant, que je ne comprenais pas bien, moi-même, à l'époque. Et la télévision ? J'aimais Belmondo, Ventura, Gabin... J'aimerais peut-être bien Harry Machin... Et les voyages ? Bivouaquer, ça a l'air bien...

Elle s'endormit au lever du jour. Elle n'entendit pas la sonnette de la porte d'entrée qui annonçait le retour de Fatou.

David frappa à sa porte.

— Je te réveille, car Maman vient d'arriver.

— Je m'habille en vitesse. Tu as préparé tes affaires ?

— Oui, je les ai même descendues.
— Déjà ?
Elle enfila son jean, sa marinière et descendit l'escalier.
— Avez-vous fait bon voyage, Fatou ?
Son employée semblait très fatiguée. Elle répondit en soupirant :
— C'était long et je suis heureuse d'être enfin là.
— Ne restez pas dans l'entrée. Venez donc vous asseoir dans le petit salon ! Un thé ?
— Euh... merci Madame Malfoy.
Fatou s'installa sur un des deux grands fauteuils devant la fenêtre. Elle regarda son fils et trouva qu'il avait encore grandi.
— Je vous prépare ça tout de suite, dit Geneviève qui fila dans la cuisine.
— Alors, le policier a-t-il arrêté le voleur de la relique ?
— Oui, mais je l'ai aidé ! Si tu savais ce qu'on a fait. Geneviève a tiré sur le pneu de cet assassin ! J'ai crocheté la serrure de la porte quand on a été kidnappés et regarde, j'ai pas hésité à tirer sur la corde avec mes poignets ! Tu aurais dû voir ça quand elle a enfoncé l'antidote dans la cuisse de Malik !
Fatou écarquilla les yeux et s'adressa à Geneviève qui était dans la cuisine en forçant la voix :
— Madame Malfoy, pouvez-vous venir s'il vous plait ?
— Fatou, vous pouvez m'appeler Geneviève.
— Je vais essayer, mais ce n'est pas naturel pour moi. David est en train de me raconter des choses effrayantes.
— Ne vous inquiétez pas, Fatou... Les jeunes extrapolent toujours leurs exploits.

Geneviève arriva dans le salon avec un thé à la main.

— « Extrapolent » ? répondit Fatou en fronçant les sourcils.

— Oui, ils exagèrent beaucoup.

— Je sais parfaitement ce que signifie extrapoler, mais vous ne m'aviez jamais parlé d'un assassin !

— J'ai bien dû vous dire que le voleur de la relique d'Amiens avait tué l'évêque avec une dose de curare ?

— Mais pas du tout ! Vous m'avez dit que vous aidiez un policier à trouver le voleur d'une antiquité et que vous alliez rencontrer un professeur d'Histoire à Wimereux. Je pensais que tout ça n'était pas dangereux.

— Et tu sais quoi, maman ? Le prof ? Ben, c'était lui l'assassin de l'évêque ! Et aussi de l'antiquaire chez qui on est passés ! Il nous a endormis, il nous a attachés dans sa cave...

— Mais, vous ne vous rendez pas compte ! Mon fils a rencontré un tueur et a été kidnappé !

— Ouais... Il voulait nous zigouiller, maman. Mais j'ai crocheté la serrure. On est arrivés à temps pour sauver Malik. Et puis, Geneviève a couru après Lautréamont et a pris le revolver pour lui crever un pneu.

— Mais, quelle horreur !

Fatou se releva en bondissant et reprit :

— Mais vous êtes la personne la plus inconsciente que je connaisse ! Comment vous êtes-vous permis d'emmener mon fils dans cette... folie ?

— Fatou, c'est vrai que cette histoire paraît complètement folle. Mais, croyez-moi, je n'ai pas exposé votre fils au danger volontairement ! J'ai...

— Madame Malfoy, vous n'aviez pas le droit ! Je pensais qu'il serait en sécurité avec vous ! Et visiblement, je me suis trompée !

— Fatou, je vous prie de me croire, j'ai commis une erreur. Je ne me doutais pas que cet homme était dangereux. Si j'avais su un seul instant que…
— Je dois sortir tout de suite !
Fatou était livide. Elle dut aller respirer l'air frais sous la verrière, à l'entrée.
Geneviève la rejoignit.
— Je suis vraiment désolée. Il faut que vous me croyiez.
Le silence de Fatou était éloquent. Elle la toisait d'un regard dur, plein de reproches. Geneviève se sentait jugée. Elle réalisa qu'elle avait commis une erreur irréparable. Elle avait exposé David au danger ! Un danger qu'une mère n'aurait jamais fait prendre à son enfant !
Coupable, honteuse et morte de fatigue par la nuit affreuse qu'elle avait passée, ne sachant comment agir pour se faire pardonner, elle glissa les doigts dans la poche de son jean.
Elle lui remit un chèque dans les mains.
— Mais, qu'est-ce que c'est que ça ?
— C'est l'argent du travail de votre fils. Il a débarrassé la dépendance pour moi !
— Mais, c'est énorme ! Vous vous foutez de moi ! Je n'ai pas eu la moindre augmentation depuis que je travaille ici et vous alignez plusieurs zéros parce que David a rangé votre garage ? Mais je ne veux pas de votre argent !
L'adolescent était sorti en entendant sa mère crier.
— Maman, tu devrais… tu devrais le prendre. Avant que tu partes, on a reçu une lettre des HLM. Ils nous mettent à la porte, car on n'a pas payé les loyers.
— Ce sont mes histoires ! Ça ne te regarde pas, David ! Ni vous, Madame Malfoy ! J'ai dû faire un choix entre les médicaments de mon père et le loyer.

— Prenez cet argent, Fatou, vous en avez besoin !
— David, va chercher tes affaires ! Nous partons !
— Où allez-vous, Fatou ? Dans votre appartement ? Si ça se trouve, l'office a déjà changé vos serrures. Arrêtez ! Votre fierté ne vous sert à rien, comme cet argent ne me sert à rien ! Je peux vous aider !
— Non ! Je peux très bien m'en sortir toute seule ! Je ne crois pas pouvoir compter sur vous ! J'ai cru que vous veilleriez bien sur mon fils, mais je suis certaine qu'il aurait été bien plus en sécurité à la cité ! Un assassin ! Un kidnapping ! Un tir de pistolet ! Et qu'est-ce que vous me cachez encore ? Je n'ai pas besoin de vous ! J'ai toujours dû me débrouiller toute seule. Je ne vous intéresse pas !
— Fatou, s'il vous plait, je vous présente mes excuses ! J'ai été aveugle… J'étais perdue.

Fatou la dévisagea d'un regard noir et dur, puis, sans un mot de plus, elle prit son sac et franchit le portail.

— Je dois y aller. Faut que je suive Maman.
— Vas-y, Ginola ! Ne t'inquiète pas, elle est énervée. Ça va s'arranger.
— Je ne crois pas. Elle est têtue, Maman.

21

Geneviève enfila ses boucles d'oreilles en or et jeta un coup d'œil dans le grand miroir du couloir.

Elle avait revêtu un cardigan en coton bleu marine et une jupe assortie. Elle chaussa ses mocassins à talons compensés et saisit sa sacoche. Elle se dit qu'elle se passerait bien de son imperméable, même si la chaleur de la semaine avait tourné à l'orage.

Dans la coupelle en cristal, elle attrapa les clés et verrouilla la porte de sa maison derrière elle.

Le jour J était arrivé. Son conseil de discipline.

Cette semaine écoulée avait fait fondre presque la totalité de sa confiance en elle. Encore un jour, se disait-elle, et elle n'aurait pas eu la force d'y assister.

Elle éprouvait une grosse lassitude et se demandait, depuis quelques jours, si elle n'était pas en train de tomber en dépression. Elle avait essayé de téléphoner, mais Fatou ne répondait pas. Elle avait contacté Malik, mais celui-ci avait prétexté beaucoup de travail. Il devait venir prendre un thé ou une tisane. Mais quand ? Jamais !

Geneviève avait passé des heures et des heures, assise dans le silence de son hôtel particulier, à penser, à ressasser

en boucle le film de sa vie. Et puis, elle s'était enfin levée de sa chaise pour préparer, à moins de deux heures de l'audience, les questions et les attaques du conseil.
Il ne me reste que mon travail, alors autant essayer de le garder.
Elle avait cherché sur Internet des affaires de professeurs limogés. Elle avait pris conscience qu'il était fort probable qu'elle le fût, puisqu'un chargé de TD avait été licencié quelque part pour avoir dit que ses élèves étaient « des quasi débiles ». Il y avait aussi un enseignant renommé, dans la plus grande école de commerce parisienne, qui venait d'être remercié pour avoir affirmé que « les blacks manquaient de sérieux » et un autre, exclu définitivement pour avoir touché l'épaule d'une étudiante... Les révocations étaient très fréquentes et elle avait eu tort de croire que cette affaire ne serait qu'une formalité, que ses années de dévouement envers ses étudiants et au service de l'université d'Amiens, sa grande carrière, ses palmes académiques et ses travaux encensés par ses pairs allaient la protéger.
Elle repensa soudain à Fatou qui lui avait dit : « J'ai toujours été seule. »
Mais moi aussi !
Elle se dit alors que toutes ces solitudes auraient pu se tenir compagnie, si elle n'avait pas été aussi stupide.
Si Édouard avait été encore de ce monde, il lui aurait dit de relever la tête et d'affronter l'épreuve avec courage, comme Napoléon qu'il vénérait. Mais Édouard n'était pas là et Napoléon avait fini ses jours en exil à Sainte-Hélène.
Elle monta dans son Austin et se dirigea vers l'U.F.R., qui se situait dans la Citadelle d'Amiens.
Le lieu était chargé d'histoire. Henri IV avait donné l'ordre d'abattre deux cents maisons et une église, démantelé une partie des remparts de Philippe-Auguste, pour faire

place nette à cette forteresse qui devait défendre Amiens. Geneviève sentit sa gorge se serrer. Jamais elle n'aurait pensé que cet endroit lui aurait fait pareille impression un jour. Toute sa carrière, elle y était allée avec du baume au cœur...

Quand elle gara son véhicule sur le parking, elle eut une pensée pour tous les innocents qui avaient vécu ici leurs derniers instants. La citadelle avait été un lieu de détention, de torture, d'exécution de résistants et de Juifs arrêtés par les Allemands.

Bien sûr, son destin n'était pas comparable. Elle allait s'en sortir vivante, mais dans quel état ? Sans doute brisée.

Elle prit par habitude sa sacoche en cuir dans le coffre de son Austin mini et se dirigea vers l'amphithéâtre où son destin professionnel allait se jouer. Elle était en avance de quelques minutes et attendit patiemment devant l'entrée.

Quelques instants plus tard, elle entendit des voix dans le couloir.

Une secrétaire arriva en courant, de manière servile, pour ouvrir la porte. Geneviève la salua, mais celle-ci l'ignora et s'éclipsa quelques secondes avant que n'apparaissent les membres du « tribunal ».

Elle reconnut le directeur, la directrice adjointe, ainsi que le représentant syndical, Cédric Belin, et un autre collègue, tous deux élus au conseil d'administration. Elle détestait cordialement ce dernier, un certain Wilfried Degroote qui était jaloux, hypocrite, carriériste et avait la réputation de copiner avec la Direction.

L'adjointe tenait un lourd dossier avec une étiquette où elle lut : « Affaire Malfoy ».

Geneviève demeura très droite et les salua poliment. Ils interrompirent leur discussion et le directeur, qu'elle connaissait depuis des années, prit une voix solennelle en lui tendant la main :

— Madame Malfoy, j'aurais tellement aimé vous revoir dans d'autres circonstances. Nous prenons place et nous vous appellerons dans quelques instants.

Elle croisa le regard arrogant du professeur Degroote qui semblait jubiler. Elle se força à ne pas baisser les yeux.

Ils la firent poireauter un bon quart d'heure.

Ainsi, elle était devenue une « affaire ».

Comment une seule phrase pouvait-elle devenir une affaire qui tenait dans un si gros dossier ? Avaient-ils compilé toutes ses années d'enseignement ? Peut-être étaient-ils remontés jusqu'à l'école primaire ? Peut-être avaient-ils eu vent du jour où elle avait giflé le fils du député en cours élémentaire quand il avait soulevé sa jupe pour voir sa culotte ? Elle avait été punie, accroupie sur une règle en fer dans le coin de la classe deux heures durant. Les genoux en sang, en rentrant chez elle, son père lui avait donné deux claques pour avoir frappé un camarade et le fils d'un ami, de surcroît.

C'est sûr, se dit-elle, le plus sérieusement du monde, *tout ça doit être consigné dans « L'Affaire Malfoy ».*

Elle regretta de n'avoir pas pris de petite bouteille d'eau, sa gorge étant devenue subitement sèche à l'approche du moment fatidique.

La porte s'ouvrit enfin. Sans surprise, le portier était ce « baltringue » de Degroote, comme le surnommait un grand nombre de ses collègues.

— Je vous souhaite bonne chance... Vous allez en avoir besoin.

— Trop aimable, souffla Geneviève, soudain rassérénée par ce sarcasme.

Bats-toi ! se dit-elle.

— Vous pouvez vous installer, Madame Malfoy.

Elle prit place sur un des sièges de l'amphithéâtre. Seuls les premiers rangs étaient éclairés. Le fond de la grande salle et ses gradins étaient plongés dans l'obscurité. Le lieu était vide, il résonnait et semblait bien plus vaste que d'habitude.

Un théâtre, une scène, une représentation ! Juste pour moi et pour une mascarade de justice !

— Notre audience se tiendra à huis clos.

— La presse n'est pas venue ? Elle était pourtant bien là pour envenimer les choses ! répliqua Geneviève.

Les éminents membres du conseil de discipline échangèrent tous un regard consterné.

La meilleure défense, c'est l'attaque.

Elle avait presque entendu Édouard lui chuchoter cette phrase à l'oreille et Geneviève se demanda si elle avait bien fait de l'écouter.

— Bien ! reprit le directeur de l'université en ouvrant le dossier. Nous sommes réunis ici pour statuer sur un fait qui s'est déroulé le 10 juin dernier, à 9 h du matin, dans le cours magistral de Madame Malfoy, cours qui traitait de la France et de l'Allemagne au XXe siècle.

— Et du nazisme, ajouta le professeur Degroote.

Quel rapport ? Tu veux me faire passer pour une...

— Au milieu du cours, Madame Malfoy s'est exclamée : « Taisez-vous, bande d'illettrés ! J'en ai ma claque des gens comme vous ! » Face à la consternation et au tapage qui s'est naturellement propagé chez les étudiants de première année de licence, elle a réitéré : « Tout à fait, je le redis ! Taisez-vous, bande d'illettrés ! J'en ai ma claque des gens comme vous ! » Ces paroles ont été filmées et mises en ligne quelques heures après ce dérapage verbal.

Le professeur Degroote ajouta :

— Dérapage verbal à caractère raciste !
— Puis-je prendre la parole ?
— J'allais vous demander de nous exposer votre version des faits. Allez-y !
— Monsieur, pour commencer, je conteste ! Où voyez-vous un dérapage verbal ? Et encore plus à caractère raciste ? Je n'ai nullement fait mention d'insultes à caractère racial. « Bande d'illettrés » s'adresse aux étudiants en général. Le terme « illettré » signifie que, bien qu'ayant été scolarisé, un individu est incapable de maîtriser la lecture et/ou l'écriture d'un texte simple.
— Le racisme dans vos propos est bien sûr implicite, fit le professeur Degroote, visiblement très à l'aise dans son rôle de procureur.
— Comment osez-vous m'en accuser !
Le directeur reprit la parole :
— Que vouliez-vous donc dire par les termes « les gens comme vous » ? Le groupe d'étudiants que vous visiez était constitué… de…
Il cherchait ses mots.
— Noirs ? dit Geneviève.
— Monsieur le Directeur, voyez à quel point elle s'entête ! s'indigna Degroote.
— Vous êtes pathétique ! Je suis blanche et d'autres sont noirs. Où est l'insulte, professeur ?
— Il suffit ! fit le directeur de l'université. Je vous prie de vous expliquer.
— Monsieur le Directeur, membres de cette assemblée, je n'ai nullement attaqué la couleur de peau de ces étudiants. Je parlais de leur niveau scolaire, de leurs compétences académiques. « Les gens comme vous », ce sont « les élèves de première année » que l'on me refile tous les ans, car vous-même, Monsieur Degroote, ne voulez pas

vous en occuper. Vous êtes le premier à dire, à qui veut bien l'entendre, que ces jeunes gens sont incultes, ignares et mal élevés ! Osez dire le contraire devant cette assemblée !

— Mais jamais de la vie ! Vous mentez ! C'est mon procès ou le vôtre ? Quelle manipulatrice ! Sur mon honneur, Monsieur le Directeur, je ne dirais jamais une chose pareille !

Le représentant syndical baissa encore un peu plus la tête et demeura toujours aussi muet.

La directrice adjointe prit la parole :

— Madame Malfoy, s'il est vrai qu'en plus de trente ans de carrière, personne n'a jamais fait mention de dérapages racistes, il convient de s'interroger sur votre comportement. Vous ne pouvez pas insulter vos élèves avec condescendance en les stigmatisant et en les dénigrant. S'ils ne connaissent rien à l'Histoire, c'est à vous de leur apprendre !

— Madame, ils ânonnent en lisant. Certains ne lisent même pas les chiffres romains. Connaissez-vous Pie croix-bâton-bâton ?

— Pardon ? fit la directrice adjointe cherchant du regard celui des autres, comme si Geneviève était soudain devenue folle.

— Le Pape Pie XII ! Voilà comment ce groupe, à qui je venais de demander le silence et qui gloussait devant une vidéo sur leur téléphone portable, a osé appeler le pape lors d'un exposé, la semaine auparavant, dans ce même endroit ! Vous voulez que je vous prouve que je ne suis pas raciste ? Je ne peux pas le faire ! Je n'ai pas de preuve ! Vous voulez que je vous dise, je suis affligée par le niveau d'instruction de ces élèves, pourtant bacheliers ! Et j'ai de nombreuses preuves dans mes copies de fin d'année ! Certains sont nuls, ils me font perdre mon temps et ils gaspillent le leur. Avec mes paroles, j'essayais de les faire réagir !

— Vos propos sont intolérables, condamnables et racistes, vociféra le professeur Degroote.

— Y a-t-il eu une plainte ? intervint une voix grave, à l'arrière de la pièce, qui résonna en écho.

Geneviève se retourna. D'abord, elle ne vit rien. Rien d'autre que l'obscurité au fond de la salle. Puis, les néons crépitèrent, éclairant le haut des gradins.

Malik ! Ginola ! Fatou !

Ils étaient tous là, assis.

— Je repose ma question. Y a-t-il eu une plainte ?

Le directeur de l'université répondit :

— Qui êtes-vous, monsieur ? Qui vous permet de venir troubler cette assemblée qui siège à huis clos ?

— Je suis le commandant Malik Messaoudi de la brigade criminelle. Je suis un ami intime de Madame Malfoy. Voici Madame Fatou Martin-Ntoutoume et son fils, David, des amis également. Et nous sommes ici de plein droit ! La loi ne dit-elle pas que Madame Malfoy peut faire appel aux défenseurs de son choix pour se faire assister dans une procédure disciplinaire ?

Fatou se leva à son tour et poursuivit, d'une voix puissante, avec l'assurance d'une avocate :

— Vous étiez d'ailleurs tenus de communiquer le dossier complet à Madame Malfoy pour qu'elle prépare sa défense. Ce que vous avez omis de faire !

— Vous étiez au courant pour le dossier ? murmura l'adjointe au directeur qui la fit taire d'un geste de la main.

— Je réitère ma question. Je demandais s'il y avait eu plainte.

— Euh... sans doute ? fit Degroote, tandis que le représentant syndical cherchait dans ses notes.

— C'était une question purement rhétorique, affirma Malik. Je suis bien placé pour le savoir. Aucune plainte à l'encontre de Madame Malfoy n'a été déposée ! Ni de la part de ces jeunes étudiants ni de celle des associations antiracistes ! En revanche, tout le monde s'est acharné sur elle ! Elle a été victime des pires insultes, bien explicites cette fois, dans la presse et sur les réseaux sociaux ! En réalité, c'est Madame Malfoy qui devrait porter plainte !

— N'importe quoi ! C'est un scandale ! Elle est raciste ! s'exclama Degroote.

— Cher monsieur, elle a dit : « Taisez-vous, bande d'illettrés ! » C'est vous qui insinuez que ces illettrés ne peuvent être que des Noirs et des Arabes ! Qui est le plus raciste des deux ? De plus, nous sommes bien placés pour savoir que notre amie ne l'est pas. N'est-ce pas Fatou ?

— Cette femme, que vous accusez, m'emploie depuis longtemps. Elle a gardé mon fils, lui a offert le gite et le couvert quand je suis allée enterrer mon père au Gabon !

— Elle m'a fait cadeau de toute sa collection de Jules Verne de l'époque et y'en a pour une blinde ! ajouta David.

— Il n'empêche qu'elle a insulté les élèves de notre université ! cria le professeur Degroote.

— J'ai dit que j'en avais assez de les voir se vautrer dans leur bêtise et ne pas saisir la chance qui leur est donnée de se cultiver. J'ai l'impression qu'on se moque de moi, qu'on vient ici pour s'amuser, pour discuter. Je parle dans le vide. Je suis une télévision allumée, un bruit de fond qu'on n'écoute plus !

— Parce que vous croyez être intéressante ? Vous êtes si vaniteuse ! hurla le professeur.

— Oui, cher monsieur, vous avez raison, déclara Malik, calmement. Elle est vaniteuse. Elle est également insupportable. Elle croit toujours tout savoir sur tout. Elle est intransigeante. Mais, son caractère impossible nous fait tous progresser. Elle nous remet en question sans arrêt et nous bouscule dans notre quotidien. C'est l'empêcheuse de tourner en rond ! La mouche du coche ! Celle qui nous réveille et nous met un bon coup de pied au c... au derrière ! Et plus encore, mais c'est pour ça que ceux qui croisent son chemin ne l'oublient jamais. Elle les rend meilleurs. Elle nous fait nous dépasser parce qu'elle nous pousse à donner le maximum de nous-mêmes et à aller jusqu'au bout. Vous voulez la punir pour ça ? Vraiment ? Vous ne savez pas la chance que ces jeunes ont. Car elle, elle ne les lâchera pas. Avec acharnement, elle poursuivra sa mission en les secouant, les engueulant, car elle a raison de vouloir les extraire de leur médiocrité ! Vous voulez vraiment la condamner pour une phrase maladroite, sans sens caché, et méritée par les élèves ? Sans une seule plainte déposée ?

Degroote allait dire quelque chose, mais le directeur plaça sa main ouverte devant son visage pour lui signifier de se taire.

Un silence s'installa et le directeur poursuivit :

— Nous vous remercions, monsieur, pour votre exposé si pertinent. Si Madame Malfoy veut ajouter quelque chose avant que nous délibérions ?

— Je voudrais juste vous dire, Fatou, Malik et Ginola, que je vous présente toutes mes excuses. Votre amitié m'a fait prendre conscience que j'étais malgré moi bourrée de préjugés. Je ne suis pas raciste. Je suis seulement une bourgeoise, le produit de mon éducation et de mon milieu, pétrie d'opinions préconçues bien avant ma naissance. Je m'en suis bien rendu compte. Je m'enferme toujours dans un comportement que j'ai adopté par mimétisme, sans réfléchir. Je reproduis sans cesse des attitudes qui m'empoisonnent et qui m'emprisonnent. Je juge souvent à l'emporte-pièce, sans prendre la peine d'essayer de comprendre. Votre amitié m'a ouvert les yeux. Je pense que j'ai encore tout à apprendre et je suis prête à changer.

— Pas trop quand même ! ajouta David en souriant.

Les « défenseurs » de Geneviève sortirent avant elle. Elle les suivit pour attendre le verdict devant l'entrée.

Lorsqu'ils furent tous dehors, la directrice adjointe lâcha :

— Mais, comment ces gens sont-ils entrés dans cet amphithéâtre ? La porte du fond n'est-elle pas toujours fermée à clé ?

Il fallut à peine cinq minutes pour délibérer. Le vote s'exprima de la sorte : deux votes pour la réintégration immédiate de Geneviève et le classement sans suite de l'affaire, un vote contre et une abstention. Le directeur lui annonça la bonne nouvelle avec un grand sourire, puis se tourna alors vers le professeur Degroote et lui dit :

— Je vous confie les étudiants de première année à la rentrée prochaine, mon cher ! Puisque vous pensez faire mieux que votre collègue !

Geneviève se retrouva alors sur le parvis de l'université avec Malik, Fatou et David.

— Je suis très émue que vous soyez venus tous les trois. Vraiment, je ne le méritais pas. Je n'en ai fait qu'à ma tête pendant l'enquête. J'ai exposé Ginola à un grand danger. Je vous demande pardon, Fatou ! Encore une fois !

— N'en parlons plus ! David m'a tout raconté en détail. Je pense que moi non plus, je n'aurais pas deviné pour ce professeur Lautréamont.

— Si nous allions fêter ma réintégration à la maison ?

— Avec de la tisane ? Allons plutôt faire la fête avec tes étudiants à Saint-Leu, c'est l'heure de l'happy hour ! lança Malik.

— Mais, Ginola ?
— Je suis là, Geneviève. Je vais surveiller mon fils pendant que nous célèbrerons votre victoire !
— Mais, je n'aime pas la bière.
— Geneviève, tu as dit au directeur que t'étais prête à changer ! fit David.
— Moi ? Changer ? Jamais de la vie !
Et elle lui fit un clin d'œil avant de lui coller une grosse bise sonore sur la joue.

Épilogue

— Laisse cette tasse, Fatou ! Va plutôt regarder ta série sur Netflix ! Je vais finir la vaisselle, c'est mon tour !
— Non, je dois encore aller réviser mon Dalloz[3]. J'ai envie d'être au top pour la rentrée.
— Je suis bien contente de la décision du directeur de l'université. Tu imagines ? Tes deux premières années de Droit à Libreville ont été validées. Tu vas pouvoir terminer tes études !
— C'est vrai qu'en ce moment, je suis bénie des dieux. Je ne saurai jamais comment te remercier !
— Tu oublies que je t'ai licenciée !
— Pour me trouver un travail à temps partiel chez ton ami avocat. Franchement, je préfère décrocher mille fois son téléphone que cirer une seule marche de ton foutu escalier.
— Faudra pourtant bien que tu m'apprennes comment faire pour qu'on le fasse à tour de rôle.
— J'ai jamais osé te le dire, mais on ne cire JAMAIS un escalier ! Ça le rend glissant et on peut se tuer !

---

[3] Un Dalloz : un manuel de Droit des Éditions Dalloz.

— Mais pourquoi tu ne me l'as pas dit plus tôt ? Tu voulais que je meure ou quoi ?
— Tu étais tellement chiante à l'époque... Qui sait ?
Cette réflexion fit sourire Geneviève. Comment pouvait-elle en vouloir à Fatou de dire la vérité ?
Elle changea cependant de sujet :
— Mais où est Ginola ? Son chocolat est en train de refroidir !
— Dans la bibliothèque, je crois.
— Ça valait bien le coup que j'achète une télé connectée pour qu'il préfère lire !
— Est-ce que tu t'entends ? À espérer que cet enfant passe ses journées devant un écran ! Au fait, il vient te chercher à quelle heure, Malik ?
— En fin de matinée. J'ai le temps. J'y pense... le devis est arrivé pour la dépendance.
— Je suis super gênée avec ça, Geneviève. Tu es bien sûre de vouloir la transformer en habitation ? Tu sais, quand j'aurai fini mes études, je vais peut-être avoir envie de quitter notre colocation, rue Millevoye, pour m'acheter une petite maison avec un jardin à Amiens.
— Tu l'auras ta maison, juste à deux pas de la mienne, dans cette cour, avec une surface de 100 m², tout de plain-pied ! Et quand tu en auras assez de ta vieille copine qui radote, tu pourras t'en aller... J'en ferai un gite, des chambres d'hôtes. Rien ne t'oblige, Fatou. Mais, ne pars pas trop vite. J'ai besoin de continuer mes cours de cuisine...
— Y'a Malik qui arrive ! hurla David.
— Déjà ? Mais, il est très en avance ! Je ne suis pas prête !
Geneviève se passa la main dans les cheveux pour les arranger.

— File te changer !

Geneviève grimpa avec prudence son escalier. Elle était heureuse. Elle allait assister à son premier concert d'un artiste britannique qu'elle avait commencé à apprécier grâce à Malik et qui s'appelait Ed Sheeran. Elle allait voyager en direction de Paris, vers l'Accor Arena, et le lendemain, il était prévu qu'ils aillent au Louvre, voir une exposition. Elle allait passer une nuit dans le camion, elle ne savait même pas où ils le gareraient ! C'était le début d'une nouvelle aventure.

Quand elle entra dans sa chambre, un cadeau était posé sur son lit. Le paquet, mal emballé, lui indiqua qu'il était de la part de David. Elle le déplia, un peu émue. C'était un t-shirt du chanteur qu'elle allait voir en concert. Elle l'enfila même s'il n'était visiblement pas lavé. Ça faisait très bien avec son jean. Elle passa devant le miroir et se félicita d'avoir laissé tomber ses mises en plis depuis trois mois. Ses cheveux semblaient en bien meilleur état. Comme elle, d'ailleurs.

Lorsqu'elle descendit, Malik était en train de boire un café et David finissait son chocolat.

— Ouah ! Une vraie fan ! s'extasia ce dernier.

— Merci pour ton cadeau, Ginola !

— Ça y est, tu es prête ? lui demanda Malik.

— Oui, je crois. Alors ? Tu as des nouvelles de la fille de Lautréamont ? Comment va-t-elle ?

— Elle n'a pas eu une seule crise en trois mois.

— Et tu ne crois toujours pas au miracle, après ça ?

Malik sembla songeur.

— Tenez ! fit Fatou. Je vous ai préparé votre repas à tous les deux. Des sandwichs et une part de gâteau.

Sur le pas de la porte, Geneviève s'écria :

— J'ai oublié de prendre une veste !

Elle rentra précipitamment dans la maison.

— Tu veux que je te prête la mienne, celle en jean ? hurla l'adolescent en bas de l'escalier.

— Non ! Je nagerais dedans ! répondit-elle.

Puis, David s'approcha doucement de Malik et lui posa la main sur l'épaule.

— Tu crois qu'elle va aimer le concert ?

— Je pense que oui ! Elle a beaucoup apprécié les CD.

Fatou alla dans la cuisine pour finir de rincer les tasses.

— Elle te plaît, hein ? J'ai vu comment tu la regardais ! chuchota le jeune homme.

— Qui ça ? Ta mère ? Mais non, voyons ! Tu n'y penses pas, Ginola.

— Mais non, espèce d'idiot ! Pas ma mère ! Geneviève !

— Je suis prête ! dit Geneviève en descendant l'escalier. Allez Malik ! Tu rêves ou quoi ? Ne reste pas planté là, les bras ballants ! Dépêche-toi, on va finir par être en retard à cause de toi !

Discerner le vrai du faux

Le crâne est-il l'objet de vénération ?
Oui. Tout au long des siècles, il a été vénéré par des anonymes, mais aussi par des souverains. Le premier fut Saint Louis, roi de France, qui fit un pèlerinage à Amiens en janvier 1264, puis son fils, Philippe le Hardi, mais aussi Charles VI et Charles VII, ainsi que de nombreux autres.
Le culte du chef de Saint Jean-Baptiste à Amiens devint tellement célèbre qu'en 1604, le Pape Clément VIII demanda au roi Henri IV un fragment de la précieuse relique.
Lors de l'épidémie de covid, le crâne fut sorti du trésor afin de lui demander de protéger « les gens qui souffrent, ceux qui ont des proches en réanimation, ainsi que le personnel soignant en première ligne », comme l'explique dans la presse Don Édouard de Vregille, recteur de la cathédrale qui précise également : « Il était de tradition, au cours des siècles passés, que les évêques organisent des processions autour de la sainte relique, comme pour la peste au XVIIe siècle. »

Le chef de Saint Jean-Baptiste est-il bien conservé à la cathédrale d'Amiens ?
Oui. Il est visible toute l'année dans le trésor de la cathédrale et exposé aux fidèles lors de la fête du saint, le 24 juin, et les jours qui suivent, dans la chapelle Saint-Jean du Vœu.

Le crâne a-t-il bien une entaille au-dessus de l'orbite gauche ?
Oui. Durant les croisades, le chanoine de Picquigny, Wallon de Sarton, découvrit le crâne avec, au-dessus de l'œil gauche, un petit trou rond pouvant avoir été creusé par un coup de poignard. En examinant les lettres grecques gravées sur le plateau d'argent, le chanoine conclut qu'il avait trouvé la tête de Saint Jean-Baptiste. L'entaille était conforme à la légende évoquée par Saint Jérôme, selon laquelle, dans un geste de rage, Hérodiade aurait frappé d'un stylet la tête tranchée du Baptiste.

Est-ce le seul crâne de Jean-Baptiste dans le monde ?
Non. Après la quatrième croisade, au moins douze crânes de Jean-Baptiste apparaissent à différents endroits du monde. Actuellement, le plus célèbre reste celui d'Amiens, mais on trouve également une autre tête du saint à Rome, dans la basilique San Silvestro in Capite, et un morceau de son crâne dans le palais de Topkapi en Turquie.
En ce qui concerne la relique d'Amiens, si aucune étude ne prouve que ces restes humains appartiennent au Baptiste, des experts ont conclu qu'il s'agissait bien du crâne d'un homme ayant vécu il y a 2 000 ans, dans l'est du bassin méditerranéen.

Le plateau actuel est-il bien l'œuvre de Placide Poussielgue-Rusand ?
Oui. Wallon de Sarton aurait été contraint de vendre le plateau originel afin de payer son voyage de la Terre sainte vers Amiens. Au XIXe siècle, le bronzier Placide Poussielgue-Rusand reproduisit un écrin.
Actuellement, l'église de Gênes revendique la possession du plateau originel, un plat en agate brune.

La copie existe-t-elle ?
A priori, non. C'est une invention romanesque.

Existe-t-il des adeptes du Baptiste comme le roman le mentionne ?
Oui. Avant le déclenchement de la guerre en Irak, plus de 100 000 mandéens, appelés sabéens par les musulmans, vivaient le long de l'Euphrate et du Tigre, dans la région de Bassorah. Les historiens s'accordent à dire que leurs ancêtres étaient des partisans de Jean-Baptiste. Ils ne seraient plus que 5 000 dans l'Irak actuel, les autres ayant migré principalement aux États-Unis, au Canada et en Europe, notamment en France.

Existe-t-il un débat sur le véritable christ ?
Oui. J'ai mis dans la bouche de Lautréamont, le personnage de mon roman, diverses hypothèses remettant en cause l'histoire de Jésus proposée par l'Église. Des théories, circulant sur les réseaux sociaux ou dans des ouvrages ésotériques, considèrent que le véritable Messie serait Jean le Baptiste et non le Christ.
L'ouvrage des journalistes Lynn Picknett et Clive Prince : *The Templar Revelation – Secret Guardians of the True Identity of Christ* (Bantam Press) a été une inépuisable mine

d'or pour alimenter le grand maelström ésotérique du professeur.

Est-il vrai que plusieurs croyances entourent le crâne de Saint Jean-Baptiste ?
Oui. La relique attire, depuis le Moyen Âge, des fidèles atteints d'épilepsie. Cette affection était aussi appelée « le mal de Saint-Jean », selon Laurent Joubert (1529-1583), un médecin montpelliérain. On le nommerait ainsi : « pource que, par avanture, que la tête de Saint Jean-Baptiste cheut à terre quand il fût décapité ». Les recherches consacrées au culte de la relique à Amiens montrent qu'on invoquait le saint pour guérir les souffrances du quotidien : maux de gorge, menstruations douloureuses, mélancolie et dépression, mais également surdité, mutisme et cécité (Dany Sandron, *Amiens, la cathédrale*, éd. Zodiaque, 2004).

Le personnage de Lautréamont est-il inspiré d'une histoire vraie ?
Oui. Dans un article de journal, j'ai lu le témoignage du recteur de la cathédrale qui disait, au sujet de la relique : « Il y a des gens qui viennent du bout du monde pour la voir. Je me souviens d'une maman venue de Grèce avec son enfant autiste. Elle avait fait tout ce trajet pour demander à Saint Jean-Baptiste de guérir son fils et s'était effondrée en larmes dans le trésor de la cathédrale. » Cette anecdote m'a donné l'idée de l'intrigue.

Le prieuré de Sion existe-t-il ?
Oui et non. Les historiens partagent l'avis de Geneviève. Ils ont conclu que le Prieuré de Sion, logé à Notre-Dame du mont Sion et fondé par Godefroy de Bouillon dans le royaume de Jérusalem, lors de la première croisade en 1099,

était une imposture et une mystification de Pierre Plantard. Toutefois, l'association « Prieuré de Sion » est bien une association contemporaine, créée par ce dernier, dont les statuts ont été déposés le 25 juin 1956 à la sous-préfecture de Saint-Julien-en-Genevois. De nombreux théoriciens du complot sur Internet persistent toujours à croire que le Prieuré de Sion dissimulerait un ancestral secret religieux. La liste des nautoniers, où figureraient les noms de Victor Hugo, Claude Debussy, Jean Cocteau et tant d'autres, est une invention de Plantard.

Remerciements

La première personne que je tiens à remercier, c'est toi Laurent. Depuis toujours, tu crois bien plus en moi que je ne crois en moi-même. Tu m'accompagnes, tu me soutiens et tu m'aides à progresser chaque jour.
Tu es mon premier lecteur et mon dernier. Mon correcteur.
Le bonheur que je partage avec toi et Nacho est source d'inspiration.
David est né du rêve que tu m'as raconté : « J'ai rêvé d'un gamin avec un maillot de foot au nom de Ginola. Il faisait équipe avec une vieille bonne femme ! » Je l'ai retenu, car je crois qu'en vingt-trois ans, tu ne m'as jamais raconté un rêve auparavant... puisque tu ne t'en souviens jamais. J'ai donné corps à ton songe et j'ai inventé une histoire qui se déroule dans notre ville de cœur, Amiens, où l'on aime tant flâner, moi, dans ma cathédrale et toi, chez ton disquaire !

Je te remercie Cédric (Geek Man), toi le roi de la pop culture. Ma participation à ton émission de radio sur RPL m'a fait réaliser que j'étais une vraie écrivaine et que mes romans pouvaient aussi passionner les geeks ! Tes retours de lecture m'ont boostée pour écrire la suite.

Je te remercie Olivier (Oli Oli). Tu as été un des premiers à croire en moi. Tu fais partie des belles personnes, dont j'ai fait la connaissance sur les salons et lors des dédicaces, qui m'encouragent à écrire. Je n'oublierai jamais ce que cela fait d'être chroniquée pour la première fois par un spécialiste du polar comme toi.

Je vous remercie Virginie et Raphaël, charmant couple de blogueurs/chroniqueurs passionnés, avec qui je partage l'amour des livres.

Je te remercie Bob Garcia. Tu es unique. Tu m'as dit lors d'une de nos premières rencontres : « Je sais reconnaître un bon livre quand j'en lis un et le tien est très bon ! » et tes mots résonnent encore en moi. Personne ne me connaissait quand tu as chroniqué mon premier roman sur France Bleu et sur Wéo. Ta reconnaissance a énormément de valeur pour moi, surtout de la part de l'auteur de grand talent que tu es.

Je vous remercie Nicole et Christine, mes (belles) sœurs, d'avoir traqué les erreurs dans mon manuscrit (ah, une infirmière n'oublie jamais où elle a planté sa seringue !).

Je vous remercie, vous, les libraires et leurs équipes, d'avoir tout de suite placé mes romans sur vos étals à côté des géants de la littérature, notamment : Jeanne, Virginie, Marc-Antoine et Jean-Claude de Studio Livres d'Abbeville, Julie de la Maison de la Presse de Berck, Delphine, Yves et Céline de la Maison de la Presse la Touquettoise, Marie de l'Espace Culturel Leclerc d'Outreau, Didier le marathonien de la Fureur de Lire à Hardelot, Pierrick de la Librairie Martelle d'Amiens et Christelle de la Maison de la Presse de

Montreuil/mer. Et je n'oublie pas tous les autres, que je ne peux citer ici, mais qui se reconnaîtront.

Je vous remercie, vous, les Louves du Polar de m'avoir accueillie dans votre meute (*Les femmes aussi savent écrire de bons polars !*) et pour toutes nos franches rigolades.

Je vous remercie, vous, les organisateurs de salons de m'avoir ouvert vos portes pour me donner ma chance.

Merci également à toi, Patrice. Tu es un éditeur attentif et bienveillant. Tu encourages ma créativité et accueilles toujours mes idées avec intérêt.

Un très grand merci à toi, mon ami, Grand-Maître Philippe B., que je nomme en secret le roi de la sacro-sainte majuscule, pour ta relecture attentive, tes corrections et tes conseils.

Et enfin, je te remercie, toi, lectrice ou lecteur, d'aimer mes romans, de les faire connaître, de les offrir et de réclamer d'autres aventures. En exerçant ce nouveau métier, je reçois tellement de ta part. Tes encouragements, tes sourires et tes petits cadeaux me vont droit au cœur !

J'espère que tu as apprécié ce conte sur fond de polar historique, cette ode à la tolérance, et que tu as pris autant de plaisir à suivre l'histoire de Geneviève que moi à l'écrire. Oui, c'est un conte, car j'ai tant de fois espéré, en vain, que les « Geneviève » changent, ôtent leurs œillères et surtout acceptent les autres tels qu'ils sont.

Le bonheur est peut-être à portée de main, pour peu que nos préjugés ne nous « empoisonnent pas et ne nous emprisonnent pas », comme dirait cette bonne vieille Madame Malfoy !

À bientôt, pour de nouvelles aventures !

Le crâne de Saint Jean-Baptiste
Dépôt légal : mai 2023
ISBN : 978-2-36790-149-7
(Droits réservés)

Mise en page : Nord Avril éd. et Filigrane Studio (59)
Imprimé dans l'U.E.
Distribué par les Éditions Nord Avril

Responsable éditorial : Patrice Dufossé
Courriel : patrice.dufosse@wanadoo.fr
Tél. : 03.27.90.54.90
Site : www.nordavril.com